# LO QUE DEJAMOS ATRÁS

SEGUNDO LIBRO DE LA TRILOGÍA DEL CAMINO
K.D. Field

# NOTA DE LA AUTORA

Empecé a escribir esta historia después de mudarnos a nuestra granja en el Camino Francés en 2021. Este libro es el primero de esta Trilogía que fue escrito mientras vivíamos en el Camino.

Después de terminar el libro *El duelo del adiós*, sabía que la historia de John y Javier no había terminado. Ambos hombres tenían asuntos pendientes e historias que contar; así como los maravillosos Inés, Pen y Mateo. Muchos lectores se pusieron en contacto para ofrecer sugerencias sobre hacia dónde debía dirigirse la historia, pero quería tratar a John y Javier con el respeto que sus historias merecían. Este libro trata sobre el duelo. También sobre la sanación y nuestro poder para reconocer nuestra propia humanidad. Para aprender a amarnos a nosotros mismos a pesar de nuestros defectos que no son pocos. En la mayoría de las familias, los secretos se tejen a través del tiempo. Nuestro mundo moderno no tiene la exclusiva del engaño. Sin embargo, si podemos aprender a mirar más allá y tratar el dolor de los demás con la gracia que merece, podemos comenzar a sanarnos a nosotros mismos en el proceso.

Espero que disfrutes del segundo libro: *Lo que dejamos atrás*, la historia de las familias Sullivan y Silva continúa. Encuentra la sanación al leer la historia, como yo la encontré al escribirla.

# PARTE I

## LA PROMESA

# UNO

## PROMESAS CUMPLIDAS

El clima era cálido para un día de primavera en Madrid. John Sullivan besó y abrazó a su hija, Pen, antes de que subiera las escaleras en la casa cerca de la plaza de Alonso Martínez para prepararse para su gran día, seguida por su grupo de damas de honor alborotadas. Era incómodo estar allí. John no podía negarlo, sentado en la casa de Javier Silva, y preparándose para la boda de Pen con Mateo. Sin embargo, no se lo habría perdido por nada del mundo.

Pen estaba más feliz de lo que la había visto jamás. Mateo era un buen hombre y un médico plenamente cualificado. Los dos habían pasado por mucho juntos en los últimos diez años, y sus experiencias de vida similares significaban que podrían ser capaces de afrontar las tormentas que inevitablemente vendrían. Estaba seguro de que este era un matrimonio que duraría.

John se frotó las manos y se levantó para mirar por la ventana a un patio lleno de palmeras en macetas y una fuente burbujeante, un lugar fresco y sombreado para pasar una tarde soleada. Pronto tendría que subir las escaleras para ponerse su esmoquin. Este evento era un acto muy formal. Le habían dicho que las bodas españolas podían tener quinientas personas en la recepción, y todas vestidas de punta en blanco. La bebida, la comida, los fuegos artificiales y el baile durarían hasta la madrugada.

Pen y Mateo se habían encargado de la ceremonia civil el día anterior. Tendrían otra recepción en una bodega en algún lugar del norte de España en unas semanas, organizada por los familiares del padre de Mateo, Javier. John se la perdería y estaría de vuelta en los Estados Unidos, lejos de la incomodidad de toda esta situación.

Una puerta se abrió y John se giró para ver a Javier. Estaba vestido de lino y entraba en el gran salón lleno de libros y arte impresionante. El espacio era lo suficientemente grande para varias colecciones de sofás. Había un escritorio de caoba tallado a mano de gran tamaño que dominaba el espacio, y hacia allí se dirigió Javier. Estaba buscando algo, miraba entre los papeles que estaban apilados encima; pasó un momento antes de que se diera cuenta de que John estaba allí.

—Ah —dijo, levantando una carpeta—. Estaba buscando el historial de un paciente. Lo había perdido en alguna parte. Necesito ponerme en contacto con él, y mi enfermera está ocupada con los preparativos de la boda. —Se detuvo y sonrió. A John le daba igual lo que estaba haciendo.

John miró al hombre que había amado a su mujer, en cuerpo y alma. Tenía que admitir que el tipo era guapo. Después de todos estos años, Javier recordaba a John a aquel tipo del programa de televisión de los 70, *La isla de la fantasía*. Muy elegante. Muy sofisticado. Muy español. Levantó la mano y se tocó el pelo canoso. Ninguno de los dos era joven ya.

—¿Te apetece una copa? —le ofreció Javier—. Me imagino que ser el padre de la novia es estresante — John sonrió—.

—No tanto como ser el novio. Vi a Mateo hace un rato. Parecía aterrorizado. Vosotros sí que sabéis cómo celebrar una boda.

—En España lo consideramos uno de nuestros superpoderes —sonrió Javier.

La abuela de Mateo se había encargado de casi todos los preparativos, aceptando a regañadientes los toques americanos de Pen en la ceremonia y la recepción. La mujer le daba un poco de miedo a John.

Javier cruzó la habitación. Abrió una botella, sirvió dos copas y le dio una a John.

—«Sláinte» —dijo John, levantando su copa.

—Salud —dijo Javier, y ambos bebieron.

—Este salón es impresionante. El arte es increíble. Parece haber sido pintado por el mismo artista

—John estaba inquieto y se levantó para pararse frente al cuadro más cercano —. No es lo que imagino cuando pienso en pintores españoles como Goya o Dalí. Esto es luz. Me alegra verlo. Javier sonrió.

—Mi mujer, Alejandra, pintó todos estos cuadros. Era una persona muy feliz. Llena de luz.

John volvió a sentarse, sintiendo que había cruzado una línea invisible; le costaba encontrar el equilibrio. Javier intervino para llenar el vacío.

—Nunca hemos hablado mucho tú y yo, desde aquel día en el pueblo que está antes de León. Hemos compartido un montón de fiestas por esta boda, pero nunca hemos tenido una conversación de verdad —observó Javier.

—No —dijo John, mirando la bebida en su copa.

—Debe de ser extraño para ti estar aquí sentado conmigo. El amante —dijo John pensativo. Este hombre era valiente y directo.

—Lo eras y no lo eras. Le di permiso a Tess —afirmó—. Mi bendición, de hecho. Así que no hiciste nada malo. Ninguno de los dos.

—Eso es muy generoso —sonrió Javier—. Eres mejor hombre que yo.

—Oh, estoy seguro de eso —dijo John con ironía. Sonriendo, le dio otro trago. Javier sonrió.

—Era una mujer increíble. A Tess le habría encantado todo esto. Le gustaba celebrar y estaría muy feliz de ver a Pen tan contenta. Ella quería mucho a Mateo.

John casi se atraganta. Era extraño oír a este hombre hablar de su mujer de más de 25 años, cuando él solo la había conocido poco tiempo.

—Era increíble —asintió. John aún podía ver su rostro en sus sueños, aunque ya no podía evocar esa imagen estando despierto—. He amado a una sola mujer en mi vida. Mi mujer.

Javier parecía pensativo.

—Yo solo he amado a dos mujeres. Mi mujer —pensó—, y la tuya.
—Le dio un buen trago a su copa.

Se quedaron en silencio unos instantes, pensando sobre lo que eso significaba.

—¿Sabías que te vi allí? —John le miró. Una expresión de angustia se dibujaba en sus ojos.

—¿Dónde me viste? —Javier frunció el ceño.

—En el hospital. Me avisaron que no quedaba mucho tiempo. No quería que Tess estuviera sola, así que me levanté en mitad de la noche y fui para allá. Te vi en su habitación, sujetando su mano y besando su frente. Vi cómo te miraba —John bebió más de lo que pretendía y tosió—. Un día llegué temprano por la mañana y aún estabas dormido en la silla junto a su cama. Bajé a la cafetería a esperar a que te fueras.

Javier contuvo la respiración. —¿Por qué no dijiste nada? —susurró.

—No quería que estuviera sola. Estaría con ella todo el día si tú estuvieras con ella por la noche.

Tess estuvo rodeada de amor hasta el final —a John le costaba controlar sus emociones.

Javier contuvo la respiración de nuevo.

—Tess le dio permiso a su médico para que me mantuviera informado sobre su estado. Después de que volvió a Estados Unidos, nunca más se puso en contacto conmigo. Era como tenía que ser. Ambos lo sabíamos. Ella volvía contigo y con tu familia. Y volvía a luchar contra la enfermedad. Necesitaba concentrarse en todo eso. Sin embargo, yo quería saber cómo estaba, y un día antes de irse, me dijo que le había enviado un correo electrónico a su oncóloga y le había pedido que me informara en los momentos críticos. Al fin y al cabo, soy médico.

—Sí —admitió John.

—Recibí una llamada diciendo que estaba cerca del final. Mateo estaba terminando los exámenes, pero cancelé todas mis citas y me subí a un avión. Fui a estar con ella. Aún estaba consciente cuando llegué y tuvimos buenas conversaciones antes del último día. No sabía cómo lo llevaría después de perder a mi mujer de la misma manera. Si es que pudiera llevarlo, siquiera. Pero me alegro de haber ido y de haberla visto la noche antes de que falleciera. El médico me llamó a mi hotel a la tarde siguiente para decirme que estaba rodeada de su familia cuando se fue. Cogí un vuelo de vuelta a casa al día siguiente.

Ambos hombres tenían lágrimas en los ojos, el dolor aún seguía presente diez años después.

—Estábamos allí, Pen y yo. Pudimos estar con ella en ese momento. Pen le masajeaba los pies con su loción favorita. El olor a lavanda siempre me lo recuerda. Le leí *Orgullo y prejuicio* mientras sujetaba su mano. Fue un momento bonito y aterrador a la vez, dejarla ir. No creo que hayamos vuelto a ser los mismos después de ese momento.

Javier fijó la mirada en su copa sin hablar.

—Al año siguiente, Pen vino a estudiar aquí con vosotros. El orgullo me decía que debía oponerme, pero era extrañamente reconfortante saber que estaría con gente que conocía tan bien. Que Tess conocía tan bien. Cuidaríais de ella. Lo sabía. Igual que fue en el Camino.

Javier se recompuso.

—Pen se parece cada vez más a su madre. A veces, me cuesta mirarla si la luz le da de cierta manera. —Javier parecía avergonzado de esta confesión—. De nuevo, no sé si yo habría podido hacerlo en tu lugar.

—Creo que sí —dijo John y se detuvo—. Ella hablaba de ti. ¿Lo sabías? Hacia el final. Me contó muchas cosas sobre ti. —Negó con la cabeza ante la preocupación en el rostro de Javier—. No los detalles de otras cosas. Solo sobre quién eras. Cómo la ayudaste a vivir esas semanas aquí.

Javier dejó de respirar. Cuando levantó la vista hacia John, las lágrimas corrían por su rostro. Su reacción cogió a John desprevenido, que, una vez más intentó recuperar el control.

—Nunca te pregunté dónde está enterrada. Si alguna vez voy a Estados Unidos, me gustaría visitar su tumba —susurró Javier, mirando su copa.

—Fue incinerada —le contestó John—. Está en una urna en mi casa. No podía soportar la idea de que estuviera sola en un nicho de mármol en algún lugar con extraños. Pidió que sus cenizas fueran esparcidas en los lugares del mundo que amaba visitar. Me temo que tampoco he hecho eso todavía. Supongo que aún intento dejarla ir. —Dudó antes de susurrar—. Algunos de ellos están a lo largo del Camino.

Javier levantó la vista.

—Creo que probablemente sé dónde están.

—Estoy seguro de que sí —admitió John. Ambos pensaron en lo que eso significaba.

—Escucha, John. Cuando Mateo y yo caminamos con Tess y Pen, fue en honor a mi mujer, Alejandra. Era una persona extraordinaria y merecía su propia peregrinación.

Asintió John. —Tess me lo dijo en su momento. Me pareció extraordinario.

—Sí, pero no es inusual para los europeos. —Javier eligió sus palabras con cuidado—. Me siento extraño al sugerirlo, pero quizás tú y yo podríamos recorrerlo. —Juntos. En honor a Tess. Podrías cumplir algunos de sus últimos deseos y visitar los lugares que Tess amaba a lo largo del Camino —se detuvo y esperó.

John negó con la cabeza.

—No lo sé. Es extraño; ¿su marido y su amante?

—En el Camino, escucharás historias más extrañas —dijo Javier sonriendo—. Créeme.

John ya estaba jubilado. Esta sugerencia estaba muy lejos de su zona de confort, sin embargo, se sentía extrañamente reconfortante.

—¿Cuándo nos iríamos? —preguntó sin pensar.

La rápida reacción de John sorprendió a Javier. Este hombre había escrito la carta desinteresada que había cambiado el rumbo de sus vidas, un hombre que no dejaba que sus miedos lo detuvieran.

—Estoy terminando de ver a mis pacientes. Mateo se hace cargo de la consulta. Podría ir en otoño.

John pensó menos de un minuto.

—Puedo hacer que funcione.

La puerta del pasillo se abrió e Inés, la ama de llaves de Javier, entró en la habitación.

—Perdonad, pero ambos necesitan prepararse si queremos cumplir con el horario y evitar que Pen se enfade.

Ella había roto el hechizo, y ambos hombres terminaron sus copas de un trago y se levantaron.

John se sorprendió a sí mismo tendiendo la mano a Javier—. En otoño.

Javier asintió y le estrechó la mano—. En otoño.

# DOS

## UNA DÉCADA DE HERIDAS

Su tos despertó a Javier, quien dormía en la silla junto a su cama de hospital. Como médico, era un sonido que había escuchado cientos de veces antes. A Tess no le quedaba mucho tiempo de vida. Javier se frotó los ojos color chocolate para despejarse el sueño y se pasó la mano por el pelo canoso. Se levantó de la silla y se estiró, alcanzando la jarra de agua de plástico sobre la mesita de noche. Luego acercó la taza a los labios de Tess para que pudiera aclararse la garganta.

Las máquinas que pitaban y zumbaban el día anterior habían desaparecido de la gris habitación del hospital. Solo quedaba la vía intravenosa en su mano derecha para administrarle la medicación para el dolor, para mantenerla cómoda. La mujer de la cama era una sombra de la persona que había conocido el año anterior, cuando caminaron 800 kilómetros por el norte de España en el Camino de Santiago con sus hijos. Hoy, Tess parecía una hoja marchita a punto de ser arrastrada por una ráfaga de viento. Un feo pañuelo de flores empapado de sudor cubría su frente, y los círculos morados que rodeaban sus ojos se habían extendido como un moretón floreciente bajo su piel cubriendo el resto de su rostro y brazos. Javier se resistió a arrebatarle esa tela sucia a esta mujer que había vivido su vida con tanto estilo. Solo el collar de mariposa de lapislázuli azul con alas ribeteadas de oro, que descansaba en su garganta, le resultaba familiar: su regalo para ella un año antes. Al igual que con su mujer,

Alejandra, no podía hacer nada para salvar a otra mujer a la que amaba.

El sol de la mañana se asomaba a través de las persianas beis del hospital. Javier tenía que irse. John, el marido de Tess, y Pen, su hija, llegarían pronto. Separó las persianas para contemplar el desolado paisaje de Phoenix, Arizona. Madrid era caluroso en verano, pero este lugar era como un horno. Las rocas rojas y el cielo marrón polvoriento contrastaban fuertemente con lo que él estaba acostumbrado. Cuando llegara el momento de volar de vuelta a España, esperaba no volver nunca a este lugar.

—Necesito que me hagas una promesa —susurró Tess, luego tosió, luchando por fortalecer su voz.

Javier se inclinó más cerca mientras ella levantaba sus dedos parecidos a los de un pájaro y le acariciaba la mejilla.

—Por supuesto, mi amor —le aseguró—. Lo que sea.

—No me queda mucho tiempo, pero tú lo sabes —sonrió—. Después de hoy, es posible que no nos volvamos a ver.

Javier sabía que era cierto, pero escucharla pronunciar las palabras le hizo sentir un nudo en la garganta. Sonrió, pero no la contradijo, besando su frágil mano.

—Esto va a ser muy duro para John y Pen. Demasiadas pérdidas en sus vidas —tomó una bocanada de aire repentina—. Pero la vida no es justa. Ambos lo sabemos.

Tess tragó con dificultad.

—Más agua —pidió.

Javier sostuvo la taza, y ella guio su mano, tomando pequeños sorbos antes de apartarla y aclarar su garganta.

—Pen confía en ti. Te necesitará a ti, a Mateo y a Inés.

Javier intentó sonreír transmitiendo tranquilidad. —No te preocupes. Pen y Mateo se envían mensajes de texto constantemente. A veces, oigo a Inés reírse de los chistes y las fotos que Pen le envía mientras prepara la cena en la cocina.

Pen le envió a Javier una foto en el aniversario de su llegada a la Plaza del Obradoiro en Santiago de Compostela al final de su Camino el año anterior. Tess, él mismo, Pen y el hijo de Javier, Mateo, le sonreían desde el selfi que Pen les había hecho. Aún llevaban sus mochilas y sostenían sus bastones en el aire. En la foto, el rostro de Tess estaba bronceado y sano. La enfermedad que la mataría permanecía oculta bajo la superficie. Solo un par de horas después de que se tomara esa foto, mientras estaban sentados en la Catedral, Tess le había contado a Pen sobre su cáncer. Era difícil creer que habían pasado solo 12 meses.

—Sé que la abrazaréis, todos vosotros. Pero me preocupa John. —Las lágrimas caían mientras hablaba, pero no se las limpiaba—. John es huérfano. ¿Lo sabías? Pen es todo lo que le queda. Mi muerte lo derribará de maneras que me asustan, Javier. Así que, necesito que me prometas que lo ayudarás a él también.

Javier contuvo la respiración. No quería negarse, pero no tenía idea de lo que ella podría esperar de él. Él y su marido no hablaban. No era como si fueran mejores amigos compartiendo secretos mientras la veían desvanecerse. Incluso venir a verla antes de que falleciera lo hacía en secreto. Su médico lo había llamado la semana anterior para decirle que el final estaba cerca. Cogió el vuelo desde Madrid al día siguiente y vino al hospital por la noche, mientras John y Pen dormían en casa, haciendo todo lo posible para no complicarles más las cosas.

—Ya sabes cómo me ayudó el Camino —susurró Tess—. También te ayudó a ti y a Mateo. Y salvó la vida de Pen. John necesitará el mismo tipo de ayuda para procesar su duelo. Aún no lo sabe, pero lo hará con el tiempo. Y necesitará a alguien que le guíe. Le he dejado a John una lista, Javier. De todos los lugares donde quiero que esparzan mis cenizas. Lugares cuyos recuerdos me han traído alegría en los momentos más oscuros del año pasado. Hay lugares en esa lista que necesitarán tu guía para encontrarlos. Un par de ellos están en el Camino. —Tess tosió, limpiándose la boca con el dorso de la mano. La sangre manchaba su piel morada de un rojo brillante, y se la limpió en su bata—. Necesito que me prometas que le ayudarás a encontrar su camino para que pueda sanar y seguir adelante. Para que no esté solo. Prométeme que lo harás por mí.

Javier respiró hondo y cerró los ojos. No tenía ni idea de cómo cumplir esta promesa, y así lo dijo.

Pero, Tess solo sonrió.

—Encontrarás la manera cuando llegue el momento. Te conozco, y le conozco a él. John no me fallará al cumplir mis deseos. Cuando venga a preguntarte, necesito que ambos hagan esto por mí. Juntos.

Diez años después, el recuerdo de aquel horrible día de hace tanto tiempo aún sacudía a Javier. Se sentía como toda una vida, y John había tardado diez años en mencionarle la lista de Tess. Más de lo que habría pensado cuando ella le sacó esa promesa hacía tantos años. Javier supuso que John había ignorado los deseos de Tess, y que yacía enterrada en Arizona. Pero nadie sabía mejor que él que el duelo tenía su propio ritmo. Se negó a precipitarse. Y ahora, parecía que John estaba listo para dejar ir a su mujer y comenzar a cumplir sus deseos.

Tal vez la boda de primavera de sus hijos Pen y Mateo, impulsó a John a decidir. Pero, cuando se lo mencionó a Javier antes de la boda, éste puso de su parte para sacar adelante la idea. Sin embargo, ahora Javier tenía dudas. Sugerir este viaje se había hecho de improviso. Una locura no planificada que Javier no esperaba que John aceptara. Tal vez, si era sincero consigo mismo, esperaba que John rechazara la oferta. El día después de la boda, Javier le confió su acuerdo a Inés, su ama de llaves y confidente de muchos años. Ella estaba haciendo la comida cuando él se sentó a la mesa de la cocina y confesó lo que había hecho.

—Esto es bueno —dijo ella, su sabia sonrisa confirmaba su opinión mientras removía la olla en el fogón.

—¿Tú crees? —frunció el ceño él.

—Sí. Tess quería esto. Será sanador para vosotros dos hacer el Camino por ella. John tiene asuntos pendientes. Y tú también, creo.

Javier seguía sin estar convencido.

—Es lo último que pensé que tendría que hacer cuando ella me hizo prometer. Tal vez estaba un poco borracho —dijo, metiéndose en la boca un poco del famoso pan con aceite de oliva de Inés.

Pero Inés no aceptó eso.

—No. Te vi antes de la boda. No estabas borracho. Creo que sentiste que John todavía está sufriendo y pensaste en aliviarlo. Vosotros dos tenéis algo en común, el duelo por la misma persona. Se ayudarán mutuamente.

Javier asintió. Quizá Inés tenía razón.

—Muchas cosas pueden pasar en el Camino —ella caminó detrás de su silla, dándole una palmada.

# TRES

## EL FINAL ES EL PRINCIPIO

John subió al vagón de tren en la enorme estación de Gare Montparnasse en París. El viaje en tren era agradable después de un vuelo algo agitado a través del Atlántico Norte. John odiaba volar. Con una hija viviendo ahora en España, era un mal necesario. No sabía cómo Tess lo había hecho para trabajar todos esos años.

El tren pasó junto a bloques de viviendas grises y kilómetros de grafiti. Esta vista no era su favorita de la Ciudad de la Luz mientras el abarrotado TGV, tren alta velocidad, se dirigía hacia el sur, hacia la frontera francesa con España. El servicio ferroviario le asignó un asiento en una mesa con otros dos pasajeros enfrente. En los asientos grises manchados del otro lado de la mesa se sentaban una mujer un poco mayor que él y un niño delgado de unos siete años, que llevaba unos pantalones cortos de algodón de color beis muy gastados y una camiseta gris que probablemente le quedaba bien el año pasado. A John le sorprendió ver a un niño en un tren de mediodía, pues el curso escolar ya había comenzado en este soleado día de septiembre.

El chico con el pelo color tierra se movía inquieto y se mordía las uñas sucias mientras lanzaba miradas furtivas a este gigante de aspecto curioso, alto y canoso. Al coincidir con la mirada, los grandes ojos negros del chico miraron rápidamente al otro lado. John le sonrió antes de volver a prestar atención a su teléfono tras conectarse al wifi del tren y comprobar su correo electrónico y sus mensajes. Los revisaba, en el fondo esperaba que Javier tuviera que cancelar y John se librara. Podría organizar una visita a Madrid para ver a Pen y evitar este incómodo lío. Pero no había mensajes del suegro de su hija.

John levantó la vista cuando oyó que el chico le decía algo a la mujer mayor que viajaba con él, y ella le respondió en francés, señalando hacia la parte delantera del vagón. El chico saltó de su asiento y desapareció. John sonrió a la mujer y ella se encogió de hombros.

—Espero que no te esté molestando —dijo ella en un inglés con un acento muy marcado.

¿Cómo sabía que no era francés?

John negó con la cabeza. —En absoluto. Recuerdo viajar con mis hijos cuando eran pequeños. Se está portando muy bien para un viaje en tren tan largo.

La mujer asintió y señaló hacia la parte delantera del tren, por donde se había ido el chico.

—Julián ha tenido muchos cambios en la última semana. Mi nieto. Creo que no sabe qué pensar sobre mí todavía.

John sonrió.

—¿Viene a pasar contigo las vacaciones? —preguntó. La tristeza llenó la sonrisa de la mujer.

—Julián viene a vivir conmigo para siempre —dijo ella—. Mi hija falleció la semana pasada. Y nunca hubo un padre en el horizonte. Somos todo lo que nos queda el uno al otro.

A John se le cayó el corazón al estómago cuando Julián volvió del baño. El rostro cetrino del chico era como mirarse en un espejo viejo.

—¿Habla inglés? —le preguntó.

—No —dijo ella—. No creo que Julián haya asistido a una escuela adecuada en París. Y si llegó a ir, no fue de forma regular.

John se mordió el labio y se frotó la barbilla.

—¿Le gusta jugar a juegos?

La mujer volvió a encogerse de hombros. La abuela y su nieto aún se estaban conociendo. Metió la mano en su mochila en el asiento a su lado y sacó una pequeña caja de madera cerrada con una gruesa goma elástica azul. John quitó la tapa y las diminutas piezas de ajedrez del interior, colocándolas con cuidado sobre la mesa entre ellos. Luego, desplegó el compacto tablero de ajedrez y lo alisó. El abuelo de John, Charlie, le enseñó a jugar en la granja de Iowa donde John creció. De adulto, llevaba este pequeño juego desde que tenía uso de razón, enseñaba a jugar a su hijo, Charlie, y luego a su hija, Pen, cuando eran pequeños. Los mantenía ocupados en los viajes familiares. John no tenía ni idea de si Javier sabía jugar al ajedrez, pero le hizo sentirse mejor empaquetar el pequeño juego para el Camino.

En cuanto el tablero quedó plano, John y la mujer observaron asombrados cómo el niño se estiraba y colocaba cada pieza correctamente.

—Supongo que sí sabe jugar al ajedrez —sonrió John. La mujer soltó una sonrisa mientras interrogaba a su nieto. —Dice que el anciano del otro lado del pasillo lo cuidaba cuando su madre salía por la noche o se iba por unos días. Le enseñó a Julián a jugar. Él dice que su lugar favorito para jugar al ajedrez es el parque.

París es conocida como la meca del ajedrez por todos los parques de la capital. El chico cogió dos piezas, una negra y otra blanca, y las escondió a sus espaldas. Luego le tendió los puños a John. —Elige—le dijo a John en francés. El ajedrez es un lenguaje universal. John sonrió y tocó la mano derecha del niño. Julián abrió la palma para revelar un peón negro.

—«Tu passes en deuxième» —dijo el niño, concentrado, ya no era un niño inquieto de siete años, sino un competidor. Giró el tablero para que las piezas negras quedaran frente a John.

—Me llamo John Sullivan —dijo John, extendiendo la mano mientras el niño se acercaba con su brazo pálido y delgado como un lápiz y la estrechaba.

—Julián —dijo, sin apellido.

Julián se puso manos a la obra de inmediato, haciendo su movimiento inicial—. «Bon» —se dijo a sí mismo. Estaba satisfecho. Luego levantó la vista, recompensando a John con una sonrisa desdentada.

Jugaron desde el norte de Francia hasta la costa suroeste en el golfo de Vizcaya. Los dos apenas se dieron cuenta cuando el tren se detuvo en pueblos y ciudades de su ruta. Julián se frotaba la barbilla antes de cada movimiento, frunciendo el ceño mientras estudiaba el tablero. Cuando le llegaba el turno a John, el chico se mordía las uñas desgastadas, era su única señal.

Enseñado por un maestro de ajedrez, Julián le dio a John una buena paliza. Cuando se acercaban a la estación de Bayona, un anuncio indicaba a los viajeros a recoger sus pertenencias. John y Julián suspiraron, decepcionados de que su partida se interrumpiera.

Mientras John doblaba el tablero y aseguraba la tapa de la caja de madera con una gruesa goma elástica azul, Julián miraba por la ventana a su nuevo hogar. John sabía exactamente cómo se sentía cuando la abuela del chico le señaló los lugares que creía que podían interesar a su nieto. Su entusiasmo no parecía haber calado en el muchacho, que cada vez está más callado.

En la estación, los tres bajaron juntos del vagón. John ayudó a la mujer con la sucia maleta de lona rosa de su nieto a la que le faltaba una rueda hasta que llegaron al interior de la estación. Tenía una corta conexión con Saint-Jean-Pied-de-Port, donde le esperaba Javier.

—Gracias por entretener a Julián —dijo su abuela—. No estaba segura de cómo iría el viaje en tren, pero lo hizo muy agradable.

John sonrió al delgado niño que se aferraba a la mano de su abuela. Extendió la caja de madera y le ofreció el juego de ajedrez compacto a Julián.

—¿Te gustaría quedártelo? —preguntó John.

El niño miró a su abuela, que asintió. Después, extendió la mano y cogió la pequeña caja de John, abrazándola como un tesoro.

—«Merci», John Sullivan —dijo el niño.

—Muchas gracias —le sonrió su abuela a John.

—Gracias a vosotros por el juego y la conversación. John se despidió con la mano, observándoles hasta que el chico y su viejo juego de ajedrez desaparecieron entre la multitud. Se le llenaron los ojos de lágrimas, pero no sabía por qué se sentía tan triste. Se giró hacia el panel de información, encontró su tren a Saint-Jean y se acomodó en su asiento justo cuando las puertas se cerraban. El desfase horario lo alcanzó cuando el tren salió de la estación, y John cerró los ojos, dejando que el vaivén del tren lo arrullara para dormir.

# CUATRO

## UN TOQUE DE LOCURA

¿Por qué haces esto? —preguntó Pen cuando su padre la llamó a Madrid después de regresar de su luna de miel—. ¿De todas las personas tiene que ser con Javier?

—Lo hablamos la mañana de tu boda y estuvimos de acuerdo —le dijo su padre—. Tu madre se merece su propia peregrinación. Me pidió que esparciera sus cenizas en varios lugares, algunos de ellos a lo largo del Camino. He esperado mucho tiempo, pero ahora estoy preparado. Javier me va a ayudar a terminarlo.

—¿En serio, papá? —suspiró Pen—. No me malinterpretes. Quiero mucho a Javier. Siempre ha sido muy bueno conmigo. Pero me parece mal que vosotros dos hagáis esto juntos. Como si cruzaran una línea.

Pen tapó el auricular y le contó a su marido, Mateo, el hijo de Javier, lo que estaba pasando. La reacción de Mateo le indicó que Javier ya le había informado de sus planes a su hijo. Pen no estaba contenta de ser la última en enterarse.

—¿A quién se le ocurrió? —preguntó, volviendo a la llamada.

—¿A qué te refieres?

—Uno de vosotros propuso hacer esto, y el otro estuvo de acuerdo. ¿Quién lo sugirió primero?

—Javier. Le conté sobre los deseos de tu madre. Se ofreció a ayudarme.

—Ah. —Su padre respiró hondo.

—Mira. Sé que esto es un poco raro. Pero hay muchas cosas raras en nuestras familias. Estás casada con su hijo, por el amor de Dios. Quiero a Mateo como a un hijo, pero es raro. Hacer esto con Javier está en la misma línea, y no es del todo fuera de lo común, considerando todo lo que ha pasado. De todas formas, quizás las cosas no sean tan incómodas entre nosotros al final.

Tenía razón. Sus familias tenían una relación poco habitual. Cuando Tess y Pen volvieron de su Camino, la lucha contra el cáncer de ella era el único objetivo. Pen lo había asumido todo. Pero hacer el Camino con Javier no le parecía buena idea.

—¿Cuándo queréis hacerlo?

—En septiembre.

Se quedó pensativa. No faltaba mucho para septiembre.

—¿Vais a hacer el Camino completo?

—Sí. Empezaremos en Saint-Jean y luego esparciremos las cenizas de mamá en ciertos lugares de su lista.

Pen sabría dónde estarían.

—¿Puedo ver la lista?

—Claro. Puedo enviarte una copia.

—Si quisiera acompañarte en uno o dos lugares cuando esparzas sus cenizas, ¿te parecería bien?

—Por supuesto —dijo su padre—. Quiero que estés allí si tú quieres.

—De acuerdo —accedió Pen—. Pero prométeme que me mantendrás informada de dónde estéis.

Os buscaré para que podamos hacerlo juntos.

—Lo haré —prometió su padre. Se quedaron en silencio.

—Te quiero, papá.

—Yo también te quiero, mi «Lucky Penny».

# CINCO

## NO SOY UN ESTUDIANTE UNIVERSITARIO

John se despertó sobresaltado cuando el vagón dio un bandazo. No estaba del todo seguro de dónde estaba, tardó un momento en darse cuenta de que estaba en el tren de Bayona a Saint-Jean-Pied-de-Port, en la base de los Pirineos, en el sur de Francia. Exhausto por el desfase horario, John suspiró. Pen tenía razón.

¿Qué estaba haciendo allí?

John se frotó los ojos cansados mientras el paisaje de septiembre pasaba ante sus ojos en la frontera entre España y Francia. El motor estaba reduciendo la velocidad y se dirigía hacia la estación. A sus 63 años, John no era un joven como para recorrer España de mochilero como si fuera un año sabático universitario. Asumió que Javier era un poco más joven, pero tampoco un adolescente. El trayecto de ochocientos kilómetros hasta Santiago de Compostela atravesaba montañas y largos tramos expuestos a los elementos. Los relatos del Camino decían que podía ser brutal. Algunos peregrinos morían intentándolo. Cada kilómetro era un desafío físico. Seamos sinceros, es emocionalmente difícil. John negó con la cabeza. Es cierto lo que decían. Más sabe el diablo por viejo que por diablo.

Debería haber conducido hasta estos lugares. Javier podría haberle ayudado a encontrar algunos de los lugares en la lista que Tess le dio en las semanas previas a su fallecimiento. Podrían haber completado sus peticiones para España en menos de una semana y luego seguir caminos separados. Pero Javier sugirió que Tess merecía conocer lo que era la peregrinación, y John dejó que su naturaleza competitiva entrara en acción. Si Javier podía hacerlo, entonces él también.

De pie en el andén de la estación con su mochila, miró a su alrededor. Saint-Jean-Pied-de-Port es un antiguo pueblo en los Pirineos del País Vasco francés, lleno de edificios de piedra con entramado de madera. Tenía la información del hotel donde Javier había llegado el día anterior. En su mochila llevaba las credenciales de peregrino que su hija, Pen, le había enviado un mes antes. John se enteró de que necesitaría el documento para alojarse en albergues u hostales a lo largo de la ruta. Su hija ya había recorrido el Camino con su madre. Su peregrinación es el origen de todo esto.

Pero a John no le importaba la Compostela que recibían los peregrinos al llegar a Santiago de Compostela, a 800 kilómetros de donde se encontraba ahora. No estaba haciendo este trayecto para obtener un certificado. La cara de la hermana Bernadette de la escuela primaria pasó ante él, pero John apartó la imagen. No estaba haciendo este viaje por una religión en la que ya no creía, ni por un Dios que le había abandonado hacía mucho tiempo. John había hecho una promesa una década antes, y lo haría esto solo por Tess.

Recogió su mochila del andén e intentó orientarse. Cogió el teléfono y esperó a tener cobertura antes de abrir la aplicación que le dirigía al hotel. Con un mapa de ruta guiándole, John se lanzó con confianza por las calles adoquinadas para reunirse con Javier. El Camino había comenzado.

# SEIS

## OTRO CAMINO

Javier llegó a Saint-Jean el día antes que John. Se alojó en un hotel agradable de la ciudad y cenó con otros peregrinos que salieron esa mañana. Esta noche era la última noche de comodidad durante las próximas semanas, ya que John llegaría pronto y cenarían juntos. A Javier se le hacía un nudo en el estómago y sentía los pies pesados mientras bajaba la colina en zapatillas de senderismo hacia el restaurante para reservar mesa para él y John.

No estaba seguro de cómo afrontarían la tarea que tenían por delante, no solo físicamente, sino emocionalmente. Si enfermaban o se lesionaban, podían dejar de caminar. Eran mayores, y esto era una posibilidad. Javier no les deseaba la enfermedad, pero no era ingenuo. Este Camino podría terminar antes de empezar.

De vuelta al hotel, entró justo cuando John terminaba el proceso de registro en la recepción. John se dio la vuelta, estaba vestido con su nueva ropa de senderismo y una gorra de béisbol azul hecha jirones. El americano pareció sorprendido al ver a Javier de pie detrás de él en el vestíbulo. La altura del hombre siempre impresionaba a Javier. Con 1,90 metros, John superaba la estatura de 1,80 metros del español.

—Hola —dijo John. Estaba claramente cansado del largo viaje de 24 horas desde Estados Unidos, además, de la diferencia horaria.

—Buenas tardes. Veo que te has registrado. ¿Has ido a la oficina de peregrinos a obtener tus credenciales?

—No fue necesario —dijo John, mostrando su pasaporte de peregrino—. Pen me lo envió. Aquí solo me lo sellaron.

Javier asintió.

—Instálate. Quizás quieras ducharte. Podemos vernos aquí en media hora y cenar algo.

Javier se dirigió al bar de al lado, se sentó en una de las mesas exteriores y pidió una cerveza mientras intentaba, sin éxito, controlar su creciente ansiedad. Su complicada relación hacía más que extraño estar allí con John. Mientras el otro hombre se aclimataba a la zona horaria y a la idea de recorrer el Camino con el amante de su mujer, Javier necesitó unos momentos para hacer lo mismo.

Miró a su alrededor, vio a peregrinos sonrientes que salían de sus albergues. Parecían entusiasmados, aunque un poco desorientados. Era esencial comer bien en previsión de la subida a los Pirineos del día siguiente. Javier ya había hecho esta ruta y sabía lo que le esperaba. La mayoría de estas personas, incluido John, no tenían ni idea de lo que les esperaba. Felizmente ignorantes, sonrieron y pidieron otra botella de vino. Javier estaba seguro de que él y John los verían en el camino en los próximos días.

Dio un último trago a su cerveza, se levantó, se estiró y volvió al hotel. Javier encontró a John sentado en el vestíbulo, buscando algo en una pequeña mochila. Llevaba el pelo canoso, aún mojado por la ducha, unos pantalones cortos raídos y una camiseta amarilla desteñida de una carrera de 10 km que había corrido cuando era mucho más joven. El estado de la camisa decía que tenía décadas. Los ojos de John contaban la historia de su largo viaje a Saint-Jean.

—Si tienes hambre, he encontrado un buen lugar para cenar. Queremos salir antes del amanecer atrás evitar el calor, así que podemos ir ahora y acostarnos temprano.

John asintió, sin apenas darse cuenta de que Javier había hablado. Estaba cerrando la cremallera de su mochila roja cuando Javier vio la bolsa de plástico. No era grande, pero parecía pesada y estaba cubierta de tiras de cinta de plástico de colores. Pasó un momento antes de que Javier se diera cuenta de lo que era. Eran las cenizas de

Tess. John levantó la vista a tiempo para verle mirar. Javier tragó con dificultad. Tess estaría cenando con ellos.

Los dos hombres caminaron por la calle empedrada hasta un pequeño restaurante junto al río y hablaron con el propietario francés, que los llevó a una mesa junto al agua. El vino y el pan lo trajeron rápidamente.

—Tú también hablas francés —observó John. Javier asintió. «Oui».

John inclinó la cabeza hacia los edificios bañados por el sol, retrasando la conversación entre ellos.

—Este es un pueblo muy antiguo —dijo John.

—Sí. Fue fundado hace casi mil años. Algunos de los edificios parecen de esa época. Pero la mayoría son de la Edad Media o posteriores.

—¿La Edad Media? Lo dices como si fuera la semana pasada. No tenemos nada de la Edad Media en Estados Unidos. Es interesante que este lugar siga siendo tan pequeño, teniendo en cuenta que es el punto de partida del Camino.

—Es solo uno de los puntos de partida —dijo Javier—. Hay muchos Caminos por toda Europa, incluso en otros lugares del mundo. Éste, el francés, es el más popular. También es uno de los más exigentes en términos de dificultad física justo al principio. Pero decenas de miles de peregrinos pasan por aquí cada año. La ciudad depende de ellos para sobrevivir. Si miras a tu alrededor, verás a gente sonriente y feliz de haber llegado al punto de partida. La mayoría no tiene ni idea de lo que les espera en las próximas 48 horas. Y mucho menos el mes siguiente. Para ellos, el mero hecho de llegar hasta aquí forma parte de su Camino. Otros comensales del restaurante iban vestidos con ropa de montaña, listos para emprender el viaje.

Y, al igual que John, llegar hasta aquí había sido una aventura en sí misma.

—¿Qué nos espera en las próximas 48 horas? —preguntó John con preocupación—. He leído sobre ello, pero no sé cómo es realmente.

Javier quería preparar a John, pero no asustarlo.

—Al principio será difícil. Subiremos y subiremos, descansaremos y luego subiremos un poco más.

Empezarás a preguntarte si las montañas terminarán alguna vez.

Javier había visto la lista de Tess. Podría haber sugerido que se lo saltaran.

—No te preocupes —sonrió Javier—. Lo harás bien. Podemos tomárnoslo con calma. Han pasado más de diez años desde que hice el Camino. No tengo nada que demostrar, y tú tampoco. Podemos ir tan despacio como necesitemos, —dijo, bebiendo su vino—. Reservé para nosotros en Orisson mañana por la noche. Está a solo 8 km de aquí. Muchos peregrinos se lesionan por caminar demasiado rápido o por intentar llegar demasiado lejos en la primera semana. No necesitamos hacer eso. No es una carrera.

Vio cómo el color regresaba al rostro cansado de John y sonrió. El primer día siempre era el más difícil.

# SIETE

## UN POCO DE LOCURA

Ninguno de los dos pegó ojo. Cuando el móvil de John irrumpió con la alarma, le pareció que habían pasado minutos, no horas. Aturdido, olvidó dónde estaba y casi se cae al suelo. Entonces, la realidad apareció: hoy tocaba escalar una montaña. Se frotó los ojos legañosos y se rascó la cabeza, donde las canas ganaban terreno a pasos agigantados, antes de dirigirse al baño. Tras una ducha que se le hizo eterna, regresó al cuarto para recomponer el equipaje y ajustarse las botas. La pesada mochila lo venció, y se desplomó en la cama. De repente, sintió que no quería hacer esto. No quería caminar con aquel tipo ni forzar una conversación. De hecho, no quería hablar con nadie sobre nada. Introvertido hasta la médula, John anhelaba encontrar un escondrijo, encerrarse y perderse en sus pensamientos, como cuando era un niño en la granja de Iowa. Pero ya no tenía siete años. Le había dado su palabra a Tess.

Con un suspiro, se puso en pie y se estiró. Tras abrochar la miríada de correas de la mochila, intentó amoldarse al peso antinatural que cargaba. Había llegado la hora. Con un resoplido, agarró los bastones y descendió con cautela la escalera de madera oscura, que crujió en protesta bajo su peso. Javier lo esperaba en el vestíbulo.

Javier ojeaba la guía, fingiendo concentrarse, mientras John salía al vestíbulo. No estaba leyendo realmente, solo aparentaba. Un accesorio útil tras el que ocultarse durante el trayecto.

Las ojeras de John y su bostezo descomunal gritaban agotamiento. Hoy irían despacio.

—¿Quieres un café? —preguntó Javier.

—Sí, por favor —respondió John.

La mañana era oscura y brumosa, lo que añadía un aire de misterio al inicio de su viaje. Javier los condujo a la cafetería de al lado. Pidió dos cafés con leche, que bebieron en relativo silencio mientras John escudriñaba la niebla en busca de las montañas invisibles. Otros peregrinos pasaban junto a ellos, con las mochilas a la espalda y los bastones en las manos, riendo y charlando. Ni Javier ni John irradiaban la alegría que parecían sentir los demás.

John le tendió el móvil a Javier.

—¿Me haces una foto? Tengo que enviársela a Pen. Que sepa que estoy bien y que de verdad estoy haciendo esto.

Javier cogió el móvil y le sacó una foto a John, estaba cansado pero sonriente, levantaba el pulgar para su hija. Luego se lo devolvió.

Observó cómo John le enviaba la foto a su hija, y luego se levantaba a regañadientes de la silla, se estiraba y volvía a bostezar.

—¿Nos vamos? —dijo Javier con un suspiro.

—Supongo que sí. No hay mejor momento que ahora.

Se deslizaron las mochilas a la espalda y se abrocharon las correas. Luego, Javier le entregó los bastones a John. Ambos respiraron hondo y echaron a andar en la dirección en que habían ido los demás. La aventura comenzaba.

La salida del pueblo parecía fácil hasta que se toparon con la primera cuesta. Una hora después, ya sin aliento, llegaron al inicio de la subida hacia Honto.

—Estamos cansados y no estamos acostumbrados a caminar tanto, así que nos lo tomaremos con calma. Un paso a la vez —propuso Javier mientras el sol comenzaba a despuntar entre las nubes sobre Saint-Jean.

Otros los adelantaban, pero no les importaba. Conocían sus límites. La velocidad no importaba. Si seguían caminando, llegarían.

Tardaron casi cuatro horas en llegar de Saint-Jean al Refuge Orisson. Fueron cuatro horas agotadoras con innumerables paradas para descansar. Cuando el albergue apareció a la vista, parecía flotar sobre la niebla que aún cubría el valle. Solo necesitaban una cama para pasar la noche en el edificio de piedra que veían al doblar la carretera. Los dos hombres parecían sacados del cuento de *Juan y las habichuelas mágicas*. Deseaban que no hubiera un gigante esperándolos.

Durante el trayecto a Orisson, apenas hablaron y prefirieron respirar a hablar de cosas triviales. Tras registrarse en el refugio y recibir la asignación de sus literas, se asearon y descansaron, y luego fueron a tomar una cerveza y a almorzar en el *pub* de la planta baja. El albergue era acogedor, con una gran chimenea de piedra. Pronto cerraría por las nieves del invierno.

—¿Tess y tú os alojasteis aquí? —le preguntó John.

Era la primera vez que John hacía referencia a la relación de Javier y Tess desde que llegó el día anterior. Javier soltó el aliento que había estado conteniendo, esperando esta pregunta. En cierto modo, era bueno que surgiera el primer día. No intentó esquivarla y prometió ser sincero con John.

—No. Creo que Tess y Pen se alojaron aquí. Nosotros aún no las conocíamos. Mateo y yo salimos temprano de Saint-Jean al día siguiente y caminamos hasta Roncesvalles, en España. Fue un día largo y agotador, y conocimos a Pen en el camino. Nos entretuvo, y caminaba muy por delante de su madre. No conocí a Tess hasta el día siguiente en la carretera a Zubiri. Nos encontramos por casualidad en un café. Pen iba caminando delante con Mateo.

«Los celos son algo feo», pensó Javier. «Te carcomen por dentro».

Tess y Pen se habían alojado en este lugar antes de conocer a Javier y Mateo. Observó cómo John hacía cuentas. Las cosas aún eran puras aquí, en la cima de la montaña. En este punto de su Camino, Tess solo pensaba en su marido. John quería a su mujer para él solo, pero le escribió una carta para que viviera su Camino libremente. Sabía lo que eso significaba, y ella también. Aun así, cuando comenzó su aventura con Javier, sacudió los cimientos de John. Javier sospechaba que no estaba preparado para cómo le haría sentir.

Mientras bebían su cerveza, peregrinos de todo el mundo se unieron a su mesa. Septiembre es temporada baja para el Camino, y llegarían a Santiago en el helado y lluvioso final de octubre gallego. Sin embargo, el clima en el Camino a principios de otoño era menos extremo que en otras estaciones.

—¿Por qué caminas? —le preguntó un peregrino argentino a John.

—Camino por mi mujer. Murió de cáncer hace diez años, y esparciré sus cenizas en los lugares que me pidió a lo largo del camino.

El peregrino argentino asintió y se giró hacia Javier.

—¿Y tú? ¿Por qué haces el Camino? Javier respiró hondo.

—También camino en honor a la mujer de John, Tess. Era mi amiga y me ayudó a superar el duelo por la muerte de mi mujer a causa del cáncer. Mi hijo y yo caminamos en honor a mi mujer en aquel entonces, y completamos el Camino con Tess y su hija, Pen. Hoy, mi hijo está casado con Pen. Así que el Camino tiene un gran significado para mí.

Javier habló con elocuencia y sinceridad. Había reflexionado mucho sobre por qué hacía esto. Este trayecto no era solo por John, sino también por lo que Tess había significado para él.

John tosió y se excusó para volver a su habitación. Javier le vio irse, pero no se ofreció a acompañarle.

A diferencia del resto de España, en el Camino la cena se sirve como en Estados Unidos, sobre las 7 de la tarde, para que los peregrinos puedan acostarse antes de la puesta de sol. La mayoría de los peregrinos salen temprano de sus albergues para evitar caminar bajo el calor del mediodía. Aunque, en esta época del año en los Pirineos, era menos problemático.

Más tarde, John volvió al bar para la cena, donde grandes mesas de caballete acomodaban a todos los que se alojaban en el refugio. Javier le saludó con la mano, pues había guardado sitio enfrente. John tomó asiento justo cuando el dueño les dirigía un discurso que ya había pronunciado miles de veces.

—A todos. Les agradecemos su estancia con nosotros. Somos solo la primera parada en un largo viaje para todos vosotros. Pero nos sentimos honrados de que hayan elegido pasar su primera noche fuera de Saint-Jean con nosotros. Esperamos que le guste la sencilla comida que han disfrutado muchos peregrinos a lo largo de los siglos. De primero, tenemos la sopa de verduras. De segundo, la carne con verduras. Y de postre, una sencilla tarta de Santiago. Por favor, acompáñenme en el agradecimiento a nuestro chef por esta buena comida.

Señaló al caballero de su izquierda y la sala estalló en aplausos. El hombre agradeció los aplausos con una leve reverencia.

—Ahora, hay vino y agua. Beban mucha agua, y no tanto vino, que mañana será otro día largo.

¡Qué aproveche!

Servida al estilo familiar, los peregrinos en la mesa comenzaron a servirse platos de comida. John le entregó su cuenco a un peregrino belga que sirvió la sopa y se lo devolvió. Javier llenó su copa de vino mientras hacía lo mismo con los demás a su alrededor. La mujer a su izquierda les preguntó si sabían que tiempo iba hacer.

—Esta noche se avecina una gran tormenta. La temperatura bajará casi a cero. Y puede que incluso nieve un poco.

Javier le había dado a John una lista de cosas imprescindibles para meter en la maleta. John esperaba que el clima aguantara hasta que bajaran al otro lado a Roncesvalles en España.

Los comensales degustaron la abundante comida. Siguió la tarta de Santiago. Comenzaron a sonar canciones, y se animó a los peregrinos a ponerse de pie, decir sus nombres y de dónde venían.

—Esto me recuerda al campamento de verano cuando era un niño —comentó John.

—He oído eso antes —sonrió Javier—. Pero aquí es una tradición. No lo encontraremos a menudo más adelante en el Camino. Descubrirás que veremos a las mismas personas una y otra vez. Algunas personas en esta sala estarán en Santiago cuando terminemos, incluso si caminamos más despacio que la mayoría. Algunos se cogen días de descanso o se lesionan y se ven obligados a permanecer en un pueblo u otro durante unos días. El tiempo se distorsiona en el Camino. Así es como funciona.

La comida en el *pub* era ruidosa, y los peregrinos disfrutaban de la camaradería mientras el vino y la música fluían.

Cada uno tuvo su turno bajo los focos. La timidez de John se hizo evidente, y se sintió incómodo cuando todas las miradas se posaron en él. A su derecha había un monje budista. El hombre prefería las verduras y evitaba la carne, mientras lucía una sonrisa radiante.

—Soy John —dijo, extendiendo la mano—. Lo siento, no entendí tu nombre cuando te pusiste de pie.

—Hy Yung —dijo el monje, ajustando sus túnicas—. Encantado de conocerte.

—Un placer conocerte —asintió John.

—Probablemente te estés preguntando por qué un budista de Corea está haciendo el Camino de Santiago —los ojos del hombre calvo brillaron en sus túnicas escarlatas y doradas.

—Sí, un poco.

—¿Eres un hombre religioso, John?

—No. Me crie como católico, pero no soy religioso en absoluto.

—Y, sin embargo, también estás haciendo el Camino de Santiago —observó.

—Sí, pero no como una peregrinación religiosa. Camino en honor a mi mujer. Ella murió y quería que sus cenizas fueran esparcidas en ciertos lugares a lo largo del Camino.

—Es un viaje noble —observó el monje—. Un caballero en una búsqueda.

John hizo una mueca.

—Oh. No sé nada de eso. Si soy un caballero, soy uno viejo y cansado —dijo, cambiando de tema—. ¿Por qué lo estás haciendo tú? No eres católico, y no creo que lo estés haciendo en honor a tu mujer.

El monje se rio.

—No. No tengo mujer. John sonrió.

—No tienes que decírmelo si no quieres —comentó John—. No es asunto mío.

—Es cierto. No es asunto tuyo —el monje ya no sonreía. Parecía mortalmente serio—. Pero ¿realmente sabes por qué estás caminando, John?

John frunció el ceño. El monje se había cerrado repentinamente.

—No sé a qué te refieres.

El monje se rio entre dientes. —Creo que sí.

La sonrisa de John también se desvaneció. Se apartó y bebió profundamente de su vino. Podía sentir al monje observándolo con interés, pero no se dio la vuelta. John cerró los ojos y se preguntó si alguna vez encontraría la paz en este viaje. Simplemente un momento en el que no se sintiera incómodo. Como un bicho raro.

—¿Estás listo para subir y prepararte para dormir? —preguntó Javier desde el otro lado de la mesa, sacando a John de su ensimismamiento—. Volveremos a salir temprano porque queremos estar mañana en Roncesvalles antes de que anochezca y el tiempo se ponga feo.

Levantándose del banco común, John hizo una mueca por los músculos doloridos. Miró al monje, que seguía observándole. El rostro del hombre era una máscara ilegible.

Las literas eran incómodas. Pero los peregrinos estaban cansados de la subida y no les importó que pareciera una losa de cemento, y los hombres se durmieron en menos de cinco minutos.

Por la mañana, John sintió que una mano le sacudía para despertarle. Al levantar la vista, vio a Javier completamente vestido, con su mochila a los pies. El resto de las camas del dormitorio estaban vacías; sus anteriores habitantes se encontraban en diversos estados preparándose para partir.

—Te dejé dormir el mayor tiempo posible. Pero necesitamos desayunar y ponernos en marcha. John se incorporó y se golpeó la cabeza con la litera de arriba. Se frotó el chichón.

—¿Por qué no me despertaste antes? —preguntó.

—Estabas profundamente dormido. Y la competencia por el cuarto de baño era feroz. Ahora puedes entrar directamente. Te veo abajo cuando estés listo —Javier tomó su mochila y salió de la habitación.

John odiaba quedarse atrás de los demás o ser juzgado como si no pudiera seguir el ritmo. Pero no era culpa de Javier. Debería haber puesto una alarma en su teléfono y ponerla debajo de la almohada. Anoche, estaba cansado y se olvidó.

Al volver a su litera después de ducharse, John se agachó para recoger su saco de dormir cuando se dio cuenta de algo. Un trozo de papel verde oscuro yacía sobre su litera, sujetado por una pulsera de madera con cuentas y una piedra verde brillante grabada con símbolos dorados. John cogió el trozo de papel y leyó la inusual letra dorada.

*No se puede servir de una taza vacía. Tu búsqueda es noble, y eres digno. Para descubrir tu valía, debes abrazar la belleza de la imperfección. Debes sentir el dolor enterrado en la verdad. Que encuentres compasión por ti mismo y por los demás en tu viaje, John. Y que descubras la paz.*

John examinó la pulsera y la única cuenta de piedra color esmeralda con la inscripción dorada. El monje de la cena llevaba uno igual. ¿Por qué se lo había dado a John cuando se volvió tan distante? John se puso la pulsera en la muñeca izquierda y se metió la nota en el bolsillo. Metió la mano en la mochila, sacó la gorra de béisbol azul descolorida de los Cubs de su padre y se la puso, luego fue en busca de Javier.

El valle estaba, de nuevo, cubierto de niebla. El viento helado golpeó a John en la cara y, cuando dejó el calor del albergue, los cielos ominosos amenazaron. Al entrar en el edificio principal, el fuego rugiente le dio la bienvenida mientras Javier le hacía señas para que se acercara. Dos mujeres que John recordaba de la noche anterior se sentaron a la mesa, eran estadounidenses de Virginia. John dejó su mochila y recogió el desayuno y un poco de café.

Cuando volvió al grupo, las risas de las mujeres resonaban sobre una historia que Javier acababa de contarles. Los ojos de John se entrecerraron al ver a Javier deleitarse con la adoración femenina. Parecían enamorados de su belleza española. Desayunó en silencio y volvió a por más café.

Cuando John terminó de comer, el grupo se levantó a regañadientes para abandonar el calor del edificio de piedra encaramado a la ladera de la montaña, se subieron las cremalleras de las chaquetas y se pusieron gorros y guantes mientras caminaban juntos hacia el exterior. Otros peregrinos se dirigían hacia allí, y un sendero de caminantes serpenteaba por la ladera de la montaña, doblando la esquina más adelante. Javier entró corriendo y volvió con los bastones de John. Se los entregó a John con una sonrisa, pero no recibió ninguna a cambio.

—Javier nos ha dicho que tú también eres estadounidense, —le dijo a John la mujer de cabello oscuro—. De Phoenix.

—Sí, decidí la semana pasada hacer el Camino. Y aquí estoy.

—No, no lo hiciste —sus ojos se entrecerraron—. Estás aquí resolviendo algo. Algo grande, creo. Su estado de ánimo lo volvió poco caritativo.

—Bueno, como me dijo una vez un sabio monje, en realidad no es asunto tuyo.

John se apartó del grupo y se marchó solo, dejando a un Javier sorprendido que tuvo que correr para alcanzarlo.

Los hombres caminaron en silencio durante la primera hora, subiendo cada vez más alto. La ira de John fue una combustión lenta. No parecía empeorar, pero tampoco disminuía. Había sido grosero con esa mujer frente al refugio, y él nunca era así, no era el tipo de persona que menospreciaba a los demás o arremetía contra alguien que intentaba ser amable. John era conocido por ser un buen tipo. El bueno. Tranquilo. De fiar. Si estaba de mal humor, salía a correr para despejar la mente. Culpar a los demás no era su estilo.

Cuando su mujer aún vivía, era él quien llevaba y recogía a los niños del colegio. Se aseguraba de que completaran sus proyectos de ciencias y recargaba sus cuentas de almuerzo en la escuela. Un hombre hecho y derecho, le decía Tess. A pesar de tener una carrera exitosa, John mantenía todo en orden en casa mientras su esposa tenía una carrera de alto vuelo. Nunca se quejó y nunca le guardó rencor por ello. Bueno, casi nunca. Ella pasó la mitad de su vida juntos en otra ciudad, otro estado. A veces, en otro país. Pero él estaba orgulloso de ella y quería que tuviera éxito. Era un buen marido hasta que dejó de serlo. Pero la amaba. De verdad.

Apoyó su decisión de recorrer el Camino con Pen, le dio su bendición para que hiciera lo que tuviera que hacer. Pero esa decisión había consumido dos meses de valioso tiempo de tratamiento, tiempo que habría sido mejor invertir en luchar contra el cáncer. Una pequeña ventana para extirpar los tumores, para asegurarse que el cáncer no regresara. Era una forma muy agresiva de la enfermedad; ella había regresado a casa y se enteró de que se había extendido. Los médicos les dijeron que Tess había perdido la ventana crítica.

Probaron de todo: todos los tratamientos conocidos y algunos experimentales. Tess voló a clínicas de todo el país para participar en los mejores estudios de vanguardia. Pero al final, no fue suficiente. Su tiempo en el Camino se la había arrebatado. El precioso tiempo que había pasado donde él estaba parado ahora con Javier. De repente, John odiaba este lugar. ¿Y ella tuvo el descaro de pedirle que esparciera sus cenizas a lo largo de este maldito sendero? ¿Por qué? ¿Por qué era tan importante para ella? ¿Fue por Javier?

Con su larga zancada, John aceleró el paso. Javier tendría que seguirle el ritmo.

# OCHO

## SIN ESFUERZO, NO HAY RECOMPENSA

En un silencio curioso, Javier caminaba junto a John por los Pirineos. Había escuchado la conversación entre John y la mujer americana. Esta versión no era el hombre que él conocía. O al menos la persona que le habían descrito Tess y Pen. Algo estaba molestando al americano esta mañana. Tal vez el Camino lo había provocado. Quizás John solo necesitaba desahogarse.

Los dos hombres pasaron volando junto a otros peregrinos mientras John clavaba sus palos en la carretera como si estuviera recogiendo basura en el parque. La gente los miraba como si estuvieran locos, yendo a un ritmo insostenible. Pronto llegaron al camión de café que estaba aparcado en lo alto de la cima. Javier sugirió que hicieran una pausa y descansaran tomando un café. John gruñó, se posó en una roca y se apartó del grupo de peregrinos risueños que estaban reunidos allí. No se quitó la mochila ni se puso en la cola para tomar un café con leche. Javier compró dos y le trajo uno.

—«Merci» —fue la respuesta escueta y sarcástica.

El francés que operaba el camión de comida preparó una bebida bien fuerte. Javier le ofreció azúcar, pero el otro hombre la rechazó. Al igual que los italianos, John agarró el vaso de papel y se lo bebió de un trago. La parada para recargar pilas no duró mucho, y en nada estaban de camino junto a los últimos rebaños de ovejas que aún no habían sido trasladados a pastos más bajos al enfriarse el tiempo. Los dos hombres pasaron junto a una cruz celta de piedra y atravesaron la brecha en la pared rocosa que oculta una antigua cabaña de pastores antes de cruzar la frontera con España.

—Estas cabañas de piedra son esenciales aquí. Aunque el paso de Roncesvalles cerrará pronto para el invierno, algunos peregrinos intentan este cruce durante todo el año. Aquellos que viven y trabajan en las montañas están aquí todo el año y saben que el clima es impredecible. Quedar atrapado en los Pirineos puede ser mortal. Estas cabañas han protegido a peregrinos y pastores durante más de mil años.

—Gracias por la lección de historia —dijo John sarcásticamente—. De todas formas, espero que no la necesitemos. Tengo pensado darme una ducha caliente y tomarme una cerveza al final del día.

—Me parece bien —respondió Javier.

Siguieron caminando. Parte de la tensión inicial se había disipado. Ignorando el estado de ánimo de John, Javier continuó contándole la historia de esta parte del Camino, como la de los moros y las legendarias hazañas de Carlomagno, tanto si le interesaba como si no. Pronto, los dos hombres estaban listos para hacer su descenso final a Roncesvalles. El clima se había puesto feo, con aguanieve cayendo sobre el ya traicionero sendero. El viento había aumentado, y el hielo y la nieve espesa caían mientras descendían lentamente hacia el valle de abajo.

En cierto punto, se agarraron el uno al otro para mantenerse en pie. Entonces, al llegar a la arboleda, John resbaló de repente en el barro y cayó hacia atrás. Su mochila amortiguó la caída, pero el dolor le crispó el rostro mientras soltaba un gemido.

Javier se agachó inmediatamente e intentó ayudar a su amigo a ponerse en pie, pero John gritó, rogándole que se parara. Apartándose y evaluando la situación, la mente de Javier empezó a pensar. Necesitaba un plan para sacar a John de este clima.

—¿Qué vamos a hacer? —preguntó John, haciendo una mueca de dolor—. No podemos quedarnos aquí fuera —mientras el granizo los golpeaba a ambos—. Y no puedo levantarme con tanto dolor.

—Lo sé —dice Javier—. Déjame sacar tu chubasquero de la mochila y te cubriré con él. Yo también me pondré el mío para conservar el calor. Luego veremos cómo te sientes después de un rato.

El viento se arremolinaba a su alrededor, lo que hacía más difícil para Javier sacar el chubasquero de la mochila de John mientras estaba tumbado encima. Con gran esfuerzo y más muecas de dolor por parte de John, Javier liberó el plástico rojo y lo colocó sobre el cuerpo tendido de John, luego buscó en su propia mochila y se lo puso. Para entonces, ya estaban mojados y tenían frío. No era una situación en la que ninguno de los dos pudiera sobrevivir mucho tiempo. Necesitaban ayuda, ya que John estaba perdiendo rápidamente calor corporal. Una condición que podría resultar fatal si se le permitía progresar.

El médico levantó su teléfono móvil y esperó a que apareciera al menos una barra, pero la pantalla seguía marcando, buscando señal. Por suerte, estaban bastante cerca de Roncesvalles. Algo más de un kilómetro en línea recta, más de dos kilómetros por el sendero que baja en zigzag por la ladera de la montaña. Javier estaba decidiendo si dejar a John e ir solo a buscar ayuda al pueblo cuando oyó una voz femenina americana.

—¿Estáis bien?

Javier levantó la vista y allí estaban las dos peregrinas americanas del desayuno. Después de un día de prácticamente correr por los Pirineos, las dos mujeres no estaban tan lejos de ellos. El alivio lo inundó.

—John se ha caído. Tiene mucho dolor. Estaba intentando decidir qué debíamos hacer.

—¿Queréis que vayamos al pueblo y mandemos ayuda? —preguntó Polly.

John habló por primera vez. —No. Por favor —hizo una mueca—. Solo ayudadme a levantarme.

Creo que podré llegar. Ya no me dan tantos espasmos ahora mismo.

Javier tenía miedo de moverlo y se lo dijo, pero John insistió. Primero, lo giraron de lado y le quitaron la mochila mientras él gemía. Javier conocía el rostro de dolor de un paciente cuando lo veía. Cuando consiguieron poner a John en posición sentada, Polly y Lucy pusieron los brazos de John sobre sus hombros, sosteniéndolo mientras se ponía lentamente de pie.

—Creo que, si nos quedamos con él así en el camino de bajada y vamos despacio, podremos llegar todos —ofreció Polly, la peregrina con la coleta oscura—. Javier, ¿puedes llevar su mochila?

—Sí, por supuesto —dijo él, preocupado por su amigo.

Debido al clima, se tomaron su tiempo. Estaba resbaladizo, pero después de caminar más de una hora, por lo que deberían haber tardado veinte minutos, llegaron al monasterio. Dejando a un John tembloroso sentado en un banco del vestíbulo, Javier se fue a buscar camas para los cuatro. La mujer americana a la que John había insultado antes ese día se quedó con él.

—Mira —dijo John—. Siento lo de esta mañana. No sé por qué fui tan grosero. No suelo ser así. Tenía un mal día y lo pagué contigo. Y luego, empeoró. No puedo agradecerte lo suficiente por ayudarme a bajar aquí. No lo habría logrado si tú y tu amiga no hubieran aparecido.

Ella sonrió.

—Tenemos nombres, ¿sabes?

—Lo siento. Vuelvo a ser grosero, John —dijo, extendiendo la mano.

—Sí, lo sé. Te oí presentarte anoche en la cena —ella cogió la mano que él le extendía—. Soy Polly. Lucy es la rubia que está consiguiendo camas con Javier.

—Encantado de conocerte. Otra vez. Polly asintió.

—Querías saber por qué estoy haciendo el Camino. Si me lo hubieras preguntado anoche, te habría dicho que era por mi mujer. Murió de cáncer y empecé esto en su honor. Esparciendo sus cenizas en todos los lugares que ella me pidió. Pero creo que tienes razón. Tengo mis propios asuntos importantes que resolver —la pulsera de monje seguía en su muñeca—. No lo entendí hasta hoy.

—Vale, John de Phoenix —sonrió Polly—. Lo entiendo. Parece que estás en ello.

Después de recibir las asignaciones de camas para el grupo, Javier y Lucy regresaron. Javier se agachó y le quitó las botas a John. Luego las dejó en el cuarto de botas con sus bastones. Recogió la mochila de John mientras las mujeres ayudaban a John a levantarse y subir las escaleras hasta sus literas. Dejaron a John en la litera de abajo y Javier ayudó a quitarle la ropa hasta que se quedó en calzoncillos y empezó a temblar de forma preocupante.

—Necesito meterte en una ducha caliente para subir tu temperatura corporal y evitar que entres en estado de choque. El dolor lo está empeorando. Eso significa que tendré que ducharme contigo. Si no nos conocíamos antes, lo haremos en unos 10 minutos —Javier se rio incómodo, levantando las manos en señal de rendición.

Polly y Lucy ayudaron a llevar a John hasta la puerta de la ducha de hombres. Otros peregrinos varones vieron su dilema y tomaron el relevo, poniendo de su parte para colocar a John en la cabina de ducha. Javier colgó sus toallas y luego entró en la cabina con John, desnudo, manteniéndolo erguido bajo el agua caliente que humeaba.

—Esto es justo lo que necesitaba —dijo John agradecido mientras empezaba a entrar en calor.

—No creo que quieras decir lo que acabas de decir —se rio Javier. John sonrió, luego hizo una mueca cuando el dolor lo atravesó.

—El agua caliente ayudará a tu cuerpo a recuperarse y a relajar los músculos. Quiero examinarte cuando te llevemos de vuelta a la litera para asegurarme de que no tienes ninguna otra lesión más grave. Si no, tengo algunos medicamentos para relajar los músculos y ayudarte a dormir.

John se rio de nuevo de su ridícula situación, haciendo una mueca de dolor por el esfuerzo.

—¿Qué es tan gracioso? —preguntó Javier.

—¿En serio? Estamos aquí de pie, desnudos, en una ducha. ¿Alguna vez pensaste, ni en tus sueños más locos, que tú y yo nos ducharíamos juntos? ¿Después de todo lo que hemos pasado?

Javier sonrió. —Bueno. No. No tenía esto en mi lista de prioridades vitales.

John sonrió- —Tengo la sensación de que tendré que reescribir mi diario al final de este viaje.

—¿Tienes un diario? —preguntó Javier. John se rio. —Te lo explicaré más tarde.

El temporizador de la ducha cortó el agua y, después de secar incómodamente todo el cuerpo de John, Javier lo vistió y luego solicitó la ayuda de otros para que les ayudaran a volver a las literas. Acostó a John y determinó que probablemente se había desgarrado algunos músculos de la espalda durante la caída, pero no creía que se hubiera fracturado o roto nada.

—Creo que deberías descansar. Iré a ver si puedo conseguirte algo de comida. Con los medicamentos, espero que te duermas mucho antes de la comida de peregrinos.

—Claro —bromeó John—. Solo quieres a las chicas para ti solo. Javier puso mala cara.

—En serio, de verdad —dijo John—. Gracias por ayudarme. Seguiría ahí tirado si no fuera por ti, Polly y Lucy.

—De nada —dijo Javier—. Pero espero que sea la última ducha que tú y yo nos demos juntos.

—Ya me había olvidado de esa parte. Gracias por recordármelo —Javier se rio entre dientes.

—Ahora vuelvo.

Javier encontró un bar abierto y compró un bocadillo, un sándwich de salami en pan duro que partía los dientes. Y una bolsa de patatas fritas y una Coca-Cola. Luego, volvió y esperó mientras John se lo comía todo.

—Tu nivel de azúcar en sangre está bajo y estás estresado —le dijo a John mientras le daba la comida que había podido conseguir—. Esta es una buena forma de subir el nivel —colocó la Coca-Cola junto a su cama—. La sal de las patatas fritas te ayudará a no deshidratarte, y la proteína del bocadillo equilibrará los carbohidratos del pan. Te tomarás los medicamentos y te quedarás dormido en media hora. Tu cuerpo quiere recuperarse. Tenemos que darle las herramientas adecuadas para hacerlo.

—Gracias por la cena —sonrió John agradecido, tomando la comida—. ¿Qué pasó con mi ropa mojada?

—Polly y Lucy se la llevaron para lavarla. Lo comprobaré antes de acostarme.

Todos se habían ofrecido, sin que nadie se lo pidiera, a ayudar al americano gruñón, incluso después de la anterior grosería de John. John se tragó los medicamentos que le dio Javier y se comió su comida improvisada. Se quedó dormido poco después.

Javier caminó solo hasta la misa del peregrino en la antigua iglesia junto al monasterio. Recibió la bendición en su nombre y en el de John. El español no estaba seguro de que aquello sirviera de algo, pero encendió una vela por John y rezó una pequeña oración. Mientras estaba de rodillas en la iglesia, habló con Tess.

—Hola, mi amor. Estamos aquí. Justo como hablamos en el hospital. No pensé que estaría de acuerdo, pero tenías razón. John no es como los demás hombres. Pero está sufriendo, Tess. Vamos a necesitar un poco de tu magia en este viaje, me temo.

Algo se estaba gestando con el marido de Tess. Javier no estaba seguro de qué era ni de cómo se resolvería, pero esperaba que John encontrara lo que buscaba a medida que pasaran las semanas. Javier se levantó y encendió una vela por Tess. En los últimos diez años, se había convertido en un hábito que no se había molestado en romper.

Cuando volvió a las literas, John estaba dormido. Mientras subía a su litera, oyó a John murmurar y gemir en sueños, luchando contra demonios que Javier aún no podía imaginar.

# NUEVE

## HISTORIA DEL CABALLERO

Los dedos desgastados de los pequeños zapatos negros se tambaleaban al borde de la tumba. Los dedos del niño presionaban contra el extremo del cuero fino y quejumbroso. Su traje oscuro no le había quedado bien durante más de un año, mientras el viento acariciaba sus tobillos desnudos. A los siete años, no tenía muchas ocasiones para vestirse elegante.

Johnny Sullivan se sintió débil mientras el cura hablaba sin cesar sobre la vida, la muerte y el reino de los cielos, mientras sostenía la mano desconocida y callosa que lo mantenía en su lugar. Era lo único que le impedía caer en el agujero profundo que encerraba a sus padres en las cajas de roble rectangulares y pulidas muy abajo. De repente, los ataúdes fueron absorbidos por la tierra, por lo que ya no pudo verlos. Gritando, tuvo que reprimir el impulso de saltar tras ellos.

—Que en paz descansen —continuó la voz sin cesar.

Uno por uno, personas que no conocía tomaron pequeños puñados de tierra y los arrojaron al agujero donde habían ido la madre y el padre de Johnny. Después le daban palmaditas en el hombro o le alborotaban el pelo rubio mientras le decían palabras que nunca recordaría. Sus padres habían muerto. No iban a volver, dijeran lo que dijeran.

—Siempre les recordaremos —dijo una voz.

El cielo era como la pantalla de color pizarra de su *telesketch* rojo, ahora guardado en una caja en la parte trasera del viejo camión oxidado con la pintura azul desconchada aparcado cerca. Miró hacia arriba como si alguien en el cielo pudiera escribir algo en cualquier momento explicando todo esto. Pero no apareció ningún mensaje, por mucho que mirara fijamente a las nubes de lluvia que se cernían sobre él. Algunas cosas no tienen explicación.

Johnny sintió que la mano grande y callosa volvía a estrecharse en torno a la suya. Miró el rostro curtido del anciano.

—Puedes llamarme *abuelo Charlie* —le dijo el hombre con su marcado acento irlandés cuando llegó al apartamento del vecino hacía solo unos días. El día después de que el policía apareciera sin previo aviso en el despacho del director, la hermana Bernadette lo escoltó desde su clase de primer curso. El policía le dijo que sus padres habían muerto.

El policía le dijo que su abuelo iba a venir, pero era la primera vez que oía hablar de ese hombre que había sido el padre de su padre. ¿Abuelo?

—No tengo abuelo —dijo Johnny.

De repente, el sueño cambió y Johnny estaba entre bastidores, asomado tras unas pesadas cortinas, observando a sus padres en el escenario. Entonces, su madre le despertó tras quedarse dormida en un sofá manchado y maloliente de su vestidor. Su madre siempre decía que eran gente de circo. Cuando un espectáculo terminaba, se mudaban al siguiente.

—Solo somos nosotros tres —le susurró su padre mientras salían corriendo del teatro hacia casa. El cielo se volvió negro y Johnny se quedó solo en la acera, frente a su edificio de apartamentos de ladrillo rojo. De repente, el abuelo Charlie se puso a su lado. Metieron su ropa en una maleta, algunos recuerdos y sus libros favoritos en cajas. Johnny cogió el albornoz rosa de *chenille* de su madre de la parte trasera de la puerta del baño, enterró la cara en la tela para memorizar su olor y luego lo escondió en el fondo de una caja. Envolvió el ejemplar de su padre de los cuentos de O. Henry, un escritor estadounidense, en la camiseta de los Chicago Cubs de su padre y lo metió en la maleta. Johnny y su padre eran fanáticos del béisbol, y los Cubs eran su equipo favorito. Enrolló la gorra de béisbol que siempre llevaba su padre y se la metió en el bolsillo del abrigo, envolviéndola con la mano junto a la tumba.

Podía oír el chasquido de un bate de béisbol y a la multitud animando en el Wrigley Field. Se escaparon a un partido por la tarde, los dos solos. Entonces, la voz de su padre le leyó uno de los relatos de O. Henry, *El rescate del jefe rojo*. A Johnny le encantaba escuchar las historias que se inventaba su padre.

Pero, estas historias, eran sus favoritas.

Cuando el cielo se oscureció y el sacerdote se marchó, el abuelo Charlie y Johnny se quedaron solos mientras los sepultureros hacían su trabajo.

—Creo que es hora de que nos despidamos de ellos. Tenemos que irnos a casa.

«A casa», pensó Johnny. Todo lo que le quedaba en el mundo estaba bajo una lona manchada, cruzada con una vieja cuerda, en la caja del destartalado camión azul que el abuelo Charlie conducía desde su granja de Iowa. Su «casa» era un lugar en el que nunca había estado y que aún no podía imaginar. ¿Se sentiría seguro, o lo estarían esperando monstruos allí?

Como una cinta gris interminable, las carreteras que apuntaban al oeste se alargaban mientras se alejaban, y los rascacielos de Chicago retrocedían en la distancia. El cielo se oscurecía a medida que la lluvia dificultaba el ritmo de los limpiaparabrisas. Él y su abuelo apenas podían ver por la ventana. Un viento creciente los zarandeaba, y Johnny se preguntó si era el fantasma de sus padres, enfadado con él por dejarlos en Chicago. Enfadado con el abuelo Charlie por llevárselo.

Cuando se acercaron al pueblo cerca de donde se encontraba la granja, las nubes oscuras se partieron y se volvieron de un tono verde. Para escapar de la tormenta que se avecinaba, Johnny sintió que el camión se tambaleaba mientras su abuelo cambiaba de marcha y pisaba el acelerador. Este momento era el lugar en el sueño donde siempre empezaba a sudar.

—Tiempo de tornados —dijo el abuelo Charlie, sin dar más detalles, desviando el camión oxidado de la carretera y bajando por un camino de tierra bordeado de postes de madera gris y alambre de púas oxidado. Los altos tallos de maíz bloqueaban la vista del horizonte de Johnny mientras se detenían bruscamente frente a una gran casa de tablillas blancas con contraventanas verdes cuidadosamente pintadas y un porche envolvente. Aún así, la tormenta sacudía el camión.

—Ahora, harás lo que yo diga —gritó el abuelo Charlie por encima del viento—. Y estaremos bien —su acento irlandés se volvía más marcado en tiempos de problemas.

El anciano abrió la puerta del lado del conductor mientras el viento rugía. De un salto, le hizo señas a Johnny para que le siguiera, y luego se agarró a él para que no saliera volando. El viento y los escombros voladores los golpeaban, y el polvo entró en los ojos de Johnny, por lo que apenas podía ver. El abuelo Charlie lo llevó a un par de viejas puertas de madera inclinadas y colocadas en los cimientos de la casa. Le costó toda la fuerza a su abuelo sostenerlo para abrir la puerta a las escaleras de la bodega oculta que estaba debajo. Dejó a Johnny en el escalón superior y le dijo que bajara, mientras un gato salía de la nada y pasaba corriendo junto a él bajando las escaleras hacia la oscuridad. Johnny escuchó un gran crujido cuando el roble en el patio delantero se partió. La mitad cayó sobre la camioneta de la que acababan de salir. No necesitó más estímulo para correr hacia la oscuridad, se tropezó en el escalón inferior y se cayó de bruces sobre el suelo de tierra. El abuelo Charlie se apretujó en el interior, cerrando la luz mientras encajaba una barra a través de los gastados lazos de cuero sujetos al interior de las puertas del sótano.

El olor a tierra y algo químico abrumó a Johnny en la habitación completamente oscura mientras la gata maullaba su disgusto antes del siseo de una cerilla y una lámpara de queroseno iluminaba el espacio. El abuelo Charlie sostuvo la lámpara frente a su rostro. La luz y las sombras lo hacían parecer el monstruo que Johnny temía en el cementerio. Johnny echó su primer vistazo a la bodega. Estantes de madera bordeaban las paredes de ladrillo con frascos de vidrio de frutas y verduras suspendidos en líquido transparente. Un contenedor de patatas estaba en el suelo junto a un saco de cebollas de arpillera sucia. Una antigua mecedora de madera con pintura amarilla descascarada era apenas visible detrás de un pilar de ladrillo que sostenía el piso de la casa que temblaba encima de ellos. Un juego de ajedrez estaba listo sobre una caja como si el abuelo Charlie supiera que se acercaba el tornado. En la esquina, cubierta con una manta militar verde que estaba comida por la polilla con una almohada manchada de amarillo, había una camilla militar. La manta parecía áspera, pero a la gata no le importaba y ya estaba sentada sobre ella, mirándolo con interés.

—Está bien, chico. Tenemos que esperar aquí abajo hasta que pase la tormenta. No debería tardar mucho —le aseguró la gata.

Johnny tragó saliva. ¿Realmente le había hablado?

—No hay nada de qué preocuparse —dijo el abuelo Charlie—. Unas horas, tal vez. Mientras tanto, tenemos agua, y ahí está la camilla que puedes compartir con Rags.

Johnny examinó el largo pelaje del gato con manchas negras, naranjas y blancas. Realmente se parecía un poco a un trapo. Se sentó junto al gato, que comenzó a ronronear, pero no dijo nada más cuando a Johnny le cayó todo de golpe. El entierro de sus padres de esta mañana y el dejar todo y a todos los que conocía atrás. Estaba pensando en su casa en Chicago y en la mudanza a este extraño lugar con tormentas que matan a la gente. Con alguien a quien ni siquiera conocía desde hacía una semana. Y ahora, estaba sentado en un agujero debajo de una casa, acariciando a un gato que hablaba en la oscuridad, esperando que no viniera un tornado por él. Las lágrimas corrían por sus mejillas mientras miraba sus zapatos desgastados por centésima vez ese día, trataba de detener las lágrimas. Pasó un momento antes de que su abuelo se diera cuenta.

—Venga ya —dijo el abuelo Charlie, con su voz cantarina, inclinándose y revolviéndole el pelo rubio—. Sé que ha sido un mal día para los dos. Y no hay nada que podamos hacer al respecto. Ni una sola cosa. Así que, creo que deberías descansar —le agarró los talones a Johnny—. Quítate estos zapatos que no te quedan bien. Iremos al pueblo mañana y te compraremos unos que sí. Pero, por ahora, necesitas mantenerte caliente. Rags puede ayudar. Y puedo contarte una de mis historias. Una que solía contarle a tu padre cuando era pequeño.

Johnny movió los dedos de los pies para recuperar la sensibilidad. Su dedo gordo asomaba por un agujero en su calcetín negro mientras Johnny se acurrucaba debajo de la manta militar áspera y se hacía un ovillo. Rags se acomodó en la almohada vieja y mohosa sobre su cabeza, ronroneando.

—Ya está. Bien. A ver, déjame pensar —el abuelo acercó la mecedora a la camilla y respiró hondo, metiendo la manta alrededor de Johnny—. Vale, había una vez un niño que vivía en un castillo, el menor de cinco hermanos fuertes de su familia —le contó el abuelo Charlie—. Por alguna coincidencia, Johnny, se parecía mucho a ti.

—Su rico padre había fallecido recientemente, y la lucha entre sus crueles hermanos había comenzado casi de inmediato. El niño sabía que no le iría bien al final. No se reservó nada para el hijo menor, cuyo hermano mayor y más cruel estaba ahora a cargo de la familia y el castillo donde vivían. En su prisa por encontrar su propia gloria, y antes de que las pertenencias de su padre se distribuyeran entre los hermanos mayores, robó la armadura de su padre en las primeras horas de una mañana de niebla. Luego, se dispuso a luchar contra los enemigos de su padre, a luchar la buena batalla.

—En el establo del castillo, el muchacho necesitó la ayuda del mozo de cuadra mientras levantaba la espada dentro de la vaina y montaba el gran corcel.

—Cabalgando por un camino embarrado a través del pueblo cercano, dejó el castillo y a todos los que conocía atrás. Al oír los cascos del caballo, los aldeanos salieron de sus puertas, gritándole y riéndose de él. La armadura de su padre le quedaba tres tallas más grandes, y el casco se le resbalaba sobre los ojos. El muchacho apenas podía ver. La cota de malla le colgaba por debajo de las puntas de los dedos, y la coraza le cortaba los muslos mientras sacaba el caballo de su padre del pueblo.

—«¡Nunca lo lograrás!» —se burlaron—. «Te matarán antes de que des el primer golpe».

Pero el muchacho no se dejó intimidar, y partió solo en busca de la gloria. Pasaron muchos años antes de que regresara a esa parte del país. Tantos que los aldeanos se habían olvidado de él por completo. Tenían sus propios problemas.

—Un día, entró a la plaza del pueblo a lomos del caballo de su padre. De vuelta al lugar donde nació. Para entonces, el muchacho se había convertido en un hombre. La armadura le quedaba como si hubiera sido hecha para él, y podía blandir la espada con la fuerza y precisión del caballero que era.

—Los aldeanos salieron de sus casas para ver al guerrero que entraba en su pueblo. Cuando se dieron cuenta de quién era, la noticia se extendió rápidamente.

—«Cuando te fuiste de aquí hace tantos años, pensamos que seguramente estarías muerto en días.

Pero te ves fuerte y sano» —le dijeron al caballero.

—El muchacho, ahora un hombre, inclinó la cabeza en deferencia a sus comentarios. El abuelo inclinó la suya.

—«Cuéntanos las historias de tus muchas batallas y cómo mataste a tus enemigos» —rogó el carnicero con pantalones ensangrentados.

—El caballero sonrió desde su fiel corcel.

—«Luché en una guerra tras otra. Contra demonios y mentirosos, que solo podéis imaginar en vuestras peores pesadillas. Todos blandiendo espadas y armas de las que no podía escapar. Y hechicería que casi acaba conmigo. Pero nunca me rendí, y por eso, soy el hombre que veis hoy».

Los ojos de Johnny se abrieron de par en par. Sus lágrimas anteriores se habían secado mientras su abuelo continuaba su relato.

—Los aldeanos se quedaron boquiabiertos de asombro.

—«Nombra las batallas y en qué campos luchaste. ¿Para qué grandes reyes desenvainaste tu espada y qué riquezas has traído de estas victorias?» —gritó el panadero cubierto de harina.

—El caballero sonrió—. «Nunca desenvainé la espada de mi padre» —respondió—. «Contra ningún hombre».

—Los aldeanos parecieron sorprendidos por esto —dijo el abuelo Charlie—. El hombre que veían ante ellos era grande y fuerte. El epítome de un caballero en todas las historias que les habían contado de niños.

—«Si nunca luchaste en grandes batallas ni recogiste riquezas de tus enemigos, ¿dónde has estado todos estos años?» —insistió la pescadera con el delantal sucio.

—El caballero negó con la cabeza.

—«He librado grandes batallas y he recogido muchas riquezas a lo largo de mi viaje» —dijo.

—Los ojos de los allí reunidos se entrecerraron con escepticismo —dijo el abuelo, entornando los ojos.

—«¿Dónde están esas riquezas?» —preguntaron, mirando las humildes bolsas que colgaban de la silla del caballo de guerra.

—El caballero se limitó a sonreír—. «He luchado contra los demonios de mi propia creación. Para cada hombre, estos son los más difíciles de conquistar. Hubo días en que pensé que me llevarían, pero fui más fuerte que ellos. Un hombre que puede luchar y vencer a sus propios demonios nunca será engañado para luchar contra los de otro».

—Un silencio descendió sobre los allí reunidos —susurró el abuelo.

—«Pero hablaste de riquezas» —observaron los pobres aldeanos con decepción.

—«Un hombre que se conoce a sí mismo de verdad es rico más allá de toda comprensión» —dijo el caballero—. Porque nunca podrá ser desviado por otro.

—Murmullos recorrieron la multitud.

—«Pero ¿por qué volviste aquí sin nada?» —preguntó el zapatero del pueblo blandiendo un martillo—. «Podrías haber ido a cualquier parte».

—El caballero se detuvo y consideró la pregunta. «Porque necesitaba ver hasta dónde había llegado. Gracias por recordármelo». —Luego se dio la vuelta y salió cabalgando del pueblo —sonrió el abuelo a Johnny.

# DIEZ

## APRENDIENDO A CAMINAR

John se agitó en su sueño antes de darse la vuelta y abrir los ojos. Julián, el chico del tren, apareció en su mente. Quizás había entregado el sueño familiar esta vez: un niño muy parecido a él. En la litera de enfrente, Javier estaba vestido, listo para salir.

—¿Cómo te sientes? —preguntó Javier preocupado.

John se movió un poco pero no sintió el dolor que había sentido la noche anterior. —He estado montando a caballo en mi sueño y escapando de un tornado toda la noche. Así que, pensarías que estaría dolorido, pero me siento bien —dijo, frotándose los ojos y sonriendo ante la reacción de sorpresa de Javier. Un psicólogo se divertiría con sus sueños recurrentes—. No tengo espasmos en la espalda cuando me muevo. Eso es una buena señal, ¿verdad?

—Sí —convino Javier—, pero déjame examinarte.

El médico levantó la camiseta de John y pasó las manos por su columna vertebral, presionando en lugares críticos, esperando a que John gritara. Como no lo hizo, Javier asintió y bajó la camiseta.

—No hay daño visible de anoche. No tener moretones es bueno. Pero yo diría que, si quieres caminar hoy, debemos tomárnoslo con mucha calma, y deberías enviar tu mochila.

—¿Enviar mi mochila? —preguntó John.

—Sí. Hay servicios de envío en el Camino para peregrinos y sus mochilas. Puedes enviar tu mochila por un día o todos los días durante todo el camino a Santiago. Hoy, aprovecharemos ese servicio.

Yo también enviaré la mía porque si tienes algún problema, quiero asegurarme de no llevar nada más que a ti.

—¿Cómo hacemos eso? —preguntó John.

Javier levantó un par de sobres.

—Como todo lo demás en España, rellenando formularios y gastando unos euros.

Recogieron sus cosas y dejaron sus mochilas en la oficina del vestíbulo. Después, fueron a buscar el desayuno a un bar local, pidiendo café y tortillas de patata. Caminar sin su pesada mochila se sentía extraño para John; como si le faltara algo, pero John había traído la mochila que usaba durante el día con las cenizas de Tess. No iba a arriesgarse a que se perdiera con el servicio de equipaje.

—¿Trajiste... —Javier tragó saliva—... toda ella en este viaje?

John tosió y tomó un sorbo de su café antes de responder.

—Sí. No podía obligarme a separar ninguna parte de Tess. Además, ¿qué parte me llevaría a España? ¿Su corazón? ¿Sus ojos azules? No —dijo, dando una palmada a su mochila roja—. Ella está aquí conmigo. Toda ella.

Javier asintió.

—Me imagino que el saco pesa —dijo, señalando la mochila roja de John—. No tienes que cargarla tú solo, ¿sabes? Puedo compartir el peso por el camino.

John apretó su agarre en la mochila.

—Ella no es una carga —dijo John, en voz baja—. Y, además, es mía para llevar. Cumplí un compromiso con Tess. Puede que me esté retrasando en cumplirlo, pero lo llevaré a cabo. —Se limpió la boca—.

John observó a Javier hurgar incómodamente con su guía, redirigiendo la conversación hacia la ruta del día. Caminarían hasta Zubiri. El camino de montaña abajo era traicionero, y Javier evaluaría si John podía llegar toda la distancia cuando llegaran al pueblo de Espinal. Podría llamar a un taxi si lo necesitaba.

Los dos hombres terminaron su desayuno, y John se puso la vieja gorra de los Cubs de su padre y se echó con cuidado la mochila. Pasaron por la famosa señal de tráfico que les decía que solo les quedaban 790 kilómetros para llegar a Santiago. Después de los acontecimientos de los dos días anteriores, John no podía imaginar cómo llegarían tan lejos.

El inicio del sendero era llano, pero se volvió cada vez más montañoso a medida que avanzaba la mañana. Javier y John cruzaron arroyos y pastizales llenos de vacas y caballos. La conversación entre ellos se sentía forzada y rígida. Tal vez fue por la ducha desnudos y juntos del día anterior. O quizás todavía se estaban adaptando a pasar tanto tiempo en presencia del otro. Una parada para tomar un café a media mañana en Viscaret-Guerendiain permitió a Javier evaluar una vez más cómo le iría a John en la rocosa calzada romana, afrontando la empinada bajada hacia Zubiri.

—La siguiente parte será mucho más difícil. Nos someteremos a varios kilómetros de bajada por senderos traicioneros en pleno verano —dijo, mirando al cielo—. Y será más complicado si empieza a llover. Te lo advierto porque si te vuelves a caer, podrías lesionarte gravemente.

—¿Cuál es mi alternativa? —preguntó John.

—Podríamos tomar un taxi desde aquí. Los peregrinos lo hacen todo el tiempo cuando se lesionan al cruzar los Pirineos. No tienes que demostrarle nada a nadie. Cada uno hace su propio Camino. Si no hubiéramos enviado nuestras mochilas, sugeriría que nos quedáramos aquí y descansáramos un día más, pero debemos llegar a Zubiri de una forma u otra para reunirnos con nuestras cosas.

Solo unos días antes, John había considerado conducir a todos los lugares de la lista de su esposa, pero ahora, le parecía hacer trampa tomar un taxi. Por otro lado, podría estar postrado en cama durante una semana o más si volvía a caerse.

—Está bien. Tomemos un taxi para los últimos kilómetros. Según las instrucciones de Tess, no necesito depositar ninguna de sus cenizas en este tramo. No hay razón para arriesgarme a lesionarme.

Javier hizo una llamada. El taxi llegó en media hora. Llegaron a Zubiri 20 minutos después. Todavía era temprano, y el albergue donde enviaron sus mochilas no abría hasta la una. Se sentaron en un bar de la esquina y pidieron una cerveza y chorizo.

—Me siento un poco raro bebiendo cerveza antes del mediodía. No es algo que solemos hacer en Estados Unidos a menos que tengas un problema con el alcohol —observó John.

—Bueno, ahora estás en España. Puedes beber cuando quieras sin que tus vecinos te juzguen — sonrió.

John levantó su vaso. Las pastillas de Javier habían hecho su trabajo la noche anterior, y John había dormido bien por primera vez desde que salió de Estados Unidos. Solo le quedaba dolor de un par de horas por el Camino.

Se registraron en su albergue y siguieron la nueva rutina, se dormían temprano y se levantaban al amanecer.

—¿Crees que puedes llevar tu mochila hoy? —preguntó Javier—. Será un trayecto largo hasta Pamplona. Es relativamente llano a lo largo del río, pero no llegaremos hasta la tarde.

—Creo que puedo hacerlo —señaló John—. Mi espalda se siente mucho mejor. Tuve suerte de que la lesión de espalda no fuera más grave.

—Javier estuvo de acuerdo—. Podría haber sido mucho peor.

Salieron a lo largo del río, a través del dosel de árboles frondosos, caminando por antiguos pueblos de piedra donde el camino de grava serpenteaba por la ladera montañosa.

—¿Caminaste con Tess aquí? —preguntó John.

Javier contuvo la respiración. Medir el estado de ánimo de John se estaba convirtiendo en un hábito.

—Sí. Conocí a Tess el día anterior en un café. El mismo donde tú y yo paramos ayer. Si no recuerdo mal, ella preguntó si podía compartir mi mesa. Fue entonces cuando descubrimos que nuestros hijos caminaban juntos. Ambos necesitábamos llegar a Zubiri, así que le sugerí que camináramos juntos —recordó Javier—. Parecía sola. Pen había elegido no caminar con ella.

—Lo sé —convino John—. Ella quería acercarse a Pen en el viaje, pero Pen no estaba cooperando en ese momento.

—No, no lo estaba. En el albergue de Zubiri, encontré un frasco de medicamentos para el cáncer de Tess en el suelo del baño. Se le cayó. Sabía para qué eran y los volví a poner en su mochila, pero no la confronté. No era asunto mío, y apenas la conocía. Pero sabía que estaba enferma en esta etapa del Camino.

John permaneció en silencio mientras caminaban el siguiente kilómetro.

—Como médico, ¿alguna vez intentaste convencerla de que lo dejara? ¿De que volviera a casa y comenzara el tratamiento antes?

Javier respiró hondo.

—Yo no era su médico. Ella dijo que no necesitaba que lo fuera. Algo la impulsaba a caminar el Camino. Después de pensarlo durante más de una década, no estoy seguro de haber entendido realmente qué era eso, excepto quizás los problemas de Pen. Pero había algo más. Podía sentirlo. Fue unos días más adelante de este punto cuando ella me habló de su cáncer. Cuando me enseñó la carta que tú le habías escrito. Fue en ese momento cuando le dije que, si fuera mi mujer, insistiría en que se quedara en casa y comenzara el tratamiento. Que no la habría dejado venir aquí.

John se detuvo en seco, enfrentándose a Javier. Sus palabras le dolieron.

—Entonces, ¿crees que debería haber prohibido este viaje antes de que ella se fuera? ¿Conocías a Tess acaso? Nadie tenía ese poder sobre ella. Desde el momento en que lo mencionó, ella haría esto pasara lo que pasara. Le escribí esa carta para darle mi bendición. Para aliviar sus cargas de alguna manera, quería que supiera que estaba de su lado, pasara lo que pasara.

Javier palideció.

—Entonces, no pudiste detenerla, pero me estás diciendo que yo debería haberlo hecho, como médico, un completo extraño. Apenas la conocía entonces, como tú señalas. Vi lo mucho que esto significaba para ella, e hice todo lo posible para ayudarla a lograr su objetivo y estar lo más saludable posible mientras estaba en España, para ser su amigo. Cuando se enfermó, la ayudé. Tú lo sabes. Nunca la habría lastimado ni habría animado a Tess a hacer nada que ella no quisiera.

—Javier cerró los ojos, luchando con el recuerdo.

—De todos modos —gruñó Javier—. Tenía una perspectiva diferente entonces. Diferente a la de cualquiera de vosotros. En ese momento, ya había perdido a mi mujer por cáncer. Sabía lo que se sentía. Vosotros no. Todavía no.

El río pasó junto a ellos mientras el sol asomaba por detrás de las nubes. Los dos hombres se quedaron en silencio, casi desafiándose el uno al otro a hacer o decir algo más. Cada uno buscaba respuestas que nunca llegarían: la prisión del «si tan solo» es un lugar solitario y aislado, lleno de arrepentimientos y recriminaciones. Ninguno de los dos quería quedarse allí.

—Deberíamos ponernos en marcha —sugirió John. El momento tenso había pasado.

—Sí. No podemos cambiar nada repasando lo que podríamos haber hecho. Es más fácil ver con claridad con la ventaja de la retrospectiva. Desearía que Tess estuviera aquí tanto como tú —dijo Javier.

John resopló.

—No creo que tengas ni idea de cuánto desearía que estuviera aquí —dijo, con los labios temblorosos y las mejillas rojas de ira. Se adelantó a Javier sin saber lo que le esperaba.

# ONCE

## UNA COPA MÁS

El camino hacia Pamplona tomó horas. El calor aumentaba mientras caminaban desde las afueras de la ciudad hasta el casco antiguo. La espalda de John le agradeció el haber parado a descansar cuando lo hicieron. Estaba dolorido mientras se aseaban y luego salieron a buscar comida.

Los restaurantes en el casco antiguo de Pamplona aún tenían mesas al aire libre, ya que se acercaban al final de la temporada turística de verano. Javier eligió un lugar para disfrutar de una bebida y decidir dónde les gustaría cenar. Los hombres estaban terminando una botella de vino cuando Polly y Lucy, las dos estadounidenses que ayudaron a John en Roncesvalles, pasaron caminando. John había bebido la mayor parte de la botella de vino mientras Javier observaba en silencio.

—¡Hola, peregrinos! —gritó John, saludando con la mano. Polly y Lucy se giraron al escuchar la voz de John.

—¡Hola, señor! ¿Qué hacéis aquí? ¿Cogisteis un autobús?

—No, vinimos caminando. Mi espalda está mucho mejor, gracias a vosotras dos —dijo John, ignorando intencionalmente el papel que había jugado la experiencia de Javier en su recuperación—. Cuando salimos de Roncesvalles, vosotras estabais dormidas.

No pensé que caminaríais ayer —dijo Lucy.

—Enviamos nuestras mochilas y los relajantes musculares del buen doctor me arreglaron por completo.

—Espero que no esté tomando esas pastillas y bebiendo vino —advirtió Polly.

—No, ya dejé las medicinas así que puedo hacerlo. Puedo tomar todo el vino que quiera esta noche.

Polly sonrió. Era evidente para todos en el restaurante que John ya había consumido más que suficiente. —Bueno, después de tu caída, supongo que te lo mereces —dijo Polly.

Javier sacó una silla.

—Sentaos con nosotros, por favor.

Las mujeres se sentaron y el camarero se acercó. Llegaron dos copas más y otra botella de vino con ellas. Javier habló con el camarero y los pinchos comenzaron a cubrir la mesa. A medida que salía cada uno, Javier animaba a los demás a probarlos. John rechazó la comida con la mano y se sirvió más vino. Luego, pidió otra botella antes de volverse hacia el grupo.

—Entonces, dime, Polly. ¿A qué te dedicas en Estados Unidos? —preguntó John.

—Soy agente del FBI —dijo la estadounidense con la coleta oscura.

—¿De verdad? Apuesto a que tienes historias interesantes.

—Las tengo, pero si te las contara, tendría que matarte —sonrió ella. Todos se rieron.

—¿A qué te dedicas cuando no estás haciendo el Camino, Lucy? —preguntó Javier. Una sonrisa se extendió por las mejillas sonrosadas de Lucy.

—Soy pintora.

—Vaya —los ojos de Javier se abrieron de par en par—. ¿Qué pintas?

—Abstractos. Gente, sobre todo —dijo la peregrina rubia de corte *pixie*.

—¿Tienes fotos de tu trabajo?

Lucy sacó su teléfono y enseñó varias fotos para que John y Javier las vieran.

—No soy un crítico de arte cualificado, pero tus cuadros son muy bonitos —señaló Javier.

—¿Así que te gusta el arte? —le preguntó a Javier.

—Puf, sí. Mi mujer era artista. Pintaba todos los días. Sus manos siempre olían a disolvente y siempre tenía pintura debajo de las uñas a la hora de acostarse.

Lucy sonrió a su compañera agente del FBI al otro lado de la mesa, quien se rio entre dientes.

—Ah, sí. No has oído hablar del amor de Javier por el arte y las mujeres que están casadas — declaró John en voz alta.

Las mujeres se tensaron mientras Javier palidecía.

—Verás, a Javier le encanta todo de las mujeres. Probablemente sea porque es español. Y todos sabemos que las mujeres no pueden resistirse a un médico español apuesto. Especialmente mi mujer.

Los demás se quedaron pensativos y contuvieron la respiración.

—Creo que has bebido suficiente —Javier se levantó, extendiéndose por la mesa para agarrar la tercera botella casi vacía. En ese momento, el puño de John conectó con su ojo derecho. Javier cayó hacia atrás y las sillas alrededor de la mesa se dispersaron mientras caía. El camarero salió a ver qué pasaba, pero Javier levantó la mano, diciéndole que se había caído. Lucy ayudó a Javier a levantarse del suelo mientras Polly se acercaba a John.

—Volvamos al albergue —ofreció ella en voz baja, con una voz entrenada para desactivar situaciones violentas.

Golpear a Javier había hecho sobrio a John al instante. ¿Cómo pudo haber hecho eso? John luchó por encontrar palabras para explicarse. Como un niño travieso, dejó que Polly lo guiara por la maraña de calles del casco antiguo y se sentaron en el banco frente a donde él y Javier se alojaban.

—Así que tú y el buen doctor tienen un poco de historia, ¿eh? —preguntó la alta y atlética agente del FBI.

John cerró los ojos. —Sí —susurró.

—Si ese es el caso, ¿por qué estás haciendo el Camino con él? —preguntó ella, confundida. John se esforzó por ordenar sus pensamientos.

—Necesito localizar los lugares donde mi mujer quiere que se esparzan sus cenizas. Javier sabe dónde están esos lugares —sonaba como un niño perdido, incluso para sí mismo.

Ella sacudió la cabeza, chasqueando la lengua.

—Amigo, no estoy segura de que esto sea tan sano para ti. Desde Saint-Jean, te han pasado cosas malas. Tal vez debas escuchar lo que el universo está tratando de decirte y dejarlo para otro momento.

John se atragantó, enterrando su rostro entre sus manos. Polly puso su brazo alrededor de sus hombros.

—Tess quería que lo hiciera —lloró—. Se lo prometí hace diez años en su lecho de muerte.

Polly suspiró.

—Sí, bueno, no creo que Tess hubiera querido que vosotros dos se mataran el uno al otro.

John bajó la cabeza, avergonzado. —¿Qué coño estoy haciendo aquí? —hizo una pregunta retórica—. Soy un ingeniero jubilado de 63 años. Acabo de darle un puñetazo en la cara al amante de mi mujer, el suegro de mi hija, en una calle de España. Como si fuera un mochilero adolescente borracho. Oficialmente, estoy perdido.

Polly sonrió con simpatía.

—Tal vez te estés reencontrando contigo mismo. El renacimiento es un proceso doloroso. Créeme cuando te digo que, si vas a caminar todo esto, se pondrá más difícil antes de que sea más fácil. Te ayudará si te preparas para eso, o deberías hacerlo en otro momento. El Camino le hace cosas raras a quienes lo recorren. Toda tu vida antes del Camino probablemente esté llena de personas que han escrito tu historia desde su perspectiva. Pero, en el Camino, puedes escribir esa historia por ti mismo sin todas las expectativas de tu familia, amigos o jefe. Eres solo tú. Creo que es por eso que la gente viene aquí: para escribir sus propias historias por primera vez en sus vidas. La verdad de quiénes son realmente. Un proceso que solo puede suceder con extraños que no esperan nada de ellos.

—¿Cómo lo sabes? —preguntó John, secándose las mejillas.

—He hecho esto antes. Fue cuando finalmente me sinceré conmigo misma sobre ser lesbiana y vivir la vida en mis propios términos.

—¿Eres lesbiana? —preguntó John, sorprendido. Polly suspiró y puso los ojos en blanco.

—Sí. Por dios, eres un jubilado de 63 años.

—No —dijo John—, no me importa si eres lesbiana. Cuando entré al bar en Orrison esa mañana, te oí a ti y a Lucy reír con Javier. Parecía que estabas coqueteando con él. No sé por qué, pero me molestó. Me pregunté, «¿todas las mujeres del planeta se sienten atraídas por este hombre?»

Polly se rio.

—Bueno, si no fuera lesbiana y no estuviera con Lucy, podría sentirme atraída por él. Es encantador y tiene cierto atractivo. Pero no, ninguna de nosotras siente deseo por el doctor Javier.

—¿Lucy es tu pareja?

—Sí —sonrió Polly con orgullo.

De alguna manera, esto hizo que John se sintiera un poco mejor.

—Tu mano izquierda se está hinchando bastante —dijo Polly, señalando su puño apoyado en su regazo—. Te has hecho daño. Vamos a buscarte hielo y asegurarnos de que no esté rota.

Al mencionar su mano, el dolor finalmente atravesó toda la adrenalina que corría por su cuerpo. John estuvo de acuerdo en que necesitaba atender su mano, pero había otras preocupaciones apremiantes.

—¿Qué le voy a decir a Javier?

—«Lo siento» podría ser un buen comienzo.

—Sí —susurró John—. Podría.

Lucy y John encontraron una farmacia abierta. El farmacéutico examinó la mano de John y le hizo mover los dedos. Le dolía, pero el farmacéutico dijo que era poco probable que se hubiera roto, ya que aún podía moverla. Les vendió una bolsa de hielo y le dijo a John que tomara antiinflamatorios. El dúo se detuvo y compró agua antes de volver al albergue.

—Gracias por la charla, Polly, y por ayudarme tanto en los últimos días, incluso cuando no sabía cómo pedirlo o ni siquiera lo merecía. Especialmente cuando te traté tan mal.

Ella apretó el brazo de John.

—Esto es lo que hace el Camino. Nos ayudamos mutuamente, lo merezca alguien o no. Tenemos la oportunidad de conceder la gracia a los demás y, al hacerlo, esperamos aprender a concedérnosla a nosotros mismos. Pero planeo caminar largos días a partir de ahora para adelantarme mucho a vosotros. No puedo aparecer y salvarte el día cada vez. —Lo dijo con una sonrisa, pero él sabía que había sido más que un poco difícil, incluso para sí mismo—. Tienes mucho drama a tu alrededor, amigo mío. Tal vez deberías echarle un vistazo.

John volvió a sus literas, pero Javier no estaba allí. Se tumbó y el vino no tardó en vencerle y se quedó dormido. No se despertó cuando entró Javier.

A la mañana siguiente, John se levantó y se preparó mientras Javier salía del baño, completamente vestido, cogía su mochila y se marchaba sin decir palabra. John sabía que merecía el silencio. Terminó de hacer la maleta y se sorprendió al ver a Javier sentado en el banco de enfrente, esperándole.

—Oh —dijo John, sorprendido—. Pensé que ya te habías ido.

—Lo quise hacer. Pero necesitamos hablar.

—Sí, lo necesitamos —asintió.

—Han pasado demasiadas cosas entre tú y yo, incluso antes de los últimos días. Nuestros hijos están casados, y no podemos tener mala relación entre nosotros. Destrozará a las personas que más amamos, y creo que ambos queremos invitaciones a las fiestas de cumpleaños de nuestros nietos. John asintió con la cabeza mientras Javier continuaba.

—Primero, te debo una disculpa. Te la debo desde hace mucho tiempo. No solo me acosté con Tess. Me enamoré de ella. Sabía que estaba casada y no debería haber permitido que sucediera. ¿Me arrepiento de mi tiempo con ella? —negó con la cabeza—. No. No solo la ayudé cuando estaba enferma. Ella me ayudó a ver que podía sanar y volver a vivir después de perder a Alejandra. Necesitaba eso, por mi bien y por el de Mateo. Excepto que te persigue, y el dolor creado por mi relación con Tess ha continuado a lo largo de los años. Lamento el daño que te causé.

John miró a este tipo que admitió sus errores. Había tratado mal a Javier en el Camino.

—Te lo dije. Le di permiso a Tess.

—¡Basta! —Javier levantó la mano—. Esto no le importa a tu corazón. Puede que la absuelva de alguna transgresión en tu mente, pero no quita el dolor. Tess no era una santa. Era un ser humano con mucho dolor por muchas razones, que se agarraba a los últimos hilos de su vida antes de que se deshiciera por completo. Vino aquí, e hizo lo que hizo conmigo. Y tuvo sus charlas con Pen. Imagino que fueron dos meses que desearías que Tess hubiera pasado contigo. Dos meses antes, habría entrado en tratamiento, pero también, dos meses más en los que habrías estado con ella. Creo que estás muy dolido y quizás, por lo que he visto, un poco enfadado por ello. Tal vez eso es lo que finalmente te estás admitiendo a ti mismo.

John guardó silencio.

—Está bien estar enfadado —señaló Javier—. Pero no me vuelvas a pegar. La próxima vez, te prometo que te devolveré el puñetazo. —Javier le sonrió a John con un ojo morado e hinchado—. Al menos todavía tengo todos mis dientes.

John también sonrió.

—Siento haberte pegado —dijo con toda la sinceridad.

Javier extendió la mano, y John la cogió, haciendo una mueca de dolor, y lo levantó.

—Tal vez ahora podamos ser amigos.

—Creo que me vendría bien uno ahora mismo —convino John mientras se dirigían juntos por la maraña de calles empedradas hacia la siguiente subida.

# PARTE II

## UN RASTRO DE MENTIRAS

# DOCE

## ALTO DEL PERDÓN

Los dos hombres salieron de Pamplona uno al lado del otro hasta que Javier se adelantó en el sendero polvoriento que serpenteaba hacia el oeste, subiendo y bajando las colinas a las afueras de la ciudad. John observó la espalda del médico mientras resoplaba y jadeaba en cada cuesta hacia el Alto del Perdón. Javier estaba muy lejos en la distancia cuando John pasó por el pueblo de Zariquiegui, encaramado sobre la ciudad de Pamplona. Cansado, John entró en la iglesia de San Andrés y se sentó en la oscuridad iluminada por velas, con la cabeza palpitante y un poco de resaca. Miraba hacia el retablo, tenía el lugar para él solo entre los bancos de madera mohosos.

El incienso ardiente incrustado en las paredes de este edificio a lo largo de los siglos, desencadenó un recuerdo en algún lugar profundo de su interior, transportándolo en el tiempo. Tras la muerte de sus padres, su abuelo crio a John como católico, pero John no fue a la iglesia de adulto. El olor a incienso recordó a John sus primeros meses en Iowa tras la muerte de sus padres. Los recuerdos se precipitaron hacia él, sentado junto a su abuelo Charlie, con las piernas colgando del banco cada domingo por la mañana mientras el sacerdote oficiaba la misa en latín. Más de medio siglo después, John ya no estaba seguro de lo que creía. Pero, por aquel entonces, la misa era predecible, algo con lo que podía contar. Después de una pérdida tan profunda, lo necesitaba.

John se quitó la mochila. Dejó la pesada carga en el banco de madera que tenía al lado y sacó la cartera del bolsillo con cremallera del cinturón. Sacó la amarillenta columna de papel de periódico, se sentó y la desdobló. Era el obituario de Tess. John lo había leído tantas veces que la vitela estaba cubierta de cinta adhesiva transparente para evitar que se deshiciera. Realmente debería hacer una copia, o pronto, no podría leer las palabras, sus palabras. Tess había insistido en escribir su propio obituario. Quería la última palabra antes de fallecer. Tan organizada como era, lo selló en un sobre, ya dirigido al periódico local con un sello, un sello real. Estaba sobre la mesa junto a su cama. No le había pedido que lo enviara, así que no estaba seguro de quién envió la carta y cómo terminó en el periódico. Pero recibió un correo electrónico confirmando la recepción con la fecha de publicación pocos días después de su fallecimiento. John no se suscribía al periódico, pero compró uno, lo recortó y lo guardó en su billetera como un talismán. Tess seguía con él. Podía leer su visión de lo que había significado su vida cuando lo necesitara.

Sosteniendo el obituario, se arrodilló, se quitó la gorra de los Cubs de su padre por costumbre y respeto, inclinó la cabeza y rezó. Después de terminar de hablar con Dios, le habló en voz alta a Tess.

—Estoy haciendo esto por ti como te lo prometí. La mala noticia es que no va muy bien. He conseguido cabrear a todos los que he conocido, incluido un monje —John negó con la cabeza—. Sí. Un monje budista. Eso es lo que soy ahora, el tipo que enfurece a la gente más pacífica del mundo. Y le di un puñetazo en la cara a Javier por no hacer nada más que quererte, probablemente mejor de lo que yo lo hice jamás. Así que, soy prácticamente el mayor imbécil de aquí. Cumplo todas las condiciones para serlo. Espero que estés orgullosa de mi —dijo sarcásticamente, con los ojos llenos de lágrimas y profunda vergüenza.

John buscó pañuelos en un compartimento de su mochila cuando el brazalete que le dio el monje cayó al suelo. Lo cogió y lo examinó. El regalo fue un gesto amable sin expectativas, un símbolo de paz. John deslizó las cuentas sobre su mano izquierda, preguntándose por el misterioso grabado de la cuenta de esmeralda y oro.

—¿Por qué querías que viniera aquí? —suplicó John a la nada—. ¿Por qué acepté hacer esto?

Se sentó en silencio mientras sus palabras rebotaban en la sala con eco. Las lágrimas corrían por sus mejillas.

—Han pasado diez años, pero me siento más solo que aquel primer día. ¿Lo sabes? ¿Alguna vez será más fácil? ¿Alguna vez se irá? Espero que tengas a Charlie contigo para hacerte compañía, pero Pen vive a miles de kilómetros de mí. Estos días, me paso el tiempo intentando pensar en cosas que hacer —resopló—. A veces, puedo pasar una semana hablando solo con ese tipo loco de enfrente, el de todos los carteles políticos y banderas en su jardín. ¿Te acuerdas de él? O con la cajera del supermercado.

—Te echo de menos, Tess. Echo de menos sentir tu pie en la cama. Echo de menos las tontas canciones inventadas que cantabas por la mañana mientras te preparabas para ir a trabajar. Las que nunca rimaban.

John sonrió al recordar mientras se secaba las lágrimas de las mejillas.

—Tarareando para fingir cuando no se te ocurría la rima adecuada —sonrió—. Eras una cantante terrible. De verdad que lo eras —admitió—. Apenas puedo recordar tu cara, pero aún recuerdo esas estúpidas canciones. Tú, bailando en la cocina con tu café.

John se sonó la nariz.

—Pero eso fue antes de que Charlie muriera, cuando dejaste de cantar. Así supe que tus sonrisas no eran reales. Pen y yo lo sabíamos porque dejaste de cantar y bailar —las lágrimas corrían por sus mejillas y no intentó detenerlas—. Me sentía solo mucho antes de que murieras, Tess. Pero ahora, me está consumiendo. Leí en alguna parte que las personas que tienen una mascota viven más tiempo. Así que pensé en tener un perro. Pero entonces, visitar a Pen sería más difícil. Y no sería justo para el perro.

John tiró de la pulsera con la cuenta verde, inquieto.

—Estoy divagando. Lo sé. Nada de esto tiene sentido —John se secó los ojos con el dorso de la mano—. Pero no sé qué más hacer. La gente intentó emparejarme con sus amigas o su cuñada recién divorciada, pero no pude hacerlo —resopló—. Bueno, sí que tuve una cita hace mucho tiempo, la amiga del trabajo de la mujer de Jim.

Pero fue horrible. Ella hablaba de sus gatos y de su exmarido. Yo me limité a sentarme. Apenas dije una palabra. Hablar de ti me parecía una traición, de alguna manera. Así que le dije que tenía una reunión temprano y me fui. No quiero a nadie más, Tess. Solo te quiero a ti —lloró—. Pero, como te has ido, ¿dónde me deja eso?

John se limpió la nariz.

—Lo sé, así que no tienes que decírmelo. Estoy muy mal. En serio. Algo me pasa. La gente a la que quiero tiende a morir. ¿Es por su proximidad a mí? ¿Debería convertirme en un ermitaño? Pen vive a salvo al otro lado del mundo, lejos de mí. Pero ¿acaso me voy a morir de soledad, al final? ¿O me convierto en ese tipo raro que habla con extraños en la tienda y no tiene nada importante que decir?

Como era de esperar, Tess no respondió a sus preguntas.

—Hasta ahora, en el Camino, soy la persona más loca aquí. Javier lo confirmará si le preguntas.

También una agente del FBI que acabo de conocer —John puso los ojos en blanco—. No preguntes.

Volvió a secarse las lágrimas.

—No sé qué espero que hagas por mí. Supongo que solo necesito que sepas a lo que me enfrento. Tal vez tengas algún poder allá arriba, y haya algún tipo de ángel que puedas enviar para ayudarme a resolver esto —suspiró—. ¿Debería dejarlo y hacerlo más tarde? ¿En un mejor momento en el que no sea un desastre?

John resopló.

—¿A quién engaño? ¿Cuándo sería ese momento?

Se secó los ojos de nuevo. —Lo único que sé es que te amo, Tess. No te he olvidado ni un momento, pero tal vez necesite encontrar una manera de pensar un poco menos en ti. Tal vez necesite dejar de ser el viudo triste y aprender a ser un poco más normal. Después de tanto tiempo, me he acostumbrado y no sé cómo hacer.

John besó sus dedos y los levantó hacia el techo medieval abovedado. A quién, no estaba seguro. Justo entonces, dos peregrinos riendo entraron en el santuario. John se levantó del reclinatorio, aún dolorido por los días de caminata por las montañas. Su mano palpitaba por haber golpeado a Javier el día anterior, mientras recogía rápidamente su mochila y bastones y salía de la iglesia. Al entrar en el brillante sol para reincorporarse al sendero, sabía que Javier se preguntaría dónde estaba.

Como era de esperar, Javier se adelantó a John en la cima del Alto de Perdón, donde se sentó frente a las estatuas de hierro oxidado y azotado por el viento de los peregrinos que hacían el Camino. Estaba esperando. John resopló y jadeó mientras subía el último tramo y se quedó mirando el valle de vuelta hacia Pamplona con las manos en las caderas, estirando la espalda y recuperando el aliento. Luego, se volvió hacia Javier.

—Escucha. Siento haberte pegado.

Javier levantó una mano para impedir que continuara.

—No, de verdad. Nada de esto es culpa tuya —suspiró John—. Cómo me siento y mi comportamiento en Pamplona. No tengo derecho a enfadarme contigo. Y, si lo pienso bien, no estoy enfadado contigo. Ni siquiera con Tess. Sé que puede parecer ridículo.

John se secó el sudor del labio con el dorso de la mano mientras los molinos de viento blancos giraban en la distancia.

—Este peso que sigo cargando me parece ridículo, incluso a mí, porque han pasado diez años desde que ella falleció. ¿Por qué sigo sintiendo como si fuera ayer? —Mirando hacia el valle, John buscó las respuestas que nunca llegarían.

—El primer año fue horrible. Todos los aniversarios. El cumpleaños de Tess. La Navidad. Todas las primeras veces. Y luego, el segundo año pareció aún más difícil. La gente dejó de preguntar por ella o cómo estaba. Como si nunca hubiera existido. Pero, para mí, ella seguía ahí. Podía oler su perfume en la casa, aunque su champú ya no estuviera en la ducha.

Las lágrimas de John fluyeron por segunda vez ese día, y Javier no lo interrumpió.

—Viví con un fantasma con el que hablaba en voz alta con regularidad. A veces, tenía conversaciones enteras con Tess en el coche después del trabajo, de camino a casa. Algunos días, esperaba a entrar por la puerta. Podía oír su voz expresando su opinión sobre una cosa u otra.

Miró a Javier, sentado en el monumento frente a las esculturas. Seguro de que el otro hombre lo consideraba un loco.

—Probablemente pienses que estoy loco. Pero le pedía consejo a Tess sobre las cosas más estúpidas y generalmente escuchaba la respuesta. Como si ella estuviera ahí, en ese mismo lugar —resopló, secándose la nariz con el dorso de la mano.

—Pero, con el tiempo, Tess empezó a desvanecerse. Su voz ya no estaba tan disponible para mí. Vi muchos de nuestros viejos vídeos familiares. Los partidos de fútbol de Pen cuando estaba en el preescolar. Charlie aprendiendo a hacer *snowboard*, Tess en una playa con los niños, construyendo un castillo de arena. Su risa era la banda sonora de nuestras vidas. Y, durante un tiempo, fue como si pudiera recargar el sonido de su voz. Pero, al final, ni siquiera eso funcionó. Había pasado demasiado tiempo. Habían sucedido demasiadas cosas desde que ella murió, y ella no formaba parte de ellas. Cambié de trabajo, y ella no conoció a mi nuevo jefe, ni a la gente de mi oficina. Compré un coche nuevo en el que nunca se montó. Me llevó cinco años y los empujones de Pen antes de que limpiara todas sus cosas de nuestro armario. Solía oler su ropa y dormí con su bata durante más de un año.

Pasó un momento antes de que John se diera cuenta de que Javier también estaba llorando.

—No creo que estés loco, John —susurró, apenas audible por el viento en la cima—. Sé exactamente por lo que has pasado porque yo hice lo mismo con Alejandra. Nunca lavé su almohada. Y sé lo que es hablar con alguien que no está ahí. Tienes miedo de dejar de hablar porque crees que desaparecerá para siempre si lo haces. Es como si el sonido de tu voz fuera lo que los mantiene cerca. No puedes aceptar que su hilo con esta vida se rompió para siempre y que ya se han ido. Creo que cuando Alejandra y Tess murieron, fueron directamente al cielo. Somos nosotros los que estamos atrapados en el infierno sin ellas.

John se atragantó, sollozando como un bebé. Se cubrió la cara con las manos. Javier se levantó y los dos hombres se abrazaron, estaban llorando mientras otros peregrinos subían por el sendero y pasaban junto a ellos. Pasó un momento antes de que se separaran, cada hombre secándose sus propias lágrimas. Javier se inclinó para recoger los bastones de John del suelo.

—Tenemos que ponernos en marcha. La bajada desde aquí es dura y peor si estamos llorando — Javier sonrió de forma tranquila.

John asintió. No estaba preparado para contarle todo a Javier todavía. Tal vez nunca lo estaría. John tomó los bastones que le dio Javier y, en silencio, caminaron hacia Puente la Reina y una cama para pasar la noche.

# TRECE

## EL DESENLACE

John y Javier se sumergieron en una rutina constante. Solo la altitud variaba, presentando desafíos graduales que John estaba aprendiendo a manejar. Caminaban toda la mañana y se registraban en un albergue o pensión cada tarde en un pequeño pueblo o en una localidad en la cima de una colina. Después de asearse tras un día de sudor, salían a buscar comida. Más tarde, caían en un sueño profundo solo para despertar al día siguiente y repetir el ciclo. Tras el intercambio emocional en Alto del Perdón, sus conversaciones se desviaron intencionalmente del tema de Tess. Ninguno de los dos parecía querer tentar la tregua que se había establecido entre ellos.

Después de un día agotador en un tramo de pinares que se conoce como el «rompepiernas» por sus empinadas subidas y descensos traicioneros, John y Javier terminaron el día ascendiendo hasta el pueblo de Viana, que está situado en la cima de una colina. Este pequeño pueblo data de un asentamiento romano del siglo III, pero los moros construyeron el castillo en la cima de la colina. Su posición en el Camino Francés lo convirtió en un importante centro de cultura para los peregrinos en la Edad Media, y la arquitectura de piedra de esa época sigue expuesta en su totalidad.

Su albergue se encontraba entre los edificios medievales del casco antiguo y, al llegar, estaban acalorados y cansados, listos para cenar. Pero los restaurantes aún estaban cerrados por la siesta, así que las máquinas expendedoras del vestíbulo tendrían que servir. Los dos hombres se sentaron en unos sofás desgastados, devorando patatas fritas y barritas de proteínas. Una estantería contenía montones de libros de bolsillo muy usados en varios idiomas. Juegos de mesa apilados al azar en el estante inferior y piezas que se salían de las tapas de cartón rotas. John vio una caja en la que ponía «Ajedrez» y se agachó para sacarla del montón. Le quitó el polvo y lo levantó.

—¿Sabes jugar al ajedrez? —le preguntó a Javier con entusiasmo.

Javier asintió, metiéndose otra patata frita en la boca mientras despejaba la mesa de café que tenían delante.

—Podemos poner el tablero aquí.

John alisó el tablero doblado y colocó las piezas en las casillas correctas. Buscó en la caja el último caballo blanco que faltaba, pero no estaba.

—No importa —señaló Javier—. Podemos jugar de todas formas.

John negó con la cabeza. —Así no funciona el ajedrez. El ajedrez es como la vida. No puedes jugar a menos que tengas todas las piezas correctas. De lo contrario, ¿qué sentido tiene? —preguntó con decepción.

Su entusiasmo anterior desapareció ante la perspectiva perdida de jugar al juego familiar que le encantaba. John devolvió el tablero y las piezas a la caja, la volvió a colocar en el estante y regresó a su litera. Dándose la vuelta, pensó en el joven Julián en Bayona y se preguntó si habría encontrado un nuevo compañero de ajedrez para jugar con el juego que John le había regalado. Rezó para que el chico ya no se sintiera tan solo.

Al día siguiente, John y Javier se dirigieron por el río Ebro hacia el Puente de Piedra que conducía a la ciudad de Logroño.

—Mañana llegaremos a la bodega de mi familia. Le informé a Mateo dónde estábamos hace unos días y nuestro ritmo. Me dijo que habías hablado con Pen, y que se encontrarían con nosotros allí mañana por la tarde. Podemos decidir con ellos cuándo ir al jardín de rosas en la granja de ovejas y dejar parte de las cenizas de Tess.

Cruzaron el puente y se dirigieron al casco antiguo de la ciudad de piedra color miel. Una fiesta estaba en pleno apogeo y los habitantes del pueblo e innumerables turistas parecían estar en las calles que estaban cerradas al tráfico de automóviles. John preguntó qué estaba pasando.

—Me olvidé de las Fiestas de San Mateo.

—¿Qué es eso? —preguntó John.

—Son festivales que celebran la cosecha del vino en la región de La Rioja. Son los festivales de Acción de Gracias. La gente solía hacer ofrendas a los santos por la cosecha. Habrá procesiones y pisado de uva.

—¿Todavía aplastan uvas pisándolas? —Los ojos de John se abrieron mientras hacían sonar sus bastones sobre la plaza adoquinada frente a la Catedral.

—Es sobre todo por diversión. Las bodegas usan máquinas para eso ahora.

Abriéndose paso entre la multitud, los dos hombres recibieron algunas bendiciones de «Buen Camino» de la gente en la calle. Al localizar el hotel donde habían planeado alojarse, oyeron que alguien llamaba a Javier por su nombre cuando llegaban a la entrada. Al darse la vuelta, John vio a una mujer alta y de piernas largas saludándolos, apresurándose a cruzar la calle. Era muy guapa, con el pelo largo y oscuro salpicado de canas, peinado en ondas que le caían por la espalda, y un vestido blanco de flores que abrazaba su figura curvilínea. Besó a Javier en ambas mejillas con labios rojos brillantes y le sonrió a John.

—Buenos días —dijo. John le devolvió la sonrisa.

—Esta es mi prima, Isabela. Tiene el viñedo vecino al de mis tíos —explicó Javier—. Este es John Sullivan, el padre de Pen —le dijo a su prima.

John asintió. —Buenos días. Isabela se rio.

—«Good afternoon». Hablo inglés, así que estaremos a salvo de tu español.

Su actitud directa sorprendió a John. Quiso defenderse, pero se lo pensó mejor. Isabela tenía razón.

Su español era muy malo.

—¿Qué haces aquí? —le preguntó a Javier.

—Nos quedamos esta noche en Logroño y mañana nos dirigimos al viñedo para encontrarnos con Pen y Mateo. ¿Estás en la ciudad para las festividades?

—Sí —sonrió, señalando en la dirección de donde habían venido—. Estamos patrocinando el pisado de uva hoy. Tengo a algunos de mis chicos preparándolo ahora. Empezamos el pisado a las cuatro de la tarde.

Javier se volvió hacia John. —Vamos a asearnos y podremos ir a verlo. —Luego preguntó a Isabela—: ¿Dónde lo estáis montando?

—Cerca de la Catedral, en la calle Portales.

—Vale. Nos vemos allí a las cuatro en punto.

John quería ver el pisado de uva, pero no estaba seguro de desear una velada con la prima de Javier. Era gruñona y parecía encontrar diversión en burlarse de él. Estaba harto de sentirse el bicho raro en este viaje.

Más tarde, los dos hombres volvieron a recorrer el ancho paseo peatonal hasta la Catedral, donde había una gran tina de madera. Tres trabajadores de la bodega acababan de terminar de construirla. Había altas columnas de cajas llenas de uvas que estaban apiladas, listas para llenar la tina. Isabela estaba apartada a un lado, gesticulando como si dirigiera una orquesta mientras hablaba furiosamente por su móvil.

Javier se acercó a uno de los hombres, que sonrió y le estrechó la mano. Charlaron brevemente y Javier le dijo a John que se había ofrecido voluntario para ayudar a llenar la bañera de uvas.

—Creo que no deberías levantar estas cajas. Asegurémonos de que tu espalda aguante para el Camino.

Javier tenía razón. Debía evitar levantar cualquier cosa durante unos días más. Isabela terminó la llamada cuando los hombres terminaron de llenar la bañera. La multitud había empezado a reunirse mientras una banda de música tocaba cerca, contribuyendo al ambiente circense.

Como una artista experimentada, Isabela cogió un micrófono portátil y anunció a todos los asistentes lo que podían esperar cuando empezara el pisado de uvas. Los trabajadores de su bodega vendieron entradas a los allí reunidos. Todos los ingresos se destinarían a organizaciones benéficas asociadas con la Catedral que tenían detrás. Se formó una fila mientras la gente se apresuraba a comprar la oportunidad de pisar uvas, e Isabela parecía complacida con la participación. Se acercó a donde estaban John y Javier.

—Es hora de meternos en la tina para animar un poco más el ambiente y animar a la gente a abrir sus billeteras —le dijo agarrando la mano de John—. Vamos. Me ayudarás a pisar.

John intentó resistirse.

—¡Qué va! No voy a meterme en esa tina. Nunca he pisado uvas antes —dijo, horrorizado ante la perspectiva.

—¡Perfecto! Puedes mostrar a los inexpertos que es fácil y que no tienen nada que temer. Tal vez puedas conseguir que los turistas estadounidenses se quiten los zapatos y vacíen algunos de los euros que no pueden llevarse a casa en las cestas que pasaremos durante el espectáculo.

Al volverse hacia Javier en busca de ayuda, su amigo simplemente levantó las manos y se encogió de hombros. Él tampoco era rival para su prima.

John se dejó llevar a la tina antes de quitarse los zapatos. Subieron por una escalera a una plataforma y se metieron entre los montones de uvas frescas. Estaba vestido con pantalones cortos, tembló cuando las uvas moradas maduras y fragantes se aplastaron entre sus dedos. Isabela se metió la mano entre las piernas y agarró el borde de su largo vestido de verano. Se lo metió en el cinturón alrededor de su cintura y lo apretó antes de unirse a él en la bañera.

Isabela empezó por el exterior, usando el lado de la bañera de madera como apoyo mientras daba vueltas en círculo. John siguió su ejemplo mientras luchaba por mantenerse erguido. Después, pisó con más fuerza en el centro, animando a la multitud y fomentando la venta de entradas como una artista de carnaval experimentada.

—Para aquellos que están un poco nerviosos. ¡Mirad! —señaló a John como ayuda visual mientras hablaba por el micrófono portátil—. Señor, ¿alguna vez has pisado uvas antes? —preguntó en español y luego en inglés.

John se inclinó hacia el micrófono, agarrando sus hombros como apoyo—. No. Su respuesta no requirió traducción, ya que la multitud se rio y aplaudió.

—¿Y qué te parece esta experiencia? —de nuevo en ambos idiomas.

John miró a la multitud. Estaban disfrutando al verle hacer el ridículo. Lo absurdo de la situación también le hizo reír. No recordaba la última vez que había sonreído tanto. Javier grabó un vídeo con su teléfono, una prueba más de su humillación. Mateo sin duda lo compartiría con Pen. John se agachó, cogió dos puñados de uvas y se los lanzó a Isabela. Ella respondió con una mirada mordaz, pero se recuperó rápidamente.

—¡Es muy divertido! —gritó John—. ¡Todos deberían probarlo! ¡Especialmente los estadounidenses!

El miedo a perderse algo se hizo sentir. Más gente salió de la multitud y compró entradas para tener la oportunidad de pisar y publicar los vídeos en las redes sociales. Las cestas pasaron por la multitud para recibir donaciones adicionales de los menos aventureros.

Isabela agarró ambas manos de John, y bailaron en la tina ante los aplausos y vítores de la multitud mientras un grupo de músicos ambulantes proporcionaba la banda sonora de su actuación. Finalmente, llegó el momento de ceder su lugar a los poseedores de entradas de pago, e Isabela y John salieron de la tina. John descendió primero, ayudando a Isabela a salir de la bañera. Sin pensar en su espalda, John la lanzó sobre su hombro mientras la multitud vitoreaba. Ella chilló y pateó con las piernas, rogándole que la soltara. John la giró, la puso de pie mientras el dolor lo atenazaba, y casi dejó caer a la prima de Javier.

—¿Qué pasa? —preguntó ella, agachándose mientras John caía de rodillas.

—Es mi pecho. Me duele —le dijo entre dientes apretados—. No puedo respirar.

Isabela acostó a John sobre los adoquines de piedra, luego levantó la vista, buscando frenéticamente a Javier entre la multitud mientras gritaba su nombre. El médico corrió hacia donde John yacía en el suelo. Javier pidió a la gente de la multitud que levantara las piernas de John mientras examinaba a su amigo. El rostro de John era una mueca mientras Isabela le tomaba la mano y le sostenía la cabeza.

Javier se levantó. —Voy a llamar a una ambulancia.

Pronto, el sonido de la sirena se hizo más fuerte a medida que llegaba el equipo. Rápidamente cargaron a John en la furgoneta amarilla con las luces azules parpadeantes, y Javier lo siguió.

—Te avisaré de dónde estamos y qué está pasando —le dijo a su prima. Luego, se giró para concentrarse en John, que se agarraba el pecho mientras las puertas se cerraban y la ambulancia arrancaba.

# CATORCE

## UN CORAZÓN ROTO

La sala de emergencias del hospital estaba llena de pacientes y familiares mientras Javier esperaba entre ellos, estaba caminando de un lado a otro, ansioso por tener noticias del estado de John. Después de una hora sin noticias, levantó la vista cuando Isabela entró por las puertas automáticas, agarrando su bolso con el móvil pegado a la oreja.

—¿Cómo está? —preguntó, mientras colgaba el teléfono.

—No lo sé —dijo Javier—. Estoy dudando si llamar a Pen. Acababa de enviarle un vídeo de su padre pisando uvas cuando oí que gritabas mi nombre. No quiero preocuparla, pero tampoco quiero que crea que no le diría que su padre ha tenido un ataque al corazón. Les llevará tiempo llegar hasta aquí, y creo que es lo correcto.

Isabela asintió. —Tal vez espera hasta que sepamos un poco más. Pen y Mateo vienen mañana,

¿verdad?

Javier asintió, frunciendo el ceño, y volvió a caminar bajo las luces fluorescentes.

Pasó otra hora. Finalmente, una enfermera salió a la sala de espera y gritó el nombre de Javier. Los dos primos se levantaron, buscando en el rostro inexpresivo de la persona noticias de su amigo, pero no obtuvieron ninguna.

—Por favor, vengan conmigo —les indicó la persona uniformada mientras escoltaba a Javier de vuelta al departamento de emergencias, girando a la derecha hacia un cubículo privado.

—¿Cómo te encuentras? —le preguntó a John después de que retiraron la cortina, estaba preocupado al ver que su amigo parecía pálido y demacrado. Los cables conectados a las máquinas parpadeaban y los pitidos dominaban la sala. El oxígeno fluía a su nariz a través de un tubo.

—Todavía no tienen todos los resultados, pero me han dado algo para el dolor de pecho, y creo que me está ayudando.

—¿Creen que fue un ataque al corazón? —preguntó Javier, seguro de que el Camino de John había llegado a su fin.

—No están seguros. El médico dijo que pronto sabría más. Que debería descansar. Javier asintió.

—Isabela está en la sala de espera. Llegó hace una hora.

—Espero no haber arruinado su recaudación de fondos —dijo John—. No es un gran anuncio para el pisado de uva cuando el primer torpe de toda la operación se cae.

—No me preocuparía por eso. La gente donará por pena —bromeó con un guiño. John se rio, luego se agarró el pecho—. Isabela puede entrar aquí si quiere.

—Creo que le gustaría. Está muy preocupada por ti.

Javier se fue y regresó con su prima, quien se apresuró a entrar corriendo en la habitación. Le tomó la mano a John y la apretó, acariciándole la frente. Hacía mucho tiempo que una mujer no se acercaba tanto.

—John, tienes una iglesia entera y al sacerdote rezando por ti. Me aseguré de ello antes de venir. Y yo misma recé mientras iba de camino a verte en el coche para pedirle a Santa Rita que intercediera por ti. Ella es la santa patrona de los casos desesperados —le aseguró Isabela—. Creo que cumples los requisitos.

John sonrió—. Bueno, gracias por eso, creo. He sido el elegido para su intervención durante mucho tiempo.

La preciosa española sonrió.

—No te preocupes —le dijo—. Tenemos una relación especial, Santa Rita y yo. Ella me ha ayudado en los días oscuros. Le llevo rosas en su fiesta cada año en mayo. Ella siempre responde a mis oraciones. A veces, tal vez no como espero, pero cumple cuando la necesito. Ella intercederá por ti.

Era casi medianoche cuando el médico de urgencias regresó a la habitación para dar los resultados a John. Javier le dijo a Isabela que se fuera a casa una hora antes, prometiéndole llamarla si la condición de John cambiaba.

—Bueno —sonrió el médico—. Tengo buenas noticias. No es un ataque al corazón. John dejó escapar un suspiro de alivio.

—¿Ha tenido estrés inusual últimamente? —preguntó.

John se rio—. ¿Quiere decir, aparte de caminar cientos de kilómetros por España con este calor?

—Sí —se rio el médico—. Aunque el ejercicio es saludable, la moderación es la clave. También me pregunto si algo más en su vida ha sido inusualmente estresante.

—¿Por qué lo pregunta? —John frunció el ceño.

—Porque creo que ha tenido un ataque de pánico. Su análisis de sangre es perfecto, sin signos de problemas cardíacos en el electrocardiograma o la ecografía. Un ataque de pánico imita un ataque al corazón en muchos sentidos. Tiene los mismos síntomas, excepto el daño al corazón y al sistema vascular.

¿Qué estaba haciendo en el momento en que sintió el dolor por primera vez?

Tenía a Isabela sobre su hombro después del pisado de uva. En ese momento, John se sintió ligero por primera vez en más de una década. Más como un estudiante universitario de veinte años que como un viudo de sesenta y tres años. Y entonces el dolor apareció.

El médico escuchó y tomó algunas notas.

—¿Está casado, John? —John se quedó pensativo.

—Lo estaba —susurró—. Me he quedo viudo hace diez años. Mi amigo —señaló a Javier—me está ayudando a repartir las cenizas de mi esposa en algunos de los lugares que ella me pidió mientras camino.

—¿En el Camino? —preguntó el médico.

—Sí, bueno, más o menos. Cerca. El médico asintió.

—Tal vez esto esté teniendo un impacto emocional en su cuerpo mayor de lo que podría haber supuesto. El Camino es un trayecto largo y arduo para personas que no tienen una misión emocional como la suya. Su cuerpo le está diciendo que se lo tome con calma. Pero creo que su corazón también está diciendo algo. Escúchelo y descanse. Cuídese. —dijo el médico, dándole una palmada en el hombro a John—. ¿Hay alguien especial en su vida? ¿Desde el fallecimiento de su esposa?

La pregunta le sorprendió.

—No —dijo John—. Nadie desde entonces. Mi hija está casada con el hijo de Javier. Vive en Madrid, en la casa de su familia. Yo vivo en Arizona, en Estados Unidos.

—Así que está solo —afirmó el médico con naturalidad—. No tiene familia cerca. John se quedó pensativo.

—Estoy solo —admitió finalmente—. He guardado las cenizas de mi esposa durante diez años. Es hora de dejarla ir —dijo, con lágrimas brotando de sus ojos.

—Sí. Y, sin embargo, puede ser difícil —observó el médico de urgencias con simpatía—. Pero es necesario. Necesita un sistema de apoyo. Después de la pérdida de un cónyuge, los resultados son mejores para quienes envejecen y tienen un sistema de apoyo saludable.

John sabía que tenía razón, pero no había salido con nadie después de Tess. De alguna manera le debía eso, después de todo.

El médico terminó su diagnóstico y completó sus notas.

—Puede vestirse e irse. Pero le voy a dar unas pastillas para la ansiedad. Tómelas cuando las necesite. Pruebe algunas técnicas de respiración profunda. Puede buscarlas en YouTube como «Mindfulness». Le ayudará. Y me gustaría que descansara unos días, sin caminar por un tiempo. Pero, no veo ninguna razón física por la que no pueda continuar su viaje. Sin embargo, debe buscar atención médica de inmediato si tiene algún problema más. El hecho de que esto no haya sido un ataque al corazón no significa que el próximo no lo sea.

Javier estaba esperando a John cuando salió por las puertas de Urgencias.

—Hablé con el médico —dijo Javier—. Espero que no te importe.

John se puso la sudadera que le había traído Javier.

—No. No me importa. —John miró a su alrededor—. ¿Dónde está Isabela? ¿Se fue a casa?

—Sí. Hace varias horas. ¿No te acuerdas?

Todo era confuso para John. Estaba agotado y avergonzado. Un ataque de pánico. ¿Pensarán que estaba fingiendo un ataque al corazón? Se preguntó si debía parar el Camino ahora. Aún podría conducir a todos los lugares de la lista de Tess, terminar rápidamente y estar sano y salvo en casa en una semana.

—Pensé que podríamos volver al hotel. También podemos tomar un taxi a la casa de mi familia en las afueras de Navarrete.

John no tenía ganas de estar cerca de más miembros de la familia Silva en ese momento. Necesitaba ordenar sus pensamientos y decidir qué quería hacer. Y no necesitaba ver a Javier mientras lo hacía.

—Vamos al hotel. Necesito descansar bien esta noche.

Javier les pidió un taxi y recorrieron los diez minutos que les separaban de un hotel.

—Me alegro de que Isabela se haya ido a casa. Fue amable de su parte venir —dijo John, mirando distraídamente por la ventana mientras la ciudad pasaba volando.

—No la conoces bien, pero es buena persona. Puede ser gruñona, pero tiene un gran corazón.

—¿Dónde está su marido? —preguntó John—. ¿Tiene hijos?

—No tiene marido. Ya no. Se casó con un profesor estadounidense. Él no fue fiel y se divorciaron antes de que ella regresara aquí para hacerse cargo del viñedo de sus padres. Nunca tuvieron hijos.

John asintió—. Es una persona fuerte. Feroz, incluso. Javier se rio.—Feroz es una descripción acertada. Sé que fue una época difícil para Isabela y eso la amargó en cuanto a la institución del matrimonio. Le gusta hacer las cosas a su manera y es inteligente y muy respetada en el negocio de la elaboración del vino, una excelente mujer de negocios.

John volvió a mirar la ciudad. La mujer probablemente intimidaba a su competencia. Se sintió identificado porque Isabela lo asustaba muchísimo.

# QUINCE

## LA BRUJA

Estaba vestida con un traje gris oscuro y una blusa esmeralda, Pen estaba de pie en su escritorio, en los cubículos entre los conservadores jóvenes del museo donde trabajaba en Madrid. Miró su teléfono y suspiró. Javier envió un vídeo al chat de su grupo familiar de su padre pisando uvas con Isabela en Logroño. Ella respondió con un emoticono de corazón, pero nada más. Pen no estaba segura de lo que quería decir o de lo que debía decir. ¡Qué divertido! ¡Maravilloso! O tal vez ¡Ten cuidado! Ninguno parecía correcto, así que borró cada uno y se quedó en silencio. Vería a su padre al día siguiente, pero se sentía incómoda. No estaba segura de por qué.

Tras la muerte de su madre, su padre era todo lo que le quedaba. Bueno, también tenía a Mateo. Pero su padre era el último de su familia. Mamá y papá, Charlie y Pen. Los cuatro originales. Se preocupaba por su padre todos los días. Cuando aún estaba en el instituto, Pen se preocupaba constantemente por lo que comía o por si tardaba demasiado en volver de la tienda. No podía perder también a su padre.

A Pen se le saltaron las lágrimas al recordar la vigilancia constante que mantuvo después del funeral de su madre. Su padre nunca supo las cuentas que ella llevaba de él.

No era un misterio por qué se sentía así. En aquellos primeros años, temía que, si le ocurría algo, podría acabar en un lugar al que no tenía intención de ir. Pen recordaba cuando, tras la muerte de su madre, se sentaba en su habitación y hacía largas listas: planes de emergencia para no acabar con su abuela en el peor de los casos. Su padre no lo sabía, pero Pen guardaba una bolsa de viaje en el armario y dinero en efectivo, incluido su pasaporte. Se aseguró de tener un saldo bancario lo suficientemente alto como para cubrir un billete de avión internacional. Si algo le hubiera ocurrido a su padre siendo menor de 18 años, Pen habría huido a Madrid, a la casa cercana a la plaza de Alonso Martínez, con gente que sabía que la protegería. Pen no estaba siendo paranoica. Necesitaba defenderse.

Tras el funeral de su madre, ella y su padre ofrecieron una recepción en su club de golf a quienes habían acudido a presentar sus respetos. Los padres de su madre nunca vinieron a ver a su hija cuando se estaba muriendo. Dijeron que estaba demasiado lejos para volar, y su abuela insistió en que eran demasiado mayores para hacer el viaje de casi 3000 kilómetros. Pero una vez llamó a Pen al móvil para preguntar cómo estaba.

Pen dijo que su madre no estaba bien y lloró, diciéndole a su abuela que le preocupaba que Tess muriera. Pero su abuela lo descartó.

—Cariño. He hablado con todos en nuestra familia, y nadie aquí está preocupado por tu madre.

Solo estamos preocupados por ti. ¿Cómo estás?

Después de esa conversación telefónica, Pen corrió a su cuarto de baño y vomitó. A su abuela no le importaba nada su propia hija.

Para sorpresa de Pen y de su padre, sus abuelos se presentaron en el funeral de su hija, llorando a lágrima viva y montando una escena. Una actuación destinada a empapar las condolencias de los asistentes. Todo ello con un aspecto teatralmente devastado por la pérdida de la persona a la que se negaron a apoyar durante su enfermedad. Pen no entendía por qué se molestaban, ya que no vinieron a ver a su madre cuando estaba viva.

Después de un día tan emotivo, Pen estaba en el baño de señoras del club de golf, lavándose las manos y recuperando el aliento lejos de todo el mundo. De repente, sintió que una garra le rodeaba la parte superior del brazo mientras unas uñas puntiagudas de color rosa escarchado se clavaban en su carne. Mirando hacia el espejo de marco dorado, Pen vio el reflejo canoso de su abuela como un espectro detrás de ella. La mujer parecía frenética. A Pen se le aceleró el corazón.

—Penélope, te he estado buscando —dijo su abuela dulcemente, pero sus palabras cortaban como el acero mientras sus ojos se entrecerraban—. Necesito que hables con tu padre.

Pen frunció el ceño. —¿Hablar con él sobre qué?

—Bueno —dijo su abuela con calma—. Acabo de hablar con él, pero está siendo irrazonable.

—¿Irrazonable? —dijo Pen, confundida. Su padre nunca fue irrazonable.

—Bueno, sí —dijo la mujer, fingiendo inocencia—. Creo que todos debemos ser realistas y resolver las cosas antes de que tu abuelo y yo volemos a casa esta tarde. Así que podemos preparar las cosas.

—¿Preparar las cosas para qué? —preguntó Pen, frunciendo el ceño a la cara de la mujer encogida.

—Para que vengas a vivir con nosotros, por supuesto —dijo la anciana con alegría helada.

La sangre se drenó de la cara de Pen, y de repente se sintió débil. —¿De qué estás hablando? — preguntó Pen, apartando su brazo del agarre de su abuela y luego frotando el área donde los dedos dejaron una marca. Se notaba que a su abuela no le gustaba.

—Necesitas una mano firme y una madre de verdad. Dios sabe que la tuya nunca estuvo ahí para enseñarte nada. Ahora que está muerta, tu padre querrá empezar a salir pronto, y es mejor para él si no tiene una hija cerca. A las mujeres no les gusta ese tipo de cosas en un hombre con el que salen, la hija de otra mujer. De todos modos, tu abuelo y yo lo hemos hablado, y creemos que lo mejor para todos es que vengas a vivir con nosotros.

Recogió algunas pelusas invisibles del hombro del vestido de Pen con sus afiladas uñas.

—No de gratis, por supuesto. Tu padre tendrá que cubrir los gastos. Lo único en lo que tu madre era buena era en ganar dinero, así que tiene suficiente para pagar lo que necesites como la comida y demás. Y para cubrir el aumento de cosas como nuestra factura del agua y la gasolina del coche para llevarte. Por supuesto, los costes asociados con el inconveniente general que nos supone criarte. Pero estoy dispuesta a hacer el sacrificio —dijo haciéndose la mártir.

Pen se quedó con la boca abierta. Sin palabras. Esta mujer era la madre de su madre, pero evitó decir el nombre de su hija. ¿Y quería dinero para cuidar de su propia nieta? El miedo la recorrió mientras las lágrimas que Pen había secado antes volvían a brotar. Pen nunca se había planteado vivir con sus abuelos. De repente, sintió toda la maldad en su interior.

—Mi madre se llama Tess, ¿sabes? Y este es el día de su funeral. Un día en el que tengo que despedirme de ella —El labio inferior de Pen tembló de ira en respuesta a las palabras de su abuela y de intenso anhelo por su madre—. ¿De verdad crees que es apropiado hablarme así el día del funeral de mi madre? —preguntó.

La mujer frunció los labios y puso cara de asco. —Por supuesto, su nombre era Tess —dijo, exasperada—. Yo le puse el nombre, no lo olvides. Una hija ingrata, si es que alguna vez la hubo. A veces me recuerdas a ella. ¿Lo sabías? Una pequeña zorra. —murmuró entre dientes como si Pen no pudiera oírla—. De todos modos, acabo de hablar con tu padre, y no está pensando con claridad. Estoy segura de que volveremos a hablar cuando haya tenido la oportunidad de pensarlo y vea que lo que ofrezco es lo mejor para todos —extendió la mano para acariciar la mejilla de su nieta mientras Pen se estremecía ante el tacto de la mano fría y arrugada—. Solo quería asegurarme de que tú y yo estamos del mismo lado — pronunció su abuela.

Pen fulminó con la mirada a la anciana con el traje de *bouclé* Saint John *vintage* color crema. Ya no le quedaba bien, pero lo llevaba como una serpiente que se niega a mudar la piel.

—Nunca iré a vivir contigo —dijo Pen en voz baja—. De hecho, nunca os visitaré. Nunca más.

Por favor, ¡déjanos en paz a mi padre y a mí!

Pen salió corriendo del baño. Buscó un rincón tranquilo en la sala de banquetes para esconderse detrás de una palmera y trató de calmarse. Pen nunca se había sentido tan sola. Aferrándose a su teléfono en el bolsillo de su falda negra, envió un mensaje de texto a Mateo en busca de apoyo.

Pen: *Nunca vas a creer lo que acaba de pasar en el funeral de mi madre.* Mateo: *????*

Pen: *mi abuela quiere que me vaya a vivir con ella para que mi padre pueda encontrar una nueva mujer.*

Mateo: *¡Qué dices!*

Pen: *¡Sí, te lo juro! Es como si fuera la bruja de un cuento de hadas, de esas que se comen a los niños. Yo soy Gretel, así que tú eres Hansel. Cuando me tocó el brazo, sentí algo maligno, como hielo. No puedo explicarlo.*

Mateo: *¿qué ha dicho tu padre?*

Pen: *aún no le he encontrado.*

Mateo: *búscale. A ver qué dice. Luego me llamas.*

Pen buscó la habitación. Vio a sus abuelos recogiendo apresuradamente sus cosas del guardarropa mientras su abuela empujaba a su abuelo hacia la puerta y reprendía al anciano del bastón por ser demasiado lento. Pen buscó entre la multitud y encontró a su padre en el extremo del bar de caoba que daba al campo de golf. Se quedó mirando por el ventanal, solo, perdido en sus pensamientos. Pen no estaba segura de lo que debía hacer. ¿Debería molestarle con esto ahora o esperar? Pero esto era importante.

Inquieta, retorciendo la toalla de papel que había traído del cuarto de baño, Pen esperó hasta que vio que sus abuelos salían por la puerta. Luego, se dirigió hacia su padre justo cuando éste levantó la vista, frunciendo el ceño.

—¿Qué pasa? —preguntó de forma preocupada al ver el rostro de su hija mientras se acercaba —.

¿Estáis bien?

Las lágrimas corrían por las mejillas de Pen. Tragó saliva y se los limpió.

—Estaba en el baño y la abuela entró —dijo.

La cara de su padre pasó de la preocupación a la furia. Bebió un trago del líquido ámbar que tenía en la mano y se limpió las comisuras de los labios.

—¿Qué te dijo esa...? ¿Qué te dijo? —preguntó entre dientes. Pen tragó saliva, intentando recuperar el aliento.

—Me dijo que te había comentado que debería irme a vivir con ella. Que querrías encontrar una nueva mujer y que debería quitarme de en medio. Dijo que mamá no era una madre de verdad y que necesitaba una mano firme —sollozó Pen mientras John la abrazaba. Cuando se apartó, su padre le ofreció su pañuelo.

—Dijo que mamá era una malagradecida y que a veces yo me parecía a ella. Nos llamó a las dos pequeñas zorras. La abuela quiere dinero, así que criarme no le cuesta nada. Papá, no quiero irme a vivir con ella. Por favor, dime que no tendré que hacerlo. No me interpondré si quieres salir con alguien. Si encuentras a alguien que te ame, está bien. Puedes hacer lo que quieras.

Su padre cerró los ojos, luchando visiblemente por recomponerse.

—Escúchame —dijo, dejando su bebida y acunando su rostro con las manos—. Eres mi hija. Después de todo, seguimos siendo una familia. Especialmente ahora. No irás a ningún lado sin mí. Somos solo nosotros ahora, Pen. Esa mujer jamás te pondrá las garras encima mientras yo respire. Lo que le hizo a tu madre es suficiente para mantenerme alejado de su alcance.

Pen tragó saliva. —Pero ¿y si te pasa algo? Primero, perdimos a Charlie. Ahora, a mamá. ¿Y si me quedo sola? —lloró.

Su padre negó con la cabeza.

—No voy a ninguna parte. ¿Me oyes? Podemos hablar de un plan de respaldo en otro momento, pero nunca tendrás que volver a tratar con esa mujer.

Diez años después de la muerte de su madre, las semillas del miedo que su abuela plantó aquel día nunca desaparecieron. La idea de que podría quedarse sola estaba allí y tener que valerse por sí misma. Pen negó con la cabeza, alejando ese sentimiento.

—Estás en Madrid —se susurró a sí misma para tranquilizarse—. Tienes a Mateo.

Estaba de pie en la oficina del Reina Sofía, aferrando el collar de mariposa de lapislázuli azul que llevaba al cuello, el que perteneció a su madre. Tras conseguir el trabajo de sus sueños, ella y Mateo ya no eran adolescentes, sino marido y mujer. Cuando le enviaba mensajes en estos días, él estaba al otro lado de la ciudad, no a once mil kilómetros de distancia al otro lado del mundo. Sus decisiones más apremiantes se reducían a cuándo se reunirían para cenar. Él y su padre, Javier, y su ama de llaves, Inés, ahora eran parte de su familia. Eso le daba consuelo.

Pen fue sincera aquel día cuando le dijo a su padre que sería feliz si él volvía a encontrar el amor. Y, sin embargo, permaneció solo todos estos años. Hoy, su soledad la preocupaba. Su padre estaba haciendo el Camino con Javier. Podría caerse o sufrir un infarto. Cosas así pasaban todo el tiempo en el Camino.

¿Quién conocía todos los peligros posibles? Pen miró su teléfono y la foto de su padre sonriendo en Saint- Jean. Se lo había enviado hacía más de una semana. Rezó una pequeña oración por su seguridad. *Por favor, no dejes que pierda a otro ser querido.*

# DIECISÉIS

## SOLO UN PASO MÁS

A la mañana siguiente, por orden del médico, se saltaron el andar a pie y cogieron un taxi hasta la casa familiar de Javier, en un viñedo al otro lado de Navarrete. John observó cómo el taxi atravesaba la pequeña ciudad. Navarrete es una pintoresca ciudad de colinas con una famosa Catedral que tenía previsto visitar, pero no pidió parar a verla. La noche anterior, pidió a Javier que no contara a Pen y Mateo su ataque de pánico. John no quería preocupar a su hija. Ella pensaría que él no estaba preparado para esta aventura, y él no quería admitir que ella podría tener razón.

Pronto se desviaron por un sendero de tierra entre las viñas que conducía a una gran casa de piedra rodeada por un alto muro de piedra. Una puerta de hierro chirriante se abrió, y un enjambre de familiares de todas las edades los saludó, incluidos dos gigantescos mastines rubios. John se encontró abrazado y hablado en idiomas que no dominaba. Alguien cogió su bolso y se lo llevó. Una camioneta gris que se acercaba por la cima levantó polvo cuando se giraron y lo vieron acercarse. Cuando el vehículo llegó hasta ellos, la capa de arena disimuló su color azul, haciéndolo parecer de un gris polvoriento. La puerta del conductor se abrió e Isabela salió. Llevaba un viejo sombrero de paja y una gruesa trenza negra con canas le caía por la espalda. Vestida con vaqueros, botas de vaquero y una camisa de cuadros roja muy usada con broches tipo del Oeste, si no supiera dónde estaba, John habría pensado que estaban en California y no en una bodega en el norte de España.

Isabela sonrió a John mientras un rápido español mezclado con besos y abrazos la envolvían.

—¿Te quedas a comer? —le preguntó Javier.

—Sí. El tío me llamó. Así que vine.

A John, ella le pidió disculpas. —No tuve oportunidad de cambiarme. Hemos estado en las viñas terminando la vendimia. Mañana, empezamos el estrujado.

El estrujado es el primer paso de muchos en la elaboración del vino. Determina el resultado del sabor del vino. La piel, las semillas, el contenido de azúcar y la forma de cómo interactúan se combinan durante este momento crucial. El estrujado inicia ese proceso.

—Si estás aquí mañana, eres bienvenido a mirar. Nos gusta hacer una pequeña fiesta para celebrarlo. Nada grande. Un poco de cordero de la granja —su barbilla señaló algún punto en el lejano norte—y, por supuesto, verduras de mi jardín, nuestro vino y una hoguera. Puedes saborear el otoño en el aire. Las hojas empezarán a cambiar pronto y las noches ya se están enfriando, así que trae una chaqueta.

John se sintió aliviado de que ella no hubiera mencionado el incidente médico con la familia Silva.

Ya se sentía bastante cohibido.

—Entremos —Javier abrió el camino mientras acariciaba a un perro—. Pen y Mateo llegarán pronto.

Entraron en la gran casa y salieron al patio en el centro, estaba rodeado de plantas y árboles en macetas. Una mesa crujía bajo el peso de la comida y John observó cómo todos tomaban sillas y comenzaban a charlar en voz alta y todos a la vez. Javier le indicó que tomara asiento.

—Muchas gracias —fue todo lo que John pudo pensar en decir, una y otra vez.

Finalmente, el exceso de estímulos terminó cuando los reunidos se lanzaron a la abundancia que tenían delante. Aún aturdido, John empezó a comer, aunque estaba más cansado que hambriento. Su prima Isabela estaba sentada a su izquierda y, cuando se giró hacia ella con la boca llena de algo innegablemente delicioso, la vio sonriéndole. Ella se rio.

—Pareces abrumado por nuestro humilde almuerzo. Él tragó antes de responder.

—En Estados Unidos, esto superaría los límites de una gran cena de Navidad. Isabela sonrió con complicidad.

—Fui profesora de química en una universidad estadounidense. Pasé más de una Navidad en Estados Unidos, y estuve invitada a las casas de algunos compañeros. Así que, sé de qué me hablas. En Madrid, quizás los almuerzos no son tan grandes, pero aquí, como somos todos familia y trabajamos en nuestras granjas, es normal —se encogió de hombros.

A John le sorprendió que una profesora de química trabajara en los campos de una bodega, y así lo manifestó.

—Pensé que eras más bien una feriante o una gitana que una profesora. Isabela sonrió con picardía.

—Supongo que debería darte las gracias —dijo tímidamente—. Anoche, recaudamos el doble de dinero para caridad de lo que pensábamos. Fuiste muy importante para conseguir que los turistas y los expatriados soltaran la pasta.

—No hay nada como un buen drama para soltar el dinero, ¿eh? —sonrió—. Me alegro de haber podido ayudar.

Ella levantó su copa y bebió su vino, luego se inclinó y le susurró al oído.

—¿Cómo te sientes?

—Me siento bien. Quizás un poco avergonzado —admitió John.

Isabela puso su mano sobre la de él y apretó con seguridad—. No lo estés. Es algo emocional lo que estás haciendo. Es inevitable que te cause algo de dolor. Quizás necesites un masaje —sus ojos brillaron—. Un día de *spa*.

John se rio—. Quizás.

—En fin —dijo, cambiando a un tema que no fuera tan incómodo para John—, en cuanto a cómo llegué al negocio del vino, mi madre heredó la bodega antes de casarse con mi padre. Cuando fallecieron, me la dejó a mí como su única hija.

—Así que dejaste tu carrera en la academia para convertirte en enóloga.

—En realidad —respondió Isabela con orgullo—. Nací enóloga, dejé el viñedo y me convertí en química. La elaboración del vino es química —tomó un sorbo del vino en su copa y lo sostuvo como una ayuda visual—. Y, si soy completamente honesta, alquimia. Estamos a merced de los dioses: suelo, agua, clima, días calurosos, noches frescas. Todo contribuye. Luego, tomamos lo que se nos da y vemos qué sucede. Como la vida.

John estudió a Isabela mientras hablaba. Su rostro no era joven, pero tampoco viejo. Quizás estaba en los principios de los 50. Los ojos de Isabela brillaban con picardía, lo que lo sorprendió, especialmente después de ayer, coqueteando, incluso. Hacía mucho tiempo que una mujer guapa no coqueteaba con él. Mientras John le devolvía la sonrisa, Isabela miró hacia otro lado. Volvió a su almuerzo, y Javier le preguntó cómo había disfrutado la comida y el vino.

—Mucho. Necesitaré una siesta después de la comida.

—Afortunadamente para ti, estás en Navarrete —dijo, levantando su copa hacia su amigo—. Estás como en casa con la familia.

Terminaron, y Javier llevó a John arriba a una habitación. Se duchó, se acostó y se durmió rápidamente. Se despertó unas horas más tarde cuando su hija, Pen, saltó sobre su cama.

—¡Despierta, papá!

John abrió un ojo adormilado y, al ver a su hija, se sentó y la abrazó como si fuera un salvavidas.

—Me alegro mucho de que estés aquí.

—Yo también. Mateo y yo nos retrasamos con el tren, pero lo conseguimos. Finalmente estamos aquí. ¿Quieres ir a dar un paseo? Ahora conozco bastante bien los viñedos.

—Déjame ponerme los zapatos —dijo John, retirando el edredón.

Pen los llevó por un camino polvoriento hasta la cima de una colina con vistas al valle.

—No tuviste ningún problema para subir esta colina. Supongo que ahora eres un verdadero peregrino —bromeó.

—No sé si lo soy, pero sé que estoy en mejor forma de lo que estaba hace unas semanas. Pen sonrió y le apretó el brazo.

—Estás bronceado. Más que cuando estuve en Phoenix la última vez.

—Bueno, camino 6 o 7 horas al día bajo el sol —le recordó—. Era inevitable que pasara. Pen sacudió la tierra.

—¿Lo estás disfrutando? —preguntó, con preocupación en su rostro mientras lo escudriñaba en busca de información.

John pensó en la respuesta.

—Sí, lo estoy. Me gusta la libertad en el Camino y la vida sencilla. No tengo mucho, pero no necesito mucho. Me preocupo por el agua, la comida y un lugar para dormir. Eso es todo. Y espero no oler demasiado mal.

Pen se rio.

—Estás bien. Puedes lavar algo de ropa mientras estás en la casa. Eso ayudará a reiniciar todo el lavado de manos que probablemente has estado haciendo.

Atravesaron el viñedo cogidos del brazo hasta la cima de la cordillera.

—¿Cómo te sientes con respecto a lo de mañana? —le preguntó él. Pen suspiró.

—No lo sé. Sé que mamá lo quería, así que creo que eso es bueno. Es importante honrar eso. Pero al mismo tiempo, siento que tengo que dejarla ir de nuevo —Pen resopló—. Y no me gusta esa parte.

Ella miró a John con lágrimas que igualaban las suyas. John se acercó y abrazó a su hija. Se quedaron mirando los viñedos mientras el sol se ponía, estaban perdidos en sus propios pensamientos.

—Creo que es hora de que la dejemos ir —le dijo a su hija—. Déjala descansar en paz. Tienes una gran vida por delante. Ella estaría muy orgullosa de ti —miró el valle de abajo—. Estoy muy orgulloso de ti. Creo que este viaje también me está ayudando a dejarla ir. Tal vez no por completo todavía, pero estoy intentando conseguirlo.

Pen asintió y se limpió la nariz con la manga. Rodeó la cintura de su padre con los brazos mientras volvían lentamente a la casa.

Al día siguiente, John, Pen y Mateo se amontonaron en una camioneta y bajaron por el camino de tierra hasta la carretera con Javier al volante. El grupo se dirigía a una granja de ovejas que Javier heredó de su tío, que falleció el año anterior. John sostenía las cenizas de Tess sobre su regazo en su mochila roja, estaba pensando en la última vez que su mujer había estado allí.

Cuando llegaron a la propiedad, les recibió un hombre curtido. Estaba vestido con una rebeca azul marino y una boina negra.

—Este es Manuel. Es el encargado de la granja —Javier le explicó a Manuel quiénes eran y qué iban a hacer.

El hombre sonrió, les hizo un gesto con el bastón y se marchó.

—Mi tío llevaba esta granja cuando Tess estaba aquí ayudando con el parto de los corderos. Falleció y Manuel la lleva para mí. Pasaré más tiempo aquí ahora que estoy jubilado —Javier abrió la puerta de la granja—. ¿Vamos?

John se agachó mientras entraban por la puerta con un dintel de piedra bajo y a la pequeña cocina con techo de madera. Había estado en la familia Silva durante mucho tiempo.

—¿Alguien quiere algo de beber antes de empezar? ¿Café o algo más? Todos negaron con la cabeza.

—Vale —Javier respiró hondo—. John, tienes lo que Tess escribió. Por favor, dinos sus deseos.

John sacó el sobre que contenía la hoja de papel arrugada de su mochila, se puso las gafas y leyó en voz alta toda la carta que ella había escrito. Se detenía periódicamente para recuperar el aliento y secarse los ojos.

*Mi querido John:*

*He sido bendecida con una vida maravillosa llena de aventuras. Has estado conmigo en la mayoría de ellas, y las llevo todas en mi corazón. Recuerdos con los que sueño y que me persiguen en mitad de la noche aquí en el hospital. A veces, es un olor o la luz que cae justo como debe para llevarme de vuelta a tiempos que no puedo olvidar. Nunca lo olvidaré, ni siquiera cuando me haya ido de este mundo.*

*Mi intención no es ser una carga, mi amor, pero necesito que me hagas un favor y te asegures de que pueda visitar algunos de estos lugares una última vez. Para poder dejar un pedacito de mí como ofrenda de agradecimiento a los dioses que me bendijeron con una vida tan buena. La lista no es corta, y algunos podrían no tener sentido. Pero, por favor, haz esto por mí, porque yo no puedo hacerlo. Pen también podría ayudar a descifrar algo de esto. Pero es importante para mí. Así que aquí va:*

- *Seattle: deja un pedacito de mí con Charlie para que podamos hacernos compañía. Nunca me gustó la idea de que él estuviera solo allí arriba.*

- *De nuestra luna de miel: la Calzada del Gigante en Irlanda del Norte. El oleaje es tan violento y parece ser un lugar de creación. Con principios y finales. Quizás vuelva como un hada.*

- *Edimburgo, Escocia: sube a la cima de Arthur's Seat. ¿Recuerdas cuando llevamos a los niños allí? Quiero que una parte de mí encuentre el viento y vuele sobre Edimburgo.*

- *Grecia: llévame a Paros. Tomamos ese barco para que los niños pudieran jugar en la arena blanca y nadar. Quiero que me esparzan en el mar de allí. En el agua azul, flotaré hasta el fondo de arena blanca.*

- *Chipre: quiero ir a Aia Napa. Puedes esparcirme en el agua o en la playa. Y brindar por mí con un poco de ouzo en la plaza donde todos los universitarios hacen fiestas.*

- *Las Islas San Juan: llévame en un bote, tal vez donde están las orcas, y déjame en el agua.*

*Escucha a las gaviotas. Estaré allí. Si no puedes encontrar un bote, puedes tomar el ferry a la Isla Orcas y arrojar por la parte trasera. Seré igual de feliz.*

- *Aix en Provence, Francia: con mil fuentes antiguas y la luz de color hueso. No es de extrañar que Cezanne se inspirara tanto para pintarla. Encuentra una fuente romana en la que colocarme en Cours Mirabeau. Y enciende una vela por mí en Paroisse Cathedrale Saint Sauveur. Es un lugar de gran significado. Cuando vayas, lo sentirás y entenderás.*

- *Una granja de ovejas en el País Vasco, en España: no puedo decirte cómo llegar allí, pero Pen podría ayudarte a encontrarla. Quiero que me esparzan en el jardín de rosas más hermoso que he olido, debajo de las rosas lavanda.*

- *Castrojeriz, España: no tengo una buena razón para esto, pero me encantó ese lugar. Tiene algo especial.*

- *El patio en la casa de Mateo y Javier Silva en Madrid: fui feliz allí. Quiero que una parte de mí descanse allí. El lugar exacto no importa.*

*Lo que quede, puedes hacer lo que quieras conmigo. Pero que sepas que después de hacer estas cosas, estaré en paz, Y, mi amor, espero que tú también estés en paz. Me lo diste todo con todo tu corazón imperfecto, y te perdono como te ruego que me perdones. Fui amada y amé. Eso es todo lo que podemos pedir en esta vida. Estaré contigo cuando viajes a esos lugares, dándote fuerzas.*

*Con todo mi amor,*

*~Tess*

John se derrumbó y, cuando levantó la vista, los demás también estaban llorando. Javier le abrazó. Tal vez debería haberse sentido raro, pero habían pasado por muchas cosas en las últimas dos semanas y poco a poco estaban aprendiendo a confiar el uno en el otro.

Mateo tenía su brazo alrededor de Pen mientras ella se limpiaba los ojos.

—Entonces, el jardín de rosas —dijo ella valientemente al grupo—. Vamos.

Salieron en silencio mientras Javier los guiaba por la parte trasera y a través de la puerta de hierro que protestaba en el antiguo muro de piedra hacia un jardín de rosas bien cuidado que fue cultivado durante muchos años. Las rosas verdes estaban al final de la temporada, pero aún quedaban flores en las enredaderas.

—Mi tío amaba este jardín. Pasó mucho tiempo cruzando diferentes variedades. Hay rosas aquí que no crecen en ningún otro lugar del mundo.

Se volvió hacia Pen.

—Algunas de las flores de tu boda y la de Mateo en la bodega vinieron de aquí. El tío Diego habría estado muy orgulloso de haberlas dado. Las cultivó por su belleza, pero más que eso, las cultivó por su fragancia. Incluso tan tarde en la temporada, su fragancia permanece en el aire.

John se acercó a una rosa de lavanda que aún estaba en plena floración. A Tess le encantaba la lavanda. Se agachó para olerla, y el aroma era como el de una cesta de frambuesas maduras. Javier le observó mientras cerraba los ojos como si quisiera memorizar el olor, el lugar perfecto para colocar a Tess, una persona distinta a todas las demás.

Se volvió para invitar a los demás a disfrutarlo. Cada uno lo hizo por turnos y coincidieron en que era el lugar adecuado. John sacó la bolsa de cenizas de su mochila y abrió la parte superior. La dejó en el suelo y sacó un pequeño puñado.

—Quiero decir algo —dijo Pen. Respiró hondo.

—Mamá. Sabemos que estás aquí con nosotros hoy. Después de arrastrarme a España como una adolescente gruñona, te enamoraste de este país y me hiciste enamorarme de él también. Cambió mi vida, y nunca pensé en agradecerte por todo lo que hiciste por mí. Incluso cuando no te lo puse fácil, si no fuera por ti, no tendría la vida que tengo. No tendría a Mateo. Después de todo este tiempo, tu mano me alcanza. Sé que estás aquí guiándome, y estoy agradecida. Pero es hora de que te vayas y estés en paz. Poco a poco, te estamos dejando ir. No sucederá todo de una vez, pero sé que sucederá.

Las lágrimas caían por su cara, y su labio inferior temblaba mientras Mateo le apretaba la mano.

—No te preocupes, nunca te olvidaremos a ti y a Charlie. Nunca. Cuidaros el uno al otro allí arriba.

Quiero que sepáis que papá y yo estamos bien aquí abajo.

Se giró y hundió su rostro en el pecho de Mateo. Las lágrimas corrían por su cara mientras él abrazaba a su mujer. John se quedó de pie con un pequeño puñado de cenizas.

—Tess. Tu lista es larga, y sé que estoy empezando por la mitad, pero supongo que necesitaba algo de apoyo para comenzar el proceso. No creerías con quién estoy haciendo esto —se detuvo y se secó los ojos—. Bueno, tal vez sí. Me conoces bastante bien. Llegué a la granja de ovejas que describiste. No estoy seguro de cómo, pero estamos en el jardín donde querías que viniera. Y hemos encontrado una flor que te describe bastante bien. Es única, e incluso huele bien, justo como tú. No ha pasado un día en el que no haya pensado en ti. Ni una mañana en los últimos diez años en la que no me haya despertado y me haya girado por un momento creyendo que estarías allí. Pero Pen tiene razón. Es hora de que te dejemos ir. Ya no eres de este mundo, y necesitamos dejarte volar. —John se atragantó—. Te amaré hasta el fin de los tiempos con cada fibra de mi ser, mi querida niña.

John se inclinó, colocó sus cenizas en la base del rosal, y luego se levantó. Justo entonces, una mariposa azul se posó en un pétalo. Se quedó allí por un momento, sus alas estaban abriéndose y cerrándose. Luego se fue volando. Javier se secó las lágrimas. Es una señal, si alguna vez hubo una, de que ella estaba lista para seguir su camino.

Pen se acercó y abrazó a su padre. Luego se giró hacia Javier y también lo abrazó. Él sonrió cuando ella se tocó con la mano el collar de mariposa azul que había llevado todos los días desde la muerte de su madre, «algo azul» del día de su boda.

—Creo que deberíamos tomar una copa de vino y brindar en el jardín antes de volver a la bodega —ofreció Javier—. Iré por una botella. Que todos se sienten.

El grupo encontró sillas y se sentó. Javier regresó con una botella de rosado y copas. Después de entregarlas, sirvió el vino y se unió a ellos, mirando hacia el valle.

—Por Tess —dijo, levantando su copa.

—Por Tess —respondieron al unísono mientras las ovejas balaban de fondo, uniéndose a su brindis, era la música de una granja.

—Esto es muy bonito. ¿Te retirarás a la granja? —preguntó John.

—No a tiempo completo. Pero estaré aquí mucho más a menudo. Manuel ha hecho un buen trabajo, pero no quiero ser un granjero ausente. Y mi tío podría necesitar ayuda en la bodega. Ya es demasiado viejo para llevar el lugar.

—Es una vida agradable —dijo John—. Pacífica.

—No sé si la llamaría pacífica. A veces es agitada, pero tiene una cadencia predecible, como las mareas. Sabes cuándo uno estará ocupado y cuándo estará tranquilo, como ahora. La temporada de partos de corderos ha terminado aquí, y no es la temporada de esquila. Ordeñamos regularmente y contribuimos a una cooperativa que hace queso con leche de oveja, pero ese es solo el negocio diario de llevar la granja.

John hizo girar el líquido rosado en su copa.

—¿Es este tu vino de la bodega? Me gusta.

—Sí. Es el vino de mi familia. Más tarde, iremos a la bodega de Isabela, y tendrán un regalo. Su viñedo es pequeño, pero hacen un vino muy, muy bueno, está codiciado por los coleccionistas. Su producción es limitada, por lo que los precios son bastante elevados. A veces, ella me obsequia con una botella, y la guardo para ocasiones especiales. Pero tendremos la rara oportunidad de beberla esta noche en la fiesta de la vendimia.

El grupo discutió el nuevo trabajo de Pen en el museo de Madrid. Y cómo Mateo estaba asumiendo la práctica de Javier. Después de llevar la discusión a lo mundano, Pen se recompuso y sugirió que volvieran a la bodega. John recogió la mochila que contenía las cenizas de Tess y caminó hacia el rosal de lavanda, inclinándose para aspirar el aroma por última vez. Luego se giró en silencio y se dirigió hacia la salida. Pen se tomó su tiempo y fue la última en salir del jardín. Cuando regresó a la camioneta, llevaba una rosa de lavanda cortada del arbusto donde descansaba su madre.

Todos volvieron en silencio. El almuerzo estaba listo cuando llegaron, pero John se disculpó y subió las escaleras. Su corazón roto dolía como una herida abierta. El médico de Urgencias en Logroño tenía razón. ¿Cómo podría continuar el Camino?

# DIECISIETE

## POR UN NUEVO COMIENZO

Era temprano en la noche cuando un golpe en la puerta lo despertó. Javier estaba parado en el marco de la puerta.

—¿Está todo bien? —le preguntó a John—. ¿Puedo hacer algo por ti?

—No. Estoy bien. Estaba durmiendo. Solo necesitaba un poco de tiempo a solas.

—Entiendo —le confirmó Javier—. Vamos a caminar hasta lo de Isabela. Puedes venir ahora, o puedes quedarte aquí. Como quieras.

John se incorporó y se pasó la mano por el pelo canoso, se lo alisó, y luego se frotó la barbilla áspera.

—¿Necesito arreglarme para esta fiesta? No me he afeitado en un tiempo, y tal vez debería cambiarme de ropa.

—Este no es ese tipo de fiesta —dijo Javier—. No se requiere cambiarse de ropa ni afeitarse —se pasó la mano por su propia barba gris.

—Está bien —suspiró John—. ¿Me das quince minutos?

—¿Qué tal media hora? —ofreció Javier—. Eso te dará mucho tiempo. Tengo algo que quería hacer antes de que nos vayamos.

—Perfecto —dijo John, echando hacia atrás el edredón—. Os veré abajo en media hora.

Javier cerró la puerta. John cerró los ojos y se recostó. Hoy fue casi más de lo que podía soportar, pero después de la siesta, se sintió mejor. Dejar el primer puñado de Tess en el jardín de rosas y marcar uno de los lugares en su lista rompió la barrera de su inercia. El primer paso siempre es el más difícil, y John lo había dado. Se estaba moviendo hacia adelante. Lentamente, sí, pero hacia adelante, no obstante.

John se alegró de que Pen y Mateo hubieran venido con él. E incluso Javier. No estaba solo en su duelo y no tenía que hacerlo por sí mismo. Al darse la vuelta, John sintió la mochila junto a él. Se había aferrado a ella desde que salió de Arizona, sin dejarla nunca fuera de su vista. Pero parte de Tess ya no estaba allí. Y esta noche, asistiría a la fiesta sin ella.

En el baño, John se pasó agua por el cabello. Decidió cambiarse de camisa, aunque Javier dijo que no era necesario. John estaba sentado afuera cuando llegaron los demás, listos para partir.

Su alta hija parecía encantadora. Pen llevaba su cabello castaño claro en un moño suelto. Su vestido de verano de color azul huevo de petirrojo complementaba los ojos azules que heredó de su madre. Vio que iba casi descalza, con sandalias. Ella sonrió ante su sorpresa.

—Usaré botas de goma y luego me cambiaré. Habrá mucho polvo al bajar.

John había elegido usar sus sandalias de senderismo. Estaba cansado de las botas que llevaba todos los días para el camino, y este cambio de ritmo le vino bien.

El sol se abría paso por el horizonte, proyectando largas sombras a su paso. Al igual que Isabela, John casi podía saborear el otoño en el aire. Algo que no ocurría en el desierto donde vivía.

—¿Dónde comienzan las uvas de Isabela y dónde terminan las del otro viñedo? —preguntó John.

—Un poco más allá de esa colina —señaló Pen—. Luego bajaremos hacia la casa.

Caminaron durante 15 minutos más, hasta llegar a una colina desde la que se veía la propiedad de Isabela. John vio una explotación más extensa de lo que había esperado. Cerca de allí había una casa de piedra con tejado de tejas y un gran patio rodeado por un muro. Desde su lugar en la colina, podía ver el patio, donde unas cómodas sillas rodeaban una gran hoguera. Los olivos plantados cerca de la casa en grandes macetas daban sombra al sol de la tarde. Anticipándose a las fiestas de la noche, en la terraza había largas mesas de madera con caballetes cubiertas con manteles blancos. El personal sacó sillas y platos para la celebración de la cosecha.

A la derecha de la casa había edificios enclavados en la ladera. Ya lo había visto antes en el valle de Napa, utilizando la tierra como un entorno natural de temperatura controlada para envejecer el vino. Estas serían cuevas frescas llenas de barriles.

Detrás de la casa se encontraban grandes graneros y dependencias, que albergaban tanques para contener el jugo de uva joven mientras Isabela buscaba obtener la química perfecta antes de transferirlo a las barricas de roble para su envejecimiento. Esta área era un hervidero de actividad que probablemente continuaría durante las próximas semanas.

Bajaron la colina a través de las vides y entraron por la gran puerta de hierro en el muro. Javier les condujo a través de formidables puertas de madera hacia el fresco interior de la casa, con pisos de losas y techos abovedados de madera. La inesperada casa de Isabela estaba decorada con un estilo californiano informal. Tenía un ambiente decididamente estadounidense con sofás azul grisáceos rellenos que enmarcaban grandes ventanales con vistas al viñedo. Una gran chimenea de piedra dominaba la habitación y, combinada con los sofás, la convertiría en un lugar agradable para leer un libro en un día frío de invierno.

—¡Anda! —dijo Isabela, apareciendo de la nada, juntando las manos—. Por fin habéis llegado.

John se giró para ver a su anfitriona emerger de la parte trasera de la casa. Isabela llevaba un vestido de funda de algodón blanco sin mangas que caía sobre sus rodillas. Alrededor de su cuello colgaban hebras de turquesa que brillaban contra su piel color moca. Llevaba sandalias de gladiador que zigzagueaban por sus pantorrillas bronceadas, y su cabello con canas caía en rizos sueltos por su espalda, con ondas que enmarcaba su rostro.

Besó a Javier y Mateo en ambas mejillas y abrazó a Pen. Luego se giró hacia John y sonrió, extendiendo su mano para apretar la suya como lo había hecho junto a su cama en el hospital unos días antes.

—Sois muy bienvenidos a nuestra pequeña quedada. Me gusta celebrar los logros, y la vendimia es siempre el mayor logro del año. Todos llegarán en la próxima hora o así, pero podemos tomar algo antes de que lleguen.

Los condujo al otro lado de la casa y, a través de un par de puertas francesas, a un gran patio de piedra. Había sofás cómodos y sillas de exterior con mullidos cojines blancos que salpicaban las losas, junto con un carrito de bebidas situado a un lado.

—Este es mi lugar favorito. Puedo vigilar los campos, y por la mañana, puedo ver el amanecer con mi café. Por favor, sentaos, y os traeré algo de beber.

Isabela rebuscó en el carrito de las bebidas y sacó de la parte de atrás una botella cubierta de polvo.

Lo limpió con un paño de cocina, sosteniéndolo en alto, cuando Javier soltó un grito.

—¿Vas a abrir esa botella? —dijo, con las cejas levantadas.

John no estaba seguro de qué estaban hablando. La botella parecía vieja, y la etiqueta agrietada y amarillenta. No podía leer la escritura, pero parecía manuscrita. El cuello de la botella estaba sellado a la antigua usanza con cera roja que goteaba.

—¿Por qué no? —dijo Isabela con entusiasmo—. Mis antepasados hicieron vino para ser bebido, para disfrutarlo con familiares y amigos. Por lo que sé, he guardado estos durante demasiado tiempo. Ya que algunas de mis personas favoritas están aquí, creo que deberíamos tomar algo de lo bueno. Además, todos vosotros sois mi familia. —Entonces, se detuvo y miró a John—. Y espero haber hecho un nuevo amigo.

John asintió, contento de formar parte del grupo.

Isabela le tendió la botella a Javier. —¿Por qué no la abres tú para nosotros?

Javier se levantó y, con reverencia, cogió la botella. La sostuvo con cuidado, examinando la etiqueta.

—He bebido este vino antes. Con motivo de mi boda con Alejandra y el bautizo de Mateo en la iglesia de Navarrete —sonrió a su primo—. Fue después cuando el abuelo y el padre de Isabela fallecieron. Es el sabor de algunos de los momentos más importantes de mi vida. Esto —dijo, sosteniendo la botella—, es una botella especial, es una cosecha excepcional para ocasiones especiales. Somos afortunados de estar bebiendo esto.

Javier quitó la cera, descorchó y decantó el vino, permitiéndole respirar durante unos minutos. Olió el viejo corcho y se lo entregó a Isabela. Ella hizo lo mismo, cerró los ojos y sonrió. Luego caminó hacia John que estaba sentado, y le acercó el corcho.

Guardarás este corcho mientras caminas. Este vino es una de las primeras botellas producidas en esta tierra por mi familia. Es muy, muy viejo, pero ha perdurado y mejorado con el tiempo, como todos nosotros. Tu Camino trata de perdurar y mejorar. Como el mejor vino, no serás el mismo al final que al principio.

John olió el corcho. Inhalando la levadura, las moras y la grosella, levantó la miró, y ella sonrió.

Luego Isabela se giró y le dio una copa a cada uno. Javier sirvió el vino.

Isabela levantó su copa. —Por nuevos comienzos. Todos brindaron al unísono. —Ahora, todos.

Cerrad los ojos y tomad un sorbo.

John gimió cuando el líquido granate tocó su lengua.

—Mmm. Es increíble —tomó otro pequeño sorbo—. Nunca he probado nada igual.

—Eso es porque no hay nada igual. Las cosas verdaderamente escasas deben apreciarse y disfrutarse. Luego, las dejamos ir. He guardado esta botella en particular durante mucho tiempo. La estamos disfrutando esta noche, en este momento. Y cuando se acabe, la saborearemos en nuestra memoria.

Tomó otro sorbo y miró directamente a John. Él no estaba seguro de si estaba hablando del vino. Se preguntó cuánto sabía ella sobre por qué estaba él allí y lo que los cuatro habían hecho en la granja de ovejas antes.

Isabela sacó una tabla de embutidos antes de que llegara el resto de la fiesta. El grupo estaba terminando el vino cuando el ruido del patio los alcanzó, invitándolos a unirse a los invitados recién llegados en las mesas dispuestas para las festividades. Habría más de cien personas para la cena, y los hijos de los trabajadores de la bodega se entrelazaban entre la multitud, con Isabela abrazando a todos los que conocía.

John se quedó a un lado con Pen y Mateo hasta que los recién casados se vieron arrastrados a la refriega con abrazos y preguntas para el joven médico y su nueva mujer estadounidense. John se preguntó si así había sido la recepción de su boda en la viña este verano. Aquella de la que pensó que había escapado, pero ahora deseaba haber asistido.

Todos se sentaron alrededor de las mesas, con rosas, romero y lavanda a lo largo. John se mantuvo cerca de aquellos que conocía y encontró un sitio. Isabela tomó asiento frente a él y sonrió. Cogió un tenedor y lo usó como gong contra su copa de vino para silenciar a la multitud. Habló en español e inglés para adaptarse a los idiomas que todos los invitados entendían.

—Quería dar las gracias a todos. Gracias por venir a nuestra celebración de la cosecha. Este año presentó algunos desafíos con la sequía, pero las uvas se ven muy bien, y creo que el contenido de azúcar es más alto de lo normal, así que mis esperanzas son altas. Quiero agradecer a Ricardo —inclinó la cabeza—, quien gestionó muchas cosas con gracia y aplomo esta temporada. Estaría perdida sin ti.

Un aplauso resonó, y la multitud se volvió hacia un hombre de piel curtida y bronceada, quien fue besado vigorosamente en la mejilla por una mujer a su lado.

—Espero que todos disfrutéis de la comida y el vino que han producido a lo largo de los años como agradecimiento de mi parte. Tenemos más trabajo por delante para guardar esta cosecha para que descanse. Pero podemos tomarnos un poco de tiempo ahora para oler las rosas. Muchas gracias. *Eskerrik Asko*. Muchas gracias.

Todos levantaron sus copas. Se intercambiaron un «salud» mientras las copas chocaban entre sí. John bebió del suyo y se sorprendió gratamente del vino. No era la ambrosía más rara que habían bebido en el patio trasero. Pero aún era excelente. «Este debe ser el vino que venden comercialmente», pensó. Todas estas personas trabajaron durante todo el año para producir el néctar de los dioses. Se merecían disfrutarlo.

Plato tras plato salía de la cocina. Los olores eran celestiales, y la comida era diferente a cualquiera que John hubiera probado jamás. No era fanático del cordero, pero la carne estaba perfectamente sazonada, las verduras a la parrilla igualmente deliciosas, y el vino mejoró aún más a medida que avanzaba la noche.

Finalmente, alguien sacó una armónica y un acordeón, y cantaron canciones que todos parecían conocer. Mucho después del anochecer, apareció una guitarra y comenzó el baile. La emoción cruda de los bailarines y la música era embriagadora. Quizás el vino se le estaba subiendo a la cabeza. John estaba absorto cuando sintió un golpecito en el hombro.

—Papá.

Se giró para ver a Pen y Mateo.

—Lo siento. Estaba viendo a los bailarines. ¿Está todo bien?

—Vamos a volver andando a casa. No me encuentro bien y estoy cansada.

—¿Quieres que os acompañe? —preguntó, preocupado por su hija.

—No. Quédate y disfruta de la noche —Pen se inclinó y le besó la mejilla—. Nos veremos por la mañana.

Su hija y su marido se alejaron en la noche mientras una ola de melancolía lo invadía. Ella ya no era su responsabilidad. Ese era el trabajo de Mateo ahora.

John se giró y vio a Isabela llenando su copa con una sonrisa.

—¿Qué pasa? —preguntó.

—Me gusta mirarte. Parecías muy absorto en la música y el baile de antes.

—Nunca había visto este tipo de baile. El tipo de la guitarra tiene talento.

—Es el hermano de mi administrador de la finca. De hecho, es un profesional y es muy conocido en la zona. Le gusta venir a estas reuniones por el vino, así que canta para ganarse la cena en nuestra celebración de la cosecha cada año.

John observó a la multitud.

—Llevo un rato sin ver a Javier. ¿Sabes dónde está?

—Se fue a llevar a nuestros tíos a casa. No querían conducir en la oscuridad. John miró hacia la oscuridad. —¿Volverá?

—No lo sé. Tal vez. Pero puedes quedarte para nuestra hoguera. La encenderemos pronto. Siempre la considero una ofrenda pagana a los dioses por una buena cosecha.

Bebiendo vino desde primera hora de la tarde, John sintió los efectos. No intentaría volver solo a la casa grande hasta que se le pasara el efecto.

Los trabajadores encendieron la hoguera y el baile terminó. Ahora, solo estaban el guitarrista y el fuego. Un escalofrío descendió en el aire nocturno y las familias con niños pequeños se desvanecieron en las sombras para llevarlos a la cama Solo quedaban unas pocas personas. Estaban hablando, fumando, y disfrutando de lo que quedaba de vino. John encontró la combinación de las llamas y la guitarra inquietante y embriagadora. El vino no hacía daño.

Isabela se sentó en una de las grandes sillas de jardín, envuelta en una manta. —¿Y bien, te gustó nuestra humilde cena? —preguntó, tomando otro sorbo de vino.

—No lo llamaría «humilde cena». Fue un banquete digno de un rey.

Isabela se rio. —Esto es pequeño comparado con la recepción de la boda de Pen y Mateo. No te vi en su fiesta aquí en junio.

—Eso es porque no fui —dijo John avergonzado—. Tenía otros compromisos en los Estados Unidos. Pero fui a la boda y a la recepción en Madrid.

—Sí. Lo sé. Te vi allí. Te veías feliz y orgulloso durante la ceremonia. Pero muy incómodo en la fiesta. Casi triste. Te observé —susurró—. No estoy segura de por qué.

La confesión de Isabela inquietó a John, como si fuera un objeto expuesto en un zoo. Esta mujer no tenía ni idea de quién era. Ella no tenía ni idea de lo que él había pasado y de lo mucho que le había costado irse a Madrid y dormir en casa de Javier. John levantó una copa en su recepción tras la ceremonia, fingiendo que no le molestaba. Todo por la felicidad de su hija. Le costó todo lo que tenía. Pero eso ya había quedado atrás.

—Simplemente estaba fuera de mi lugar como uno de los pocos angloparlantes allí. Tal vez fue la barrera del idioma. Creo que la mayoría de los padres se sienten un poco tristes cuando su hija se casa.

—Hum. Puede ser. —Pasaron uno o dos segundos—. ¿Te gustaría ver mis bodegas?

—¿Cómo? —dijo John, sorprendido.

—Donde guardamos las barricas y el vino. ¿Te gustaría verlo?

—De acuerdo. Claro. Me imagino que tiene que ser impresionante.

—Lo es. —Extendió la mano—. Ven.

Se levantaron. Isabela dijo algo a los invitados que quedaban. No estaba seguro de qué era, pero no era el típico «buenas noches». Caminaron juntos en silencio en la oscuridad, dejando las luces de los jardines alrededor de la casa. John no tenía ni idea de adónde iba, pero supuso que Isabela se sabía el camino de memoria. De repente, tropezó con la raíz de un árbol, y ella trató de estabilizarlo agarrándolo de la mano. Él se enderezó, pero ella no lo soltó y lo condujo hasta la puerta del primer edificio.

—Mi bisabuelo construyó estos edificios. Las cuevas son naturales, y aunque era pobre y tenía materiales de construcción limitados, cambió su fortuna y la de su familia triplicando el tamaño para almacenar vino al utilizar lo que las cuevas proporcionaban. La sinergia perfecta entre el hombre y la naturaleza. Le estamos agradecidos.

Abrió la gran puerta de madera, y las rejas de hierro que marcaba la entrada y encendió las luces. Entraron en una habitación que contenía estantes de botellas de vino con una gran mesa que la recorría por el centro. Con otro movimiento de un interruptor, las luces se encendieron más adentro. Arcos de piedra sostenían el techo, estaban apoyados por pilares como una catedral. Las paredes y el suelo estaban cubiertos de mortero de piedra. La iluminación indirecta hacía parecer que procedía del interior de la tierra e iluminaba perfectamente el espacio. Como ingeniero, John encontró la estructura ingeniosa.

Isabela se adentró en la ladera y John la siguió. Las cuevas estaban frescas, pero no frías. La tierra controlaba perfectamente la temperatura. Finalmente, salieron a una sala mucho más grande llena de estanterías para barriles. Olía maravillosamente a humedad, era toda una química en acción. La unión de las barricas de roble, la levadura y el zumo de uva, era la alquimia de la que había hablado antes.

—Es impresionante. Si tu bisabuelo construyó esto, lo hizo con herramientas rudimentarias y sin ingeniería moderna. Soy ingeniero estructural. No puedo imaginar emprender algo como esto sin todo lo que tengo a mi disposición hoy. Es asombroso.

Isabela sonrió mientras pasaba sus largos dedos por la pared, y John la siguió. —A veces, la experiencia triunfa sobre la educación —caminó hacia un barril y lo acarició.

—Nunca tuve hijos, pero cada año, el vino es mi bebé. Estos barriles son las incubadoras de los sueños que tengo con cada cosecha. Algunos se hacen realidad, y otros no. El potencial es solo eso. Nada hasta que florece en realidad.

Se volvió hacia John.

—¿Por qué estás haciendo el Camino? —preguntó en voz baja.

John frunció el ceño, desconcertado por el cambio abrupto en la conversación.

—¿Qué quieres decir? —preguntó, jugando con la pulsera que el monje le había dejado en los Pirineos—. Simplemente decidí hacerlo.

Ella negó con la cabeza.

—Nadie hace el Camino porque sí. Todo el mundo tiene una razón. Me interesa mucho la tuya. John cerró los ojos. Había sido una mañana emotiva. Tal vez había bebido demasiado. Demonios, tenía una copa de vino en la mano en ese momento.

—Lo estoy haciendo por mi mujer, mi difunta mujer, Tess. La madre de Pen —se corrigió. Era un término que nunca había usado—. Falleció hace diez años de cáncer y pidió que sus cenizas fueran esparcidas en diferentes lugares del mundo. Algunos de ellos estaban en el Camino. Javier accedió a ayudarme a encontrarlos. Estoy haciendo el Camino por ella.

Isabela le estudió.

—Hum —reconoció—. Una razón noble. Una especie de búsqueda. La conocí una vez. ¿Lo sabías?

Cuando estuvieron aquí, ella y Pen.

John contuvo la respiración. Sabía que aquí era donde había comenzado el romance. No estaba seguro de cuánto sabía Isabela.

—¿Y por qué mi primo tiene un ojo morado?

—¿Qué? —preguntó John, sin estar preparado para hablar de su mal comportamiento.

—Mi primo camina contigo para ayudarte a esparcir las cenizas de tu mujer. Ambos son los padres de Mateo y Pen, así que es plausible. Pero ¿por qué Javier tiene un ojo morado? Me imagino que cómo lo consiguió, tal vez allá por Pamplona, fue algo serio.

John palideció. ¿Era una gitana? ¿A qué estaba jugando?

—¿Le preguntaste a él?

—Sí —dijo ella—. Pero ahora te lo pregunto a ti. Él respiró hondo.

—Le pegué —susurró John.

—Sé que lo hiciste —sonrió ella.

—¿Él te lo dijo?

—No. Pero lo sabría de todos modos. Tu mano izquierda aún tiene moretones. Eres zurdo.

«Es lista», pensó.

—Había bebido demasiado. Y estaba molesto por algo. Me desahogué con Javier. Isabela le miró con una intensidad incómoda mientras sopesaba sus palabras.

—¿Y por qué estabas enfadado?

—No fue nada —descartó John, buscando algo en la cueva para cambiar de tema.

Isabela miraba a John como si pudiera ver a través de él, pasando distraídamente el dedo índice por un barril.

—Verás, me pareces un hombre que no se deja llevar por impulsos imprudentes. Eres medido. Controlado. Un poco enigmático, si soy sincera. Un hombre al que no se provoca fácilmente para pelear. Y veo que no tienes ninguna marca en la cara. Mi primo es más joven que tú. Podría haber respondido, pero no lo hizo —esperó a que él completara los espacios en blanco—. Mi mujer, Tess —se detuvo y cerró los ojos—. Mi mujer se acostó con Javier cuando hicieron juntos el Camino.

John nunca había pronunciado esas palabras en voz alta. Fue como si se rompiera una presa, y exhaló el aliento que había contenido durante más de diez años. Por fin lo había dicho. Las lágrimas rodaron por su cara, pero Isabela se quedó donde estaba. No intentó consolarle.

—Entonces, ¿diez años después, estás haciendo el Camino para esparcir las cenizas de tu mujer con su amante? Vaya. —Su rostro mostró sorpresa—. He oído hablar de hombres modernos, pero tú eres único en tu especie. Quiero decir que es porque eres estadounidense, pero cuando estuve allí, descubrí que no eran diferentes de los hombres españoles. Tal vez peor, en realidad. Porque muchos pretendían no serlo. El machismo está en todas partes.

Él se rio, limpiándose las lágrimas con la camisa. Luego, bebió un largo trago de su vino.

—Tal vez conociste a los hombres equivocados.

—Ven aquí —susurró ella.

Él dudó y luego se acercó a ella, asustado, mientras ella le acariciaba la cara.

—Eres un hombre valiente, John Sullivan —le besó los labios suavemente—. Esta noche te quedarás conmigo.

No se resistió mientras ella lo guiaba fuera del edificio y cerraba la puerta. Cuando regresaron a la casa, el resto de los invitados se había ido, pero la puerta principal estaba abierta de par en par. Ella lo llevó adentro y subieron las escaleras a un gran dormitorio con vistas a la terraza.

—Escucha —dijo John—. Ha sido un día emotivo. Ha pasado tanto tiempo que ni siquiera sé si estoy preparado para esto.

Isabela se rio.

—No vamos a tener sexo esta noche, John. Dormir con una mujer no siempre se trata de sexo.

Acuéstate y descansa —una sombra cruzó su rostro—. No estás solo, sabes, en el desamor.

John se quitó la camisa y los pantalones, luego se acostó debajo del edredón mientras observaba a Isabela quitarse lentamente sus joyas y desatar sus sandalias de sus pantorrillas bronceadas. Se quitó el vestido por encima de la cabeza y se desabrochó el sujetador antes de acostarse junto a él y apoyar la cabeza en su pecho.

—No tendría sexo contigo esta noche, incluso si quisieras —declaró.

John se rio, un poco nervioso ante esta mujer tan impredecible. Acostado en la cama con Isabela en *topless* era lo más cerca que había estado de otra mujer desde la muerte de Tess.

—El médico dijo que necesitas tomártelo con calma. Además, requerirías más fuerza para lidiar conmigo —bromeó, sonriéndole.

John sonrió. No tenía ninguna duda.

—No pensé que te gustaba después de Logroño —admitió John—. Después de que te recogiera en el pisado de uvas.

Omitió la parte de haber sido llevado al hospital.

—Bueno, ahora sabes que me gustas mucho.

—Lo sé —susurró él—. Y tú también me gustas. Ella sonrió, levantándose y besándole.

—Es tarde. Duérmete y descansa. Son órdenes del médico.

John durmió como no lo había hecho en años. Cuando se despertó y se giró, Isabela estaba sentada en el borde de la cama mientras el sol se asomaba a través de las cortinas.

—Buenos días.

—Mmm. Buenos días —John levantó el brazo y ella se acurrucó junto a él—. ¿Qué tal has dormido?

—Llevo despierta desde antes del amanecer —dijo Isabela.

—¿Ha sido difícil dormir con un hombre extraño en tu cama? —preguntó John.

—No. De hecho, los hombres extraños son la ayuda perfecta para dormir.

—Ah.

—Estoy de broma —se rio—. No tengo muchos hombres extraños en mi cama estos días. Solo peregrinos estadounidenses que buscan un revolcón.

John se quedó mirando el techo, sin estar seguro de cómo terminó en la casa de Isabela, en su cama. Incluso con todas las intervenciones de amigos bien intencionados, John era tan célibe como un monje. No por abstinencia planificada, sino algo en lo que cayó. Y luego, se quedó estancado. Simplemente no había conocido a alguien con quien quisiera tener un acercamiento. O tal vez nunca se había permitido intentarlo.

Tras la muerte de Tess, John tuvo que pensar en Pen. Y se sumergió en su trabajo. Pero, ahora que Pen vivía en Madrid, John ya no veía mucho a su hija. Desde que se jubiló el pasado otoño, no sabía qué hacer. Había jugado al golf y había ido a su reunión universitaria. Pero la vida había seguido adelante.

Después de la boda de Pen, había preparado y lamentado aceptar este viaje. Y ahora estaba en la cama con una mujer guapa que era química y enóloga española.

—¿En qué estás pensando?

Él respiró hondo antes de intentar explicarse.

—Me pregunto cómo terminé aquí. Ayer, nos reunimos en la granja de ovejas en el jardín de rosas. Esparcimos algunas de las cenizas de mi mujer en las raíces de una hermosa rosa de lavanda —miró a Isabela—. Si me hubieras preguntado en el desayuno dónde estaría hoy, no habría dicho que estaría en la cama de una mujer guapa.

Isabela sonrió.

—En el Camino ocurren milagros inesperados. ¿Te alegras de estar aquí? ¿Conmigo? —preguntó.

—Sí. Me alegro —John besó su cabello—. Mi cabeza quiere que me sienta culpable por ello. Pero, de alguna manera, no lo hago.

—Entonces no importa cómo sucedió. Solo que ocurrió —apretó su brazo alrededor de él—. Mi móvil tiene varios mensajes. Creo que tal vez *La Casa Grande* te está buscando a ti, su cordero perdido.

¿Quieres llamarles?

John se frotó los ojos.

—¿Podemos tomar café primero? No sé cómo enfrentarme a mi hija esta mañana. Ayer fue emotivo, y anoche no se sentía bien. Creo que por eso.

—Claro. Levántate. Hay toallas limpias en el baño. Te esperaré en la terraza con un café.

Isabela se levantó sobre un brazo, se inclinó y besó a John. Luego, se levantó de la cama, anudó su bata de seda de colores brillantes y desapareció. John entró al baño y cerró la puerta. Casi no reconoció a la persona que lo miraba fijamente. El hombre en el espejo tenía una sonrisa en su rostro. Se veía feliz y bronceado. Por primera vez en más de una década, se sentía más él mismo.

Después de ducharse, John bajó las escaleras, pasó al lado de una chica con delantal que estaba empujando una ruidosa aspiradora que ni le miró. Hacía años que no daba un paseo de la vergüenza, pero era divertido a sus 60 años hacerlo sin importarle quién pudiera juzgarlo.

Isabela estaba sentada en la terraza, aún en bata, cuando él salió completamente vestido. Como había prometido, tenía una mesa preparada con café y desayuno.

—Vaya —dijo, sorprendido—. Eres rápida.

—Tengo a alguien que cocina para mí. Ella estaba esperando para hacer todo esto cuando bajé. Soy mejor agricultora y química que cocinera. Según mi madre, las artes domésticas eran una de mis debilidades —se santiguó y besó las puntas de sus dedos.

—Tienes otros talentos —sonrió él. Ella levantó su taza de café.

—Como dices, espero que aún funcionen.

John puso azúcar en su café y empezó a comer. Luego, llamó a Pen.

—¿Dónde estás? —preguntó con voz frenética—. Te hemos estado buscando por todas partes y llamamos a Isabela cien veces sin obtener respuesta. Me has tenido muy preocupada.

—Me quedé en casa de Isabela anoche. No había forma de que encontrara el camino a casa en la oscuridad después de todo ese vino.

Su hija resopló.

—Estoy afuera de su puerta principal ahora mismo, así que podemos hablar en persona —dijo, interpretando el papel de la madre enojada.

John tragó saliva. —De acuerdo. Estamos en la terraza trasera desayunando. Pasa.

Un momento después, Pen y Mateo estaban de pie junto a la mesa. Pen tenía los brazos cruzados frente a ella.

—¿Qué está pasando? —preguntó.

—Nada. Estoy comiendo. ¿Quieres un café? John le ofreció un asiento a Pen en la mesa.

—Ya me tomé un café en casa.

—¿Mateo? —le preguntó John a su yerno.

—Claro. —Esta respuesta provocó una mirada fulminante de Pen—. Le enviaré un mensaje de texto a mi padre y le haré saber que te encontramos.

Isabela intentó intervenir.

—Lo siento mucho. Me quedé dormida esta mañana y no vi sus mensajes y llamadas hasta hace unos minutos. Por eso su padre no les devolvió la llamada. Todos tuvimos una noche larga y, tal vez, un poco más de vino del que deberíamos.

Pen se volvió hacia su padre.

—Javier pensó que vosotros os ibais hoy. Estaba listo para irse, pero no pudimos encontrarte cuando revisé tu habitación, y no habías dormido en tu cama.

—Me quedé para la hoguera —dio otro trago de su café con leche para retrasar la mentira que inevitablemente tendría que decir—. A menos que estuviera dispuesto a permitir que Isabela condujera ebria o vagara perdida entre las viñas, pensé que debería quedarme aquí. Fue lo suficientemente amable como para hospedarme —le sonrió, y ella le devolvió la sonrisa. Su intercambio pareció inquietar a Pen.

—Estoy un poco sorprendida, eso es todo —Pen levantó la barbilla desafiante—. No hubiera pensado que estarías de fiesta tan tarde después de dejar las cenizas de mamá en el jardín de rosas ayer. Pero supongo que me equivoqué.

Sus palabras hirieron a John. Cerró los ojos, e Isabela instintivamente extendió la mano y le apretó la suya.

—Bebí demasiado. Quizás no debería haberlo hecho, pero lo hice. Ayer fue un día difícil para ambos —John se levantó y abrazó a Pen. Ella le devolvió el abrazo y se apartó con el labio inferior tembloroso.

—Ahora siéntate y toma un poco de café —dijo, señalando su taza—. Es el mejor café que he tomado hasta ahora en España. Necesitas disfrutarlo. Y comer algo. Pareces necesitarlo.

—¿Qué eres ahora? —preguntó Pen, finalmente devolviéndole la sonrisa—. ¿Una abuela española?

Isabela fue a la cocina y regresó con dos cafés con leche más. Pen apenas bebió el suyo. Finalmente, Mateo se lo quitó y se bebió el resto. Ella parecía triste cuando él le entregó un cruasán.

Javier llegó cuando estaban terminando.

—Supongo que hoy no caminaremos —observó el doctor—. Me parece bien. Me alegra que encontraras un lugar para dormir —mirando a Isabela, quien convenientemente se giró—. Nos preocupaba que te hubieras perdido entre las viñas.

—No —dijo John—. Estoy sano y descansado. No he dormido tan bien en años. Debe ser el Camino y el aire fresco aquí.

—Debe ser eso —dijo Isabela en su taza de café.

El moretón alrededor del ojo de Javier apenas se notaba hoy. Cuando llegó de Madrid, Pen le preguntó a su padre qué le había pasado a su suegro, pero él no estaba listo para admitir lo que había hecho. La tensión anterior había disminuido después de que habían esparcido algunas de las cenizas de Tess.

—Entonces, ¿cuál es el plan para hoy? —preguntó Javier, frotándose las manos.

—Tengo el prensado —declaró Isabela—. Así que, si me disculpáis, debo ducharme e ir a los cobertizos. Si alguien quiere verlo, es bienvenido.

Les dejó desayunar.

—Bueno, no sé vosotros, pero a mí me suena divertido. Nunca he visto la vendimia en acción. Se aprende algo nuevo cada día —dijo John levantándose para llevar su plato, pero la cocinera de Isabela le interceptó en la puerta.

—Yo también me apunto —dijo Javier—. Hace mucho que no piso uvas. Isabela necesitará toda la ayuda posible. ¿Mateo? ¿Pen?

—Pen no se siente bien. Yo sí voy —Mateo respondió.

Los tres hombres salieron de la casa y se dirigieron a los cobertizos. Isabela bajó al granero principal poco después, con el pelo recogido en una trenza y su viejo sombrero de paja en la cabeza. La vendimia había comenzado temprano y su capataz, Ricardo, parecía tener todo bajo control. Mientras el equipo metía las uvas en la despalilladora, Isabela probó algunas.

—¿En qué podemos ayudar? —preguntaron Javier y John.

—Necesito reunirme con Ricardo para planificar el día. ¿Podrían encargarse de esto? Los dos que están alimentando la despalilladora necesitan un descanso. Llevan desde el amanecer. Vuelvo enseguida, después de hablar con Ricardo. Javier les explicó a los dos hombres que podían tomarse un café y descansar. Mateo se subió al camión y empezó a llenar las tinas de plástico que usaban los hombres.

Se las pasó a Javier y John, y ellos llenaron las máquinas que funcionaban en paralelo. Avanzaron bastante antes de que Isabela saliera.

—Tengo un problema con un par de tanques. Necesito que uno de los que alimentaban la despalilladora trabaje en los tanques. Ricardo quiere que el otro haga el bazuqueo. Por suerte, estáis aquí, y si no les molesta, necesito vuestra ayuda hoy.

—Claro —dijo John—. Lo que necesites. Isabela le apretó el brazo.

—Me alegra que no hayan hecho el Camino hoy.

—Yo también —sonrió él.

Javier y Mateo intercambiaron una mirada, pero no dijeron nada. Los tres hombres siguieron trabajando y descargaron otro remolque de uvas cuando terminaron el primero. Pasaban de las dos de la tarde cuando se dieron cuenta de que no habían almorzado. Isabela vino a remediarlo.

—Las mesas están puestas en el patio. He pedido a todos que paren y coman algo. Subid y acompañadnos. Es una comida sencilla, pero nos dará fuerzas para el resto del día.

Subieron a la casa y encontraron las mesas a la sombra, abarrotadas de algunas de las personas que conocieron la noche anterior. A John le sorprendió saber que muchos de los trabajadores de la bodega procedían de otros países europeos y habían venido a España en busca de trabajo durante la vendimia. No fue solo su imaginación o el vino de la noche anterior lo que hizo que las palabras que oyó no fueran lenguas con las que estaba familiarizado. No importa. Cada persona era tan valiosa en una granja.

La comida de pan duro y crujiente, un guiso de verduras y las sobras de cordero de la noche anterior les llenó el estómago. No se servía vino con el almuerzo, ya que trabajaban con maquinaria que era capaz de arrancar una mano. Pero al final del almuerzo, ya estaban listos para la tarde. Antes de volver al trabajo, Isabela le preguntó si John podía ayudarla a levantar algo.

—Claro. Vamos.

Le llevó de vuelta a la bodega de barriles a la que habían ido la noche anterior. Cerró la puerta tras ellos.

—Ojalá no te fueras mañana. Me gustaría que te quedaras aquí conmigo. Al menos por un tiempo.

Creo que necesitas descansar.

—Ojalá tuviera más tiempo, pero tengo que irme —le dijo con pena—. Hay algunas cosas que atender. Cosas importantes. Pero he disfrutado el tiempo que hemos pasado juntos.

John miró sus ojos de color chocolate fundido. Cuando se conocieron hace solo unos días, la encontró instantáneamente atractiva pero intimidante. Era fuerte de una manera vulnerable. Una contradicción que no podía explicar.

—¿Crees que volverás aquí? —preguntó ella.

—¿A la bodega? No lo sé. ¿Quieres que vuelva? Isabela asintió—. Sí. Me gustaría.

Se acercó y le acarició la mejilla. Luego, se puso de puntillas y lo besó suavemente. El beso se hizo más profundo antes de que ella se separara.

—A ver qué nos depara el Camino —dijo John, tocándose inconscientemente los labios donde acababan de estar los de ella—. No tengo ni idea de cómo será el próximo mes. Ahora mismo soy como una hoja que lleva el viento. Isabela le cogió la mano y le llevó afuera.

Cerraron la puerta tras ellos y volvieron a los graneros donde Javier y Mateo seguían cargando uvas en la máquina. Isabela le apretó la mano hasta que estuvieron a la vista de los cobertizos.

—Te veré más tarde. Ven a la casa antes de irte. Quiero poder despedirme.

John asintió, tragándose el nudo que se le formó en la garganta. Bajó y volvió a echar las uvas a la despalilladora. Pero no antes de ver a Isabela volver a la casa.

Al anochecer, los hombres estaban agotados. Habían cargado varios camiones y necesitaban una ducha y una buena noche de descanso. Consciente de que había ignorado el consejo del médico, su espalda comenzó a recordarle que se había excedido.

Javier y Mateo se sentaron en las sillas del patio con las manos y la ropa manchadas mientras John llamaba a la puerta de la casa para avisar a Isabela de que se dirigían a la colina. Isabela abrió la puerta, se quitó las gafas y le hizo señas para que entrara.

—Así que te vas.

—Sí. Ha sido un día muy largo —sonrió—. Pero tenemos que ducharnos. Mañana retomamos el Camino.

Isabela escrutó su rostro. No sabía qué buscaba.

—Bueno, entonces te deseo que tengas un buen Camino. Y que tengas cuidado. Se puso de puntillas y le besó. John la abrazó, sonriendo como un adolescente.

—Lo tendré. Buena suerte con la vendimia —dijo John, dirigiéndose a la puerta.

—John.

Él se giró.

—Cuando llegues a Santiago, quizás podamos vernos de nuevo. Si tienes tiempo antes de volver a casa.

Él sonrió—. Quizás.

Isabela le siguió fuera para dar un abrazo a Javier y Mateo.

—Ven a verme la próxima vez que pases por la finca. Me gustaría saber cómo te fue en el Camino.

—«Noski» —por supuesto.

—Gracias por toda vuestra ayuda hoy —les dijo.

Se despidieron con la mano, subiendo la colina. Cuando llegaron a la cima, John se giró y vio a Isabela todavía allí, abrazándose a sí misma, esperando a que desaparecieran.

# DIECIOCHO

## TRAPOS SUCIOS

La casa de Madrid estaba en silencio sin Pen, Javier y Mateo mientras Inés se abría paso por el oscuro pasillo del segundo piso. Estaba vestida con su desgastado delantal de algodón a cuadros, en sus brazos sostenía un cesto de mimbre con ropa limpia casi tan alto como ella. A sus 75 años, subir la gigantesca escalera de caoba con semejante carga era cada vez más difícil, pero aún no estaba dispuesta a admitirlo ni a sí misma ni a sus empleadores.

Después de dejar la ropa limpia en el dormitorio de Mateo y Pen, Inés abrió de un empujón la puerta de la habitación de Javier y dejó su cesto de ropa doblada sobre la alfombra. Las coloridas alfombras marroquíes hacían juego con las pesadas cortinas de la cama, que ella se dio cuenta de que había que mandar a limpiar. ¿Estaba Inés perdiendo su toque? O tal vez solo necesitaba usar las gafas que le recetó el oculista. Vanidad, se rio entre dientes, la perdición de más de una anciana de pelo gris.

Inés conocía a Javier desde que era un niño. Primero como ama de llaves de sus padres, doña María y don Eduardo, y después de Javier y su mujer, Alejandra. En todo ese tiempo, Inés solo había visto alterada la serena conducta de Javier unas pocas veces. Pero en los días previos a su partida, Javier estaba inquieto por su Camino con John.

Tras la muerte de su mujer, Alejandra, su relación como empleador y empleada se deterioró por completo, ya que ella se hizo cargo de él y de su hijo, Mateo. Hasta que se curaron, su duelo implacable les hizo pasar unos años desgarradores. Pero Javier y Mateo finalmente se reencontraron después de caminar juntos desde Francia hasta Santiago de Compostela. Los dos hombres eran su familia tanto como si compartieran la misma sangre.

Inés sacó la ropa de la cesta y la colocó en su lugar apropiado en el armario. Ella había estado allí desde que él era un niño, en cada etapa de la vida de Javier, comenzando cuando jugaba con coches de juguete en la guardería del enorme ático de sus padres al otro lado de la ciudad. Era un niño tranquilo, no daba problemas en aquel entonces. Inés a menudo le hacía sus dulces especiales, le limpiaba los cortes y moretones cuando regresaba a casa de la escuela con rodillas raspadas y más de unas pocas lágrimas. Años más tarde, escuchó cuando el corazón de Javier se rompió por primera vez por una chica en la escuela secundaria. Inés lo recordaba como si fuera ayer. Aquella tarde, estaba de pie en la cocina preparando la comida cuando él entró por la puerta. El adolescente flaco abrió todos los armarios y el refrigerador, distraído.

Mientras tanto, Inés permaneció en silencio, removiendo la olla en el fuego, fingiendo que no pasaba nada. Sabía que Javier hablaría cuando estuviera listo. Finalmente, todo salió a la luz.

Volvió a ocurrir un año en las vacaciones de Navidad, cuando Javier volvió a casa de la universidad y se enamoró de Alejandra, pero tenía miedo de contárselo a su madre. Inés sonrió ante el recuerdo y la ironía de que su hijo, Mateo, crecería con un temperamento precisamente igual al de su padre. Incluso de joven, Javier era amable, acogió al hijo de Inés, Antonio, bajo su protección y lo trató como a un hermano pequeño.

Esta vez, Javier volvió a necesitar el oído de Inés antes de partir hacia su último Camino con John. Como aquel día en la cocina hace tanto tiempo, Inés sabía que lo mejor que podía hacer era permanecer callada mientras fingía estar ocupada en otra cosa. Con un poco de tiempo, él llenaría el silencio.

—Lo siento, Inés —suspiró Javier mientras estaba de pie en esta misma habitación, empacando para su viaje—. No sé qué me pasa.

Inés enarcó una ceja gris, pero no dijo nada.

—Está bien —admitió él—. Quizá sí lo sé.

Inés fingió no oírle y siguió doblando la colada sobre su cama mientras él preparaba la mochila.

—¿Por qué estoy haciendo esto? ¿Estoy loco? —gritó al techo.

Inés terminó de doblar una camiseta quenecesitaría parasu caminata.

—Sabes por qué vas a este viaje —le recordó—. Tess te lo pidió, y lo harás por ella. Javier suspiró.

—Lo sé —dijo en voz baja—, pero no veo cómo esto pueda terminar bien. A John no le caigo muy bien, y entiendo por qué. ¿Qué puede salir bien de esta aventura?

Inés frunció los labios.

—Debería haber sucedido hace mucho tiempo —le recordó—. Eso es lo que quería Tess. Pero las cosas suceden en el momento adecuado, no siempre cuando deseamos. Yo creo eso. Además, tú y John ahora sois familia.

Javier no parecía convencido, miró por la ventana a las largas sombras que proyectaban los plátanos que estaban plantados en la acera.

—Me preocupa que esto desgarre a nuestra familia —dijo pensativo—. Si fuera psicólogo, usaría esto como un ejemplo de psicosis o masoquismo.

Inés continuó su trabajo en silencio.

—Podría ofrecerle llevarle en coche —como si estuviera negociando consigo mismo—. Podríamos completar esto en unos pocos días, o incluso una semana, y aún cumplir el deseo de Tess.

La ama de llaves negó con la cabeza.

—Eso no es lo que ella quería. Ella te pidió que prometieras caminar con John. Tess sabía que él necesitaría el Camino para sanar después de su muerte. Ahora, el momento es el correcto.

Javier se aclaró la garganta. —¿Y qué hay de Pen y Mateo? Ninguno de ellos piensa que esto sea una buena idea.

Inés dudó antes de responder.

—No quiero parecer insensible, pero no es asunto de ellos. John y tú sois hombres adultos. Te conozco desde que eres un niño, Javier.

Eres un buen hombre. Un hombre honesto. Sabes lo que debes hacer. Te vas en tren mañana, y John se encontrará contigo en Francia.
Ya no hay vuelta atrás. El Camino tiene secretos que revelar. Para los
dos.

# DIECINUEVE

## EL AJEDREZ ES VIDA

A la mañana siguiente, antes del amanecer, Javier y John estaban despiertos y listos para salir. Pen y Mateo, aún en pijama, se levantaron para despedirse. John se puso su gorra de béisbol hecha jirones antes de abrazar a su hija más tiempo de lo habitual.

—Gracias a ambos por venir —dijo John agradecido—. Lo habéis hecho más fácil. Con un humor más ligero, Pen golpeó juguetonamente el hombro de su padre.

—Por supuesto que vinimos. Era importante. Para todos nosotros. —Pen se estiró y tiró de la vieja gorra de su padre—. Tu gorra de los Cubs de papá. Apuesto a que eres el único en el Camino con una de esas.

John se estiró para tocar la visera como una piedra de toque.

—Creo que me trae suerte.

—Yo todavía tengo la de Charlie —dijo en voz baja.

Después de mirar a su padre, Pen miró a Javier y luego de nuevo a su padre, parecía una mamá osa y le apuntó con el índice.

—Tened cuidado en el camino. Y mantenedme informada de dónde estéis. Sé que hay otros lugares donde vais a poner las cenizas de mamá. No puedo estar allí, pero podéis sacar una foto y enviármela. O, mejor aún, un video.

—Lo haré. —Besó su mejilla y, con un saludo, se fueron para reencontrarse con el Camino.

Los hombres caminaron en silencio en la oscuridad, esperando el amanecer. John pensó en Isabela. Parecía una niña perdida cuando la dejó en la puerta el día anterior. La enóloga era fogosa y no le parecía alguien que necesitara a nadie. Pero con ella, sintió un tirón. Después de pisar uvas en Logroño, estaba seguro de que le desagradaba, pero ella había venido al hospital y fue amable cuando llegaron al viñedo. En la fiesta, fue más que amable. La encantadora Isabela era una mujer complicada.

—Me alegro de haber visto a Pen y Mateo estos últimos días —observó Javier, sacando a John de sus pensamientos.

—No me di cuenta de cuánto la extrañaba hasta que vi a Pen. Estar en el Camino en el mismo país me hace sentir que no está tan lejos. Pero es difícil estar en Estados Unidos y no ser parte de su día a día.

—Puedo imaginarlo —Javier simpatizó—. Quizás puedas pasar más tiempo con ella en nuestra casa —ofreció—. Sé que todavía se está adaptando a la vida en Madrid. Y un nuevo trabajo. Podría ser bueno para ella tenerte cerca.

—Puede ser. Simplemente no quiero que Pen piense que estoy interfiriendo. Es una mujer adulta con un marido. No quiero que sienta que la estoy vigilando.

Siguieron caminando por el sendero.

—Entiendo —dijo Javier—. Supongo que aquí pensamos las cosas de manera diferente. No nos preocupa tanto interferir como a vosotros en Estados Unidos. Pero es un ajuste para ambos, su nueva vida en un nuevo país. Y tú jubilado y sin familia cerca. Pen todavía te necesita, John. Y creo que tú la necesitas a ella.

John movió su mochila con incomodidad.

—¿Hay algo que estás tratando de decir? —le preguntó John.

Javier respiró hondo.

—No. Solo quiero asegurarme de que todos estén bien. Y que sientas que puedes venir a visitarnos cuando quieras. Estaremos perfectamente felices de tenerte todo el tiempo que desees.

John mantuvo el ritmo.

—Te lo agradezco. ¿Cómo crees que le va a Pen con su nuevo trabajo? —preguntó John. La enfermedad de Pen en los últimos días le preocupaba.

—Creo que puede ser difícil hacer amigos y una carrera en una nueva cultura. Las idiosincrasias culturales con las que no estás tan familiarizado pueden ser una barrera. Nunca he vivido en otro país, pero puedo imaginar que conlleva desafíos únicos. No estoy seguro de si Pen se siente cómoda hablando de esas cosas con nosotros. Quizás prefiera hablar con su padre al respecto.

—Entendido —John frunció el ceño—. ¿Estás diciendo que Pen lo está pasando mal? Javier negó con la cabeza.

—No. No estoy diciendo eso. Pen no me ha dicho nada al respecto. Solo quiero asegurarme de que se sienta apoyada.

Este tema era incómodo para ambos. Javier cambió de tema cuando las luces del pueblo aparecieron a la vista.

—En fin, ya casi llegamos a Ventosa. Tengo que revisar la casa que Inés, mi ama de llaves, heredó de sus padres. Me pidió que me asegurara de que todavía estuviera desocupada. Los okupas son un gran problema en España, especialmente para las casas rurales vacías.

—Está bien —dijo John—. No me importaría tomar otro café allí también. El día de hoy está siendo más duro de lo que pensaba. Estoy agotado.

Después de ayudar en la bodega el día anterior, Javier, que también estaba cansado, estuvo de acuerdo.

Llegaron a Ventosa cuando el sol despuntaba en el horizonte, y Javier se equivocó de camino un par de veces antes de encontrar la calle correcta en el pequeño pueblo. Al principio, intentó abrir la puerta principal del vecino de al lado, pero cuando la anciana salió, le preguntó qué quería.

—Buenos días. Lo siento. Estoy buscando la casa de Inés Ybarra. Ya que estamos de paso, me pidió que revisara la casa por ella.

—Buenos días. —La anciana sonrió, envolviendo su bata rosa con fuerza contra el frío de la mañana—. Sé quién eres.

Javier puso cara de sorpresa.

—Te pareces mucho a tu hermano —dijo la mujer—. O tal vez él se parece a ti.

—Lo siento —Javier frunció el ceño—. Debe estar equivocada. No tengo ningún hermano.

La mujer negó con la cabeza canosa. —El hijo de Inés. Os parecéis mucho. Como su padre, supongo.

La sangre se drenó de la cara de Javier.

—No sé a qué se refiere —dijo Javier, atónito. Ella se tocó la nariz con el dedo. —Creo que sí.

Luego señaló la puerta de al lado, se dio la vuelta y cerró la puerta principal. Javier se quedó paralizado en el sitio.

—¿Va todo bien? —preguntó John, confundido—. Pareces haber visto un fantasma.

Javier se tapó la boca con la mano. Como si recordara que John estaba allí, Javier se enderezó y tosió.

—Sí. Estoy bien. La siguiente casa es la de Inés.

Pero no estaba bien. Javier tenía la llave que Inés le había dado y abrió la puerta. Entraron en la casa con ventanas enrejadas en la estrecha calle del pueblo. El pequeño espacio era como una cápsula del tiempo con persianas que bloqueaban la luz. La decoración estaba congelada en algún lugar de los años 60. Javier encendió la luz fluorescente de la cocina, que parpadeó en protesta mientras dejaba su mochila y se hundía en la silla de la cocina.

—Vale. Sé que algo va mal —dijo John—. ¿Qué te ha dicho esa mujer?

Javier se quedó en silencio, como en trance. La mujer lo había pillado desprevenido. Su vida pasó ante sus ojos. Estaba jugando con el hijo de Inés, Antonio, en la sala de juegos del ático en Madrid. Cuando ella era la ama de llaves de sus padres, Inés llevaba a Antonio con ella los días que no tenía colegio. Javier enseñando a Antonio a montar en bicicleta en El Retiro y ayudándole con sus estudios cuando Javier volvía de la universidad para las vacaciones. Mientras Javier estudiaba medicina en Barcelona, Antonio lo visitó para conocer la universidad. Habían ido a navegar juntos. Todos sus amigos le preguntaban si era su hermano pequeño.

La historia de que el padre del niño había muerto era la única que Javier conocía. La madre de Antonio, Inés, necesitaba trabajar para mantener a su hijo. Sintió pena por Antonio y lo había tomado bajo su protección. Javier recordaba cuando su padre se ofreció a pagar las tasas escolares del niño, «pero solo si sigue al día con sus estudios». Por alguna razón, esta condición no le había parecido nada inusual a Javier. Su padre era un médico rico, e Inés y su hijo eran como de la familia, al menos para él y su padre. Inés era solo la ayuda para la madre de Javier, María. El hijo del ama de llaves era un inconveniente, y María toleraba su presencia solo si se mantenía callado y fuera de su camino cuando estaba en su casa.

Cuando murió su padre, la madre de Javier encargó a su hijo todos los trámites financieros. María estaba demasiado angustiada, se quedó dramáticamente en la cama durante días, incluso semanas, mientras Javier se reunía con el abogado para hablar del testamento. Estaba en orden, pero su padre tenía algunos legados inusuales. Una era para la escolarización de Antonio y una asignación para pagar los gastos. Pero no se mencionaba nada explícitamente para Inés.

Hacía tiempo que Javier no pensaba en ello. Se encargó de que le pagaran los gastos de escolaridad y le depositaran la paga a Antonio para que pudiera terminar cómodamente la universidad. La cantidad apenas hacía mella en la fortuna que su padre había acumulado riqueza gracias a su trabajo, sus contactos y sus inversiones. Javier nunca se lo mencionó a su madre. No había razón para ello.

¿Pero esto? Esta revelación no era algo que Javier se hubiera planteado nunca. Sabía que a su padre le gustaba Inés. Era buena con ellos. Siempre muy atenta. Se encargaba de que Eduardo comiera cuando estaba demasiado absorto en su trabajo. Javier había sorprendido a Inés leyendo las revistas médicas de su padre y, tras el infarto de éste, controló estrictamente su dieta, incluso la cantidad de vino que tomaba con la cena. Todo esto, mientras la madre de Javier parecía ajena, preocupada como estaba en su círculo social. Pero quizá Javier también estaba preocupado.

—La mujer de al lado me confundió con el hijo de Inés, Antonio.

—Ya veo —dijo John—. ¿Tiene tu edad?

—No. Antonio es mucho más joven que yo —explicó.

—Bueno, esa señora es mayor. Tal vez su vista esté fallando.

Javier se mordió el labio inferior.

—Dijo algo curioso. Que era porque Antonio y yo somos hermanos. Ambos nos parecemos a nuestro padre.

—No entiendo —dijo John, confundido.

Javier jugaba con el salero sobre la mesa sin verlo.

—Creo que estaba diciendo que mi padre es su padre.

Los ojos de John se abrieron de par en par. —¿Es posible?

—No lo sé —susurró, distraído—. Entendí que su padre había muerto. Por eso Inés trabajaba para nosotros. Necesitaba mantener a su hijo. Siempre supe que ella venía de aquí. Conozco a su familia de todas las veces que he venido. —A veces, enviaban a Antonio conmigo en el tren. Ambos ayudábamos en la vendimia y ocasionalmente en la granja de ovejas. Mis tías y tíos nos mimaban a los dos. Sus abuelos le adoraban.

—Vaya, es un descubrimiento —convino John.

—Sí. Bastante. Necesito pensarlo antes de hablar con Inés. Quiero entender el panorama completo y no molestarla innecesariamente. Si es cierto, me pregunto si Antonio lo sabe.

John silbó. —Esto es grande. ¿Estás bien? ¿Deberíamos quedarnos aquí esta noche?

Javier se mordió el labio. —No. No necesito quedarme aquí. Quiero ir a una cafetería a tomar un café antes de ponernos en marcha.

Cerraron la casa con llave y caminaron por la maraña de calles estrechas hasta la única cafetería abierta. Javier pidió café para ambos. El camarero anciano les preguntó de dónde eran.

—Mi amigo es estadounidense. Yo soy de Madrid —dijo al principio—. Bueno, en realidad, la familia de mi padre es de aquí.

Los ojos del anciano se entrecerraron.

—Eres el hijo de Eduardo Silva. ¿Sí? Te pareces a él y a tus tíos —observó el hombre calvo detrás de la barra.

—¿Conocía a mi padre?

—Sí. Es un pueblo pequeño. Aquí todos conocen a tu familia, tíos, tías, abuelos. Después de que tu padre se mudó a Madrid, a veces tenía una consulta de fin de semana en la clínica local. Era muy útil para la comunidad. Ayudó con las gotas de mi madre e incluso hizo un poco de odontología.

El camarero se estiró la mejilla arrugada y vieron un espacio donde debía haber un diente. El hombre sonrió.

—Tu padre era un buen hombre. Popular aquí. Pero se quedó en Madrid y la consulta cerró. Nos decepcionó, pero entendimos que su reputación y alto perfil en Madrid lo mantenían allí.

Javier consideró la descripción que hizo el hombre de las actividades de su padre.

—¿Recuerda a Inés Ybarra? El hombre silbó.

—Por supuesto. Inés era una belleza en el pueblo. Todos pensaban que se casaría con uno de los chicos de aquí, pero se fue a Madrid. Dicen que se casó allí y tuvo un hijo. Conocí al niño aquí un par de veces cuando visitaba a sus abuelos. Parecía un buen chico. Muy guapo.

Algo en la forma en que el hombre lo dijo le hizo estremecerse.

—¿Recuerda exactamente cuándo cerró la consulta?

—Bueno —el hombre se frotó la barbilla—. Fue hace más de 40 años. Ahora que lo pienso, fue casi al mismo tiempo que Inés se mudó a Madrid. Lo recuerdo porque ese fue el año en que tuvimos terribles incendios aquí. El humo era tan denso que el médico dijo que debía mudarse por su salud, y aconsejó a su familia. Inés tenía algunos problemas respiratorios, creo. Al año siguiente, tu padre se ocupó demasiado con su consulta en Madrid para venir aquí y abrir la clínica.

—¿Todavía tienen una clínica? —preguntó Javier—. ¿Otro médico le sustituyó? El hombre negó con la cabeza.

—No. El edificio todavía está allí, pero nunca conseguimos otro médico. Sé que tu abuelo siempre había esperado que su hijo fuera a la facultad de medicina y regresara a la zona para ejercer la medicina. Recuerdo que había alguien con quien la gente pensaba que se casaría, pero no lo hizo. Así que no creo que nadie estuviera más decepcionado que sus padres cuando dejó de venir aquí para ayudar a la gente del pueblo.

John y Javier terminaron su café e intentaron pagar al hombre, pero él levantó las manos.

—No puedo aceptar vuestro dinero. Tu padre nunca aceptó dinero de ninguno de sus pacientes. Tu café aquí siempre será por cuenta de la casa —se llevó la mano al corazón. Javier le dio las gracias mientras se ponían las mochilas y regresaban al sendero. El camino era rocoso más adelante, y tuvieron que trepar por rocas mientras subían la colina.

—¿El camarero aportó alguna idea? —preguntó John, mirando dónde ponía los pies.

—Sí. Más de lo que hubiera pensado —Javier reiteró la conversación en inglés.

—¿Recuerdas que tu padre venía aquí a hacer consultas en el pueblo?

—No lo sé. Solía estar en una de las granjas. Rara vez venía a Ventosa. Pero si lo hacía, estaba con mi familia. Nunca fui a una clínica aquí.

—¿Crees que tu padre intentaba ocultártelo?

Javier frunció el ceño. —No lo sé. Parece extraño que mi padre viniera aquí durante años a ayudar a la gente, pero de repente, dejó de hacerlo.

—Es curioso —convino John—. Especialmente, como dijo el anciano, justo al mismo tiempo que Inés se mudó a Madrid por recomendación de tu padre.

—Mmm. Bueno, la cosa se complica. Cuando volvamos a casa, le preguntaré a Inés sobre esto. Después de hablar con el hombre del bar, creo que hay suficiente para buscar algunas respuestas, al menos.

John asintió con la cabeza. —¿Cómo es Antonio?

—Es ingeniero químico. Trabaja para una empresa en León. Planeaba llamarlo cuando nos acercáramos para ver si podíamos cenar. No lo he visto a él ni a su familia en mucho tiempo. Está casado y sus hijos están en la escuela secundaria. Antonio es un conocedor de vinos con una bodega envidiable y algunas cosechas raras. Mis tíos le enseñaron todo sobre el vino. Al no tener hijos propios, mi tío, el padre de Isabela, le tomó cariño, y Antonio casi se convirtió en aprendiz en el viñedo. Sin embargo, mi padre lo animó a ir a la universidad y obtener una educación. Eso fue un par de años antes de que muriera.

—Tal vez puedas sonsacarle un poco —ofreció John—. A ver si Antonio sabe algo. Podemos decirle que vinimos al pueblo a revisar la casa de su madre. Eso podría ayudar a iniciar una conversación.

Javier pensó en lo que John le sugería que le dijera a Antonio. Su mente daba vueltas. No quería ser deshonesto, pero tampoco quería acusar a nadie sin pruebas. Esta situación era lo último que esperaba cuando se despertó esta mañana, y aún no era mediodía.

Almorzaron en Nájera, luego caminaron toda la tarde y llegaron a Santo Domingo cuando se ponía el sol. Javier estaba preocupado por lo que había oído. Apenas había hablado desde Nájera, dejando la selección del hotel a John.

Durante la cena, Javier picoteaba su comida.

—¿Sería tan malo si descubrieras que Antonio es tu hermano? —preguntó John. Javier bebió un buen trago de vino.

—¿Deseaba tener hermanos al crecer? Sí. A menudo. Nunca consideré que fuera otra cosa que hijo único. Pero mi existencia en nuestra casa a veces era solitaria. Cuando Alejandra y yo nos casamos, esperábamos una casa llena de niños. Pero no pudo ser. Fuimos felices con Mateo, pero anhelaba una familia grande y quería que mi hijo se beneficiara de un hermano o una hermana.

John asintió.

—Como hijo único, lo entiendo. Pero por lo que describes, Antonio estaba mucho en tu casa cuando eras pequeño. Incluso viajaba contigo aquí durante las vacaciones escolares. Era como si tuvieras un hermano, tanto si resulta serlo en ADN compartido como si no.

—Es cierto —admitió Javier—. Éramos cercanos. Lo cuidé. Tenemos una historia compartida. Al crecer, me pedía consejo sobre chicas y otras cosas. Todavía lo hace, de vez en cuando, como cuando aceptó este trabajo en León. Le preocupaba alejarse tanto de su madre, pero era una buena oportunidad. Le dije que no se preocupara. Ella nos tendría a nosotros para cuidarla, por supuesto.

—Javier se quedó pensativo un momento—. Fui el padrino en su boda y también soy el de sus hijos.

—Así que, si es hijo de tu padre o no, en realidad no importa —observó John—. Han sido familia todo el tiempo.

Javier suspiró.

—Es cierto. Lo hemos sido. E Inés siempre ha sido más una madre para mí que la mía. Ella estuvo ahí para mí y para Mateo cuando Alejandra estaba enferma. Inés se encargó de todo cuando mi mujer murió y se aseguró de que la transición al apartamento que compré fuera tranquila cuando nos mudamos de la casa en la plaza Alonso Martínez. Ha sido una confidente para Mateo y para mí. Inés nunca me intimidó ni me presionó con una agenda. Está ahí cuando la necesito y me ayuda a tomas buenas decisiones. —Sus cejas se fruncieron, mostrando desaprobación—. Pero odio las mentiras. Necesito descubrir la verdad.

John lo sabía todo sobre mentiras.

—Lo entiendo. Creo que empezamos con Antonio y luego hablamos con Inés cuando terminemos aquí.

Javier bebió un trago de su vino.

—Por favor, no se lo digas a Pen —suplicó Javier—. No quiero molestar a Mateo por nada.

—Por supuesto que no —le aseguró John—. No hay nada que contar. Solo tenemos los desvaríos de una anciana y los recuerdos confusos de un antiguo dueño de café. Necesitamos más información y pruebas reales.

Javier asintió. —Exactamente —dio otro sorbo a su vino—. Me alegro de que estés aquí. Que no haya tenido que enterarme de todo esto solo lo hace más fácil.

John sonrió tímidamente. —Sé que te di un puñetazo en la cara hace unos pueblos, pero creo que ahora somos amigos. Me alegro de estar aquí también. Avísame si puedo hacer algo.

Terminaron y volvieron al hotel. Los bombazos del día los habían agotado a ambos.

Durante los siguientes días, los dos hombres a menudo caminaban solos. Javier tenía mucho en la cabeza y parecía tener prisa por llegar a algún lugar en la distancia. John encontró las horas de soledad como una meditación. Llevaban casi dos semanas en su Camino, y, sin embargo, ya habían pasado tantas cosas. John pensó en su tiempo con Isabela. Las mariposas en su estómago eran más de un adolescente que de un jubilado. ¿Debería sentirse culpable? No quería. La guapa enóloga española no era alguien que pudiera olvidar fácilmente.

Mientras sus bastones de *trekking* hacían «clic» como un metrónomo, John recordó cuando Tess estaba enferma. Hacia el final, cuando los médicos estaban agotando las últimas opciones de tratamiento. Una mañana, dejó a Pen con su madre en la habitación del hospital y fue a la cafetería a tomar un café, necesitaba un descanso. Pero, cuando regresó, se detuvo afuera y escuchó la conversación entre su mujer e hija. Las palabras de Tess a Pen resonaron en él en el Camino como una campana lejana.

Cuando tu corazón se rompe pronto y a menudo, es fácil creer que ese es el estado normal de las cosas, la forma natural del mundo. Yo lo creí durante mucho tiempo. Pero aprendí que no es así. No es normal estar siempre triste, Pen. Desconfiar del mundo y ser escéptico del amor y la amistad. Amar requiere un coraje tremendo. Las personas más valientes corren el riesgo de que les rompan el corazón una y otra vez para tener una oportunidad de un para siempre.

A través de una grieta en las persianas grises de la ventana del pasillo, observó cómo Tess recogía un mechón rebelde de la coleta de Pen y lo colocaba detrás de su oreja. Y no solo estoy hablando de desamor romántico. La vida no es justa. Nuestros corazones se rompen por muchas razones. Grandes y pequeñas. Las familias se hieren entre sí con demasiada frecuencia, a veces sin siquiera entender cómo. Sé que yo misma soy culpable de esto. Pero eres demasiado mayor para mentirte, mi niña.

Para fingir que mi tratamiento está funcionando. Así que te lo diré directamente, no estaré aquí para acompañarte en los momentos difíciles. Para abrazarte cuando caigan las lágrimas. Ni tendré la oportunidad de celebrar tus mayores triunfos. Pero, te estaré observando desde donde esté, justo al otro lado del velo que nos separa.

John vio las lágrimas de Pen mojar sus mejillas mientras Tess se esforzaba por sonreír. Tragando saliva, Tess luchó por mantener la compostura.

Perder a Charlie y ahora a mí, susurró, es duro. No es justo y no deberías tener que pasar por esto. Este tipo de pérdida puede endurecerte o ablandarte, pero solo tú puedes decidir. Espero que elijas dejar que todo tu dolor te ablande. Que te abra. Que te haga estar más dispuesta a arriesgarlo todo por la vida que deseas porque, Pen, sabes mejor que nadie que la vida es fugaz. Puede volar en un instante cuando no estás prestando atención, así que tienes que aferrarte a ella y negarte a soltarla.

Vio cómo Pen asentía mientras Tess secaba las lágrimas de su hija.

Me rompería el corazón saber que toda la tristeza que has experimentado en tu joven vida te ha llevado a cerrarte y a encaminarte por un sendero de amargura. El cinismo es el camino fácil, la elección de demasiadas personas. Nunca olvides, puedes caerte, Pen, tantas veces como sea necesario, pero no puedes romperte.

Pen se tumbó junto a su madre mientras Tess le acariciaba el pelo.

Eres una persona extraordinaria, mi hermosa hija, pero no siempre tienes que ser extraordinaria: la mejor de tu clase o la mejor jugadora del equipo. Puedes ser normal cuando quieras. Perezosa y gruñona, pasando un fin de semana en la cama comiendo patatas fritas con salsa barbacoa y helado. —Tess sonrió a su hija, que la miraba fijamente—. Sé que sabes cómo hacerlo. —Ambas sonrieron—. Pero, cuando estés lista para brillar, haz que valga la pena. Y cuando estés lista para amar, lánzate de cabeza. Vale la pena. Tú vales la pena.

John se secó las lágrimas que le caían por la cara. Luego aspiró, respiró hondo y se enderezó, sonriendo al entrar en la habitación.

—¿Todo bien? —preguntó a su mujer e hija mientras se separaban del abrazo. Tess asintió, secándose la cara, mientras John se volvía hacia Pen.

—Sí —le dijo a su padre.

Pero no estaba todo bien. Tess se iría en un abrir y cerrar de ojos. Sucedió tan rápido que le dejó sin aliento. Pen pasó cada momento que pudo con Tess mientras esos últimos días lúcidos se desvanecían. Y entonces, simplemente le cogieron la mano y esperaron la última bocanada de aire profundo. Y nada.

Recordando aquellos días desgarradores, John lloró en el sendero, manteniendo la cabeza baja mientras otros peregrinos pasaban a su lado. No le interesaba intercambiar historias sobre por qué estaba haciendo el Camino ni compartir una risa. John necesitaba procesar todo lo que había sucedido. Necesitaba recordar a su mujer y a su hijo. Y a sus padres. En el Camino, se permitió llorar por ellos sin distracciones mientras dejaba que las lágrimas fluyeran al aire libre, aprendiendo a decir adiós para poder seguir adelante. La gente que conocía le había dado consejos a lo largo de los años sobre cómo sanar el dolor, pero John sabía mejor que había diferentes tipos de duelo. La pérdida de su hijo no era lo mismo que la pérdida de su mujer. Ninguna de esas personas sabía lo que él había hecho. Después de dos semanas en el Camino, John sabía que dejar marchar a Tess era algo más que un duelo. Después de más de una década, de alguna manera necesitaba aprender a perdonarse a sí mismo.

# PARTE III

## LAS MIGAJAS DE PAN

# VEINTE

## EL PIE EQUIVOCADO

U nos días después, entraron en Burgos tras horas de caminata que parecían interminables. Javier no sugirió que se alojaran en el Parador, como había hecho con Tess. John sabía dónde estaban porque había hecho las reservas de Tess y Pen para esa noche, pero no lo mencionó. Los hombres caminaron por la ciudad y se registraron en el gran albergue municipal. Tenía un ascensor, algo que aún no habían encontrado en el Camino. John se rio, subiendo al último piso en lugar de subir las escaleras con las piernas cansadas. Después de solo unas semanas en el sendero, los placeres simples eran como regalos de los dioses.

Era domingo y John quería ir a la Catedral. Necesitaba encender una vela y pasar un rato tranquilo en ese espacio. Javier le dijo que lo hiciera. Le vería más tarde, así que John se fue solo a misa.

La Catedral de Burgos es famosa en todo el mundo, es enorme, y él sabía que albergaba reliquias de santos. Después de encender sus velas y hablar con Dios, John buscó en su billetera para sacar el obituario de Tess, como era su costumbre en el Camino. Abrió la billetera de cuero y revisó cada compartimento. Luego, volvió a revisar. El periódico amarillento había desaparecido. El corazón de John se aceleró. Miró a su alrededor y luego revisó sus bolsillos. No estaba allí. Cerró los ojos y trató de calmarse. Las palabras que Tess había escrito sobre sí misma eran algo que podía recitar de memoria. Pero el papel en el que estaba escrito era su reliquia sagrada de los días posteriores a su fallecimiento. Era irremplazable. John no sabía qué hacer sin él.

En ese momento, su teléfono vibró. Era Pen. Miró la pantalla mientras se levantaba del reclinatorio para salir rápidamente de la iglesia.

—Hola —dijo John, feliz de escuchar la voz de su hija.

—Hola, papá. ¿Cómo te va?

—Bien —tragó saliva con dificultad.

—¿Dónde estás?

—Estoy en Burgos. Acabo de salir de la Catedral.

—¿Está Javier contigo?

—No. Decidí ir a la iglesia, y él está haciendo sus propias cosas. Hemos pasado todos los días juntos durante semanas, así que nos viene bien un poco de espacio.

—Iglesia, ¿eh? Quería saber cómo te sientes después de esparcir las cenizas de mamá. John pensó en la respuesta. Había tenido días para procesar lo que significaba para él.

—Me siento mejor, de alguna manera. No estoy seguro de por qué esparcir un puñado de sus cenizas hace tanta diferencia, pero parece que sí.

—Yo siento lo mismo —admitió Pen—. Pero, me hizo extrañarla más. Especialmente ahora mismo. No sé por qué.

John cerró los ojos, respirando profundamente para controlar sus emociones. Él también extrañaba a Tess.

—Me encantaría que estuvieras aquí conmigo, Pen. Tu madre tuvo suerte de hacer el Camino contigo.

Pen se rio. —No estoy tan segura de que hubieras pensado eso si hubieras estado allí. Me salí un poco de control en Burgos.

John recordó el incidente.

—Aun así —le dijo—, me encantaría tenerte aquí.

—¿Estás bien, papá? —dijo Pen, algo preocupada.

—Sí. Estoy un poco, no sé, melancólico hoy. Sintiéndome lejos de ti. Aunque estamos más cerca de lo habitual geográficamente.

—Me alegro de que estés en España. Desearía que vivieras aquí. Necesito a mi papá.

John no estaba seguro de qué lo mantenía en su casa de Arizona o incluso en los Estados Unidos.

¿Era Tess? Solo vivieron juntos en esa casa durante unos años antes de que ella falleciera. No pensaba en ella como su hogar familiar. Ya no era un objeto fijo en su repisa, parte de su mujer estaría por toda España y el mundo. John buscó su mochila detrás de él y se dio cuenta de que había dejado sus cenizas en el albergue.

Después del Camino, necesitaba pensar en su próximo capítulo. Su capítulo final. Pen vivía en Europa. Aunque su español era terrible, estar cerca de su hija y sus futuros nietos era algo a considerar. Una cosa que sabía con certeza era que vivir como un ermitaño lo estaba matando. Necesitaba que terminara.

Se despidieron mientras John volvía por las calles empedradas de la ciudad vieja hacia el albergue, tan absorto en sus pensamientos que no estaba seguro de cómo se las arregló para encontrarlo.

—¡Mira a quién he encontrado! —gritó desde un café local.

Habían pasado solo cinco días desde la última vez que John vio a Isabela parada afuera de su casa. No estaba seguro de cuándo o si la volvería a ver, pero ahí estaba ella con unos vaqueros ajustados y una chaqueta de cuero negra, su cabello oscuro caía por su espalda, estaba sentada junto a Javier en el café al otro lado de la calle.

—Hola —dijo, sonriendo.

—¡Hola! —dijo Isabela con su sonrisa radiante por su bronceado de finales de verano—. ¿Qué haces aquí?

—Es domingo. Me apetecía dar una vuelta.

—Vaya vuelta —dijo John, sorprendido.

—No es para tanto. Está solo a una hora. No está muy lejos cuando vas sobre cuatro ruedas. Pensé que vendría a ver cómo os iba a los dos en su viaje hacia el oeste.

—Nos va genial —dijo John, sonriendo—. Creo que seguiré siendo un peregrino de ahora en adelante y vagaré por el mundo sin rumbo. Como Peter Pan.

Isabela soltó una carcajada y puso los ojos en blanco.

—Peter Pan nunca creció. Prefiero a los hombres maduros. John levantó una ceja.

—Tenéis hambre? —preguntó Javier, cambiando de tema.

—Me muero de hambre después de un viaje tan largo —bromeó Isabela.

Javier se frotó las manos mientras John revisaba su teléfono por segunda vez desde que llegó a la cafetería.

—¿Qué pasa? —preguntó Javier. John negó con la cabeza.

—Acabo de hablar con Pen —dijo John—. Creo que ambos estamos aprendiendo a soltar.

Isabela se levantó y rodeó a John con sus brazos. Él la abrazó, sorprendido de que tenerla cerca fuera justo lo que necesitaba. No fue hasta la noche en el viñedo que John se dio cuenta de lo poco que había experimentado el contacto desde la muerte de Tess. Aparte de un apretón de manos de un amigo o un abrazo de una de sus mujeres, nadie lo había tocado durante años. Los brazos de Isabela se sentían bien.

—¿Quieres comer algo o necesitas un tiempo a solas, John? —preguntó Javier.

John negó con la cabeza.

—No. Ahora que lo pienso, en realidad tengo bastante hambre. E Isabela condujo hasta aquí en su día libre. No quiero desperdiciarlo meditando. Además, no puedo hacer nada excepto sentir lo que siento. Y es lo mismo para Pen. Ella sabe que estoy aquí cuando me necesite —extendió la mano—. Así que, a dónde vamos.

Se dirigieron a un restaurante cercano. Era un día de otoño fresco y soleado. Javier e Isabela debatieron sobre el vino adecuado y pidieron comida para acompañarlo. Pensando en Pen, John les dejó a ellos. El bullicio de la ciudad vieja fue una buena distracción para él. En cada esquina había un edificio o una pieza de arquitectura de otro siglo. Las calles estaban llenas de familias disfrutando del último soplo del sol de verano.

—No deberíamos tomar demasiado vino —dijo Javier—. Tienes que conducir de vuelta al viñedo—le recordó a su prima.

—Bueno, quizás si bebo demasiado, alquile una habitación y me quede aquí a pasar la noche. Javier se rio. —Esa es una solución.

Isabela le sonrió a John. —Sí, lo es. —Luego, cambiando de tema—. ¿Qué aventuras habéis tenido vosotros dos desde que os vi? Espero que no haya más ojos morados.

—Creo que hemos superado lo de los ojos morados —sonrió John—. Hemos seguido adelante. Javier confirmó que lo habían hecho.

—Es cierto. Hemos superado eso —asintió Javier—. Pero nos hemos topado con un pequeño misterio. Quizás puedas ayudarnos a arrojar algo de luz sobre él.

Javier relató el incidente con la vecina de Inés en Ventosa. Luego, reiteró la conversación con el hombre en el café sobre su padre e Inés. Su prima se quedó en silencio por un momento antes de respirar profundamente.

—Bueno —admitió Isabela—, siempre ha habido rumores sobre tu padre e Inés. —Levantó la mano mientras Javier palidecía—. Mis padres los descartaron y se negaron a dejar que nadie hablara de ello en nuestra casa. Especialmente mi padre, siendo su hermano. Pero los escuché en otros lugares. Era curioso, decían, que Inés se fuera tan repentinamente con una enfermedad que nunca había tenido antes. Dijeron que se debía al humo de los incendios forestales. Entendí que nadie había oído hablar de un marido o de que se casara en Madrid, incluidos sus padres. El pueblo es pequeño. La gente habla.

—Es extraño, ¿no crees? Nunca recuerdo que mi padre tuviera una clínica en el pueblo —dijo Javier—. Realizando cirugías de fin de semana y ayudando a las familias locales.

—Yo tampoco recuerdo nada de eso. Era demasiado pequeña. Solo recuerdo cuando Antonio empezó a venir a ayudar en la granja. Cuando venías de vacaciones, él también solía estar allí. Mi padre le tenía cariño, y mi madre solía hacerle dulces en el horno. Era como si fuera un hermano pequeño. Después de que descubrí América, creo que mi padre esperaba convertir a Antonio en enólogo. —Isabela bebió un sorbo de su copa—. Pero, antes de morir, el tío Eduardo lo presionó para que fuera a la universidad a estudiar ingeniería, y él fue quien lo pagó. Así que, no vimos mucho a Antonio después de eso. Si recuerdas, Antonio vino a la recepción de la boda de Mateo y

Pen en el viñedo. Con su mujer e hijos, e Inés. Pero, antes de eso, no lo había visto en años.

—Inés estaba muy orgullosa de Mateo ese día —dijo Javier con la mirada perdida mientras luchaba con las nuevas revelaciones—. Lloró durante los discursos, lo recuerdo.

—Supongo que es posible que sea tu hermano —dijo Isabela, metiéndose algo en la boca y limpiándose las manos con la servilleta—. Según lo que he oído a lo largo de los años. ¿Quieres que vea qué más puedo averiguar? Claramente, hay gente en el pueblo que recuerda la situación de entonces, y también está el tío Diego. Él podría tener alguna información que esté dispuesto a compartir ahora que es mayor y sus hermanos ya no están. Hoy en día, un secreto así no es tan impactante como lo habría sido hace casi 50 años.

Javier suspiró.

—Si puedes hacerlo sin levantar una nube de polvo, entonces sí, mira qué puedes averiguar. Isabela aceptó tener cuidado.

—Si es cierto, ¿crees que tu madre lo sabe? —le preguntó a su primo.

—No. —dijo Javier sin dudar—. Si María lo hubiera sabido, Inés habría desaparecido hace años.

No estaría ahí si mi madre hubiera tenido algo que decir al respecto.

La madre de Javier, María, era una fuerza de la naturaleza. La pequeña mujer de cabello negro asustaba a todos, incluido John.

—¿Se habría divorciado de tu padre por eso? —preguntó John.

Javier hizo una mueca. —De ninguna manera. El divorcio significa un escándalo. Y el escándalo significa un estatus social más bajo. Mi madre nunca habría sacrificado eso. Ser la reina de la sociedad significa más para ella que casi cualquier otra cosa. Aunque, a nadie le importa nada de eso ya. Y la mayoría de sus amigos están muertos. Creo que solo está viva para fastidiar al resto del mundo. María ganará el premio por vivir más que nadie en su círculo social.

—Entiendo. Digamos que tu padre es el padre de Antonio —dijo John—. Se arriesgó mucho al reconocer al niño y mudar a Inés a

Madrid, y luego permitirle trabajar en su casa cerca de su mujer. Creo que debió amarla mucho para hacer eso. Y a Antonio, también.

Javier frunció el ceño.

—Mi padre conocía a mi madre mejor que nadie. Sabía de lo que era capaz. Eduardo debió vivir con miedo de que ella se enterara cada día de su vida cuando Inés empezó a trabajar allí —Javier negó con la cabeza—. De todos modos, no sabemos si es cierto.

Isabela reconoció que necesitaban pruebas más definitivas.

—Voy a ver qué sabe Antonio cuando lleguemos a León —dijo Javier—. Os mantendré informados de lo que averigüemos.

Javier bostezó y se estiró.

—Creo que me voy a ir temprano. Todo este drama familiar me ha dejado agotado —le indicó al camarero que trajera la cuenta—. Esta cena corre de mi cuenta, pero no sintáis que tenéis que iros por mí.

Pagó la cuenta y besó la mejilla de Isabela.

—Que tengas un buen viaje de vuelta —Javier le guiñó un ojo a John y se fue.

—Vaya, eso fue sutil —dijo John.

Isabela sonrió, se acercó a él y le apretó la mano.

—Javier sabe que me gustas.

—¿Qué más sabe?

—Es un hombre. Sabe leer las señales. No estoy segura de qué pensó cuando te quedaste a dormir en mi casa.

—Creo que mi hija tampoco lo entendió —dijo John tímidamente.

—Entonces no intentemos engañar a nadie. Divirtámonos como dos adultos que disfrutan pasar tiempo juntos.

A John le gustó cómo sonaba eso. Sin presiones. Sin dramas. Tomó su mano, besando su palma y sus entrañables callosidades. La mujer sentada frente a él no era una santa. Sabía lo que quería y había conducido 96 kilómetros para verle, independientemente de lo que dijera sobre un paseo dominical.

—¿Te quedas a dormir? —preguntó.

—Qué vergüenza —dijo ella, con falsa ofensa—. ¿Asumiste que tenía todo esto planeado? Su fingido asombro le hizo reír.

—Ni lo pienses.

—Tengo una habitación en el Parador —Isabel guiñó un ojo. La mirada en sus ojos era de pura cazadora.

John no estaba seguro de qué quería que pasara exactamente. Los cinco días que habían pasado separados le dieron mucho tiempo para pensar en ella. Pero no sabía si estaba listo para lo que ella tenía en mente.

—Me apetece una copa.

Isabela sonrió mientras se levantaban y salían al aire fresco de la noche. Caminaron hacia el hotel en un silencio incómodo hasta que la incomodidad de John estalló.

—Nos vamos temprano mañana para continuar nuestro Camino —le recordó John, jugueteando con la pulsera de madera del monje, como un adolescente en su primera cita.

—Está bien —dijo ella—. Tengo que irme muy temprano. Todavía estamos en medio de la vendimia. Quiero estar en casa a las 7 de la mañana.

Con su apretada agenda, John se sorprendió de que hubiera hecho el viaje.

—Vaya, de acuerdo. ¿Estás segura de que quieres pasar la noche aquí? Ella le miró y sonrió.

—No he pensado en otra cosa en los últimos cinco días —dijo, pasando su brazo por el de él—.

Mi caballero de brillante armadura.

Él hizo una reverencia con falsa galantería.

—Entonces estoy a su servicio.

Llegaron a su habitación, e Isabela tenía una botella de vino esperándoles. Hacía meses que John no se alojaba en un lugar con un entorno tan cómodo.

—¿Te importa si me doy una ducha? —preguntó John—. La que me di en el albergue esta tarde fue insatisfactoria y corta. Solo me dio dos minutos de agua caliente. Angustiosos, es la única forma de describir los últimos tres minutos bajo el chorro.

—Mi ducha es tu ducha.

Abrir el agua en el baño de mármol fue glorioso. El chorro del cabezal de la ducha era fuerte, y la habitación se llenó de vapor casi al instante. John se desnudó y se quedó bajo el agua durante unos minutos antes de sentir unos brazos rodeándolo. La electricidad le recorrió. Al girar, Isabela le sonrió.

Le apartó el pelo de su cara hacia atrás, se inclinó y encontró sus labios. Isabela rodeó su cuello con los brazos y profundizó el beso. John había oído decir a la gente «El Camino no se anda, se vive», pero sabía que no se referían a una noche en el Parador de Burgos con una hermosa enóloga. O tal vez eso era exactamente a lo que se referían.

El cuerpo de Isabela se sentía bien. Durante la última semana, John había pensado en ella mientras yacía en su dura litera en un albergue u otro. Ella era apasionada y desinhibida. Isabela era una mujer rara a la que no le importaba lo que los demás pensaran de ella y, lo mejor de todo, era inteligente y fácil de querer. La combinación era embriagadora.

Isabela se deslizó bajo el agua, y John le frotó los hombros y la espalda. Luego, extendió la mano y le ahuecó los pechos. Ella se echó hacia atrás y arqueó la espalda. Hacía mucho tiempo que no hacía algo así, y no estaba seguro de poder hacerlo más, si a su edad su cuerpo respondería sin ayuda química. Tomó un poco de gel de baño y la masajeó. Ella se reclinó y dejó que él la tocara donde quisiera.

Bajó más, y ella gimió cuando encontró el punto correcto. Animado, jugó un rato hasta que ella le suplicó.

—Por favor, no me provoques.

John la llevó hasta la pared de la ducha y la penetró desde atrás. Lo había prolongado lo suficiente, no quería esperar, y la montó rápido y duro. Isabela gimió mientras él penetraba más profundo y se agarraba a sus caderas para apoyarse. Ella gritó, y John la alcanzó con una mezcla de liberación y felicidad recordada.

Después, aún mareado, John se apoyó en la pared de la ducha. Una extraña culpa lo invadió, pero sabía que no había hecho nada de lo que avergonzarse. Le había llevado más de diez años y un momento en la ducha con Isabela darse cuenta de que ya no estaba casado, mientras ella se giraba y lo besaba.

—Sabía que conducir 100 km valdría la pena —sonrió ella.

—Mi objetivo es complacer —dijo él, con un toque de tristeza.

—¿Estás bien? —preguntó ella con preocupación.

John asintió, pero no explicó el nudo en su estómago. Después de enjuagarse, la secó suavemente con una toalla de baño. Luego se metieron en la cama, e Isabela apoyó la cabeza en el pecho de John.

—Podría acostumbrarme a dormir a tu lado —sonrió Isabela.

—Mmm. Es agradable —dijo John en su cabello—. Me gusta despertar y verte al lado. Isabela se levantó sobre el codo.

—Deberías venir a la bodega después de que termines tu Camino. Estoy segura de que Javier tendrá que revisar la granja de ovejas. Será después de la vendimia, así que tendré un invierno largo, solitario y frío por delante —dijo, pasando sus manos por el pelo gris de su pecho.

—Has sobrevivido a muchos inviernos largos sin mí en el pasado —le recordó John.

—Sí, pero últimamente no quiero seguir así —su tono cambió de juguetón—. Ahora hablo en serio.

Espero que vengas. Quédate unas semanas. ¿Tienes algo urgente que hacer en Estados Unidos?

John se quedó pensativo.

—Aún no lo sé —admitió. Volver corriendo a casa ¿para qué? Pero el hogar era familiar, y con todas las incomodidades del Camino, John todavía ansiaba la comodidad de lo conocido, sin importar cuán solitaria pudiera ser esa existencia. Isabela conocía su lista para colocar las cenizas de Tess. Y Javier estaba intentando resolver el misterio de su padre e Inés. Cada uno de ellos tenía distracciones. Ella se acostó y se acurrucó aún más en el hueco del brazo de John.

—No hemos probado el vino —dijo John.

—Tú tienes el honor.

John se levantó de la cama y abrió la botella con la experiencia de un hombre que conocía su camino con el vino mientras Isabela lo observaba. No era joven, pero estaba en forma por caminar y se mantenía en forma, incluso antes del Camino, salía a correr un par de veces a la semana.

—¿Por qué me sonríes? —preguntó, levantando la vista mientras servía el vino.

—No lo sé. Me gustas. Me gusta mirarte. Eres un buen hombre, John. Lo noto. John suspiró.

—No estoy seguro de eso. Le di un puñetazo a tu primo en la cara. Y antes de eso, fui grosero con dos mujeres que solo intentaban ser amables conmigo y me salvaron en los Pirineos. Luego estaba ese monje budista... —dijo, levantando la pulsera en su muñeca.

—Oh —Isabela chasqueó la lengua—. Son crímenes graves. Tienes razón; eres horrible, y me gustaría que te fueras —dijo con el ceño fruncido, señalando la puerta de la habitación—. De todos modos, si me condenaran por cada berrinche o arrebato, estaría en la cárcel durante mucho tiempo. Fui desagradable contigo cuando me recogiste de la cuba de uvas en Logroño.

—Si no recuerdo mal, estabas muy enfadada conmigo —le recordó él.

—Lo estaba —dijo ella, girándose y mirando al techo—. No estoy segura de por qué. Tal vez sea porque no me gusta que me digan qué hacer. Y no te conocía ni sabía qué tipo de persona eres.

—Hum —John reflexionó sobre la pregunta. Ya no estaba seguro de lo que pensaba de sí mismo—. ¿Qué pensabas que iba a hacer?

—No lo sé. Simplemente entré en pánico.

John le entregó la copa de vino y volvió a meterse en la cama.

—Por hacer nuevos amigos —dijo, levantando su copa. Isabela inclinó la cabeza y tocó su copa con la de él. —Salud.

John tomó un sorbo. —Entonces, Javier me dice que estuviste casada antes. Me sorprendió no ser tu primero —bromeó.

Dejando su copa en la mesita de noche, Isabela reajustó las almohadas. «Está ganando tiempo», pensó John. Volvió a sentarse y respiró hondo.

—Mi exmarido es un hombre brillante. Es decano en una universidad de Estados Unidos, y yo era profesora visitante. Tuvimos un romance vertiginoso y nos casamos en México. Mis padres se enfadaron porque no volví aquí para casarme, y no se lo dije a nadie con antelación. Después de que mis padres lo conocieron, no les gustó en absoluto. En su defensa, era, es un imbécil. Pero yo no lo veía.

—Al principio, eran pequeñas cosas para humillarme delante de los otros profesores. Lo atribuí a bromas o a un problema de idioma y lo dejé pasar. Luego, mi marido empezó a tener aventuras con algunas de mis estudiantes de posgrado. Era descarado, como si quisiera que me enterara. Finalmente, trajo a una de ellas a casa y tuvo sexo con ella en nuestra cama. Cuando entré y los descubrí, ni siquiera dejó de hacerlo. Simplemente me miró a la cara y terminó. No sabía que alguien pudiera ser tan cruel.

El dolor persistente en sus ojos le llegó a lo más profundo a John.

—La gente hace cosas, cosas terribles a veces —susurró John—. Tal vez, ni siquiera él sabía por qué te hizo eso.

—No tienes que poner excusas por él. Después de eso, empaqué mis cosas y lo dejé. Conseguí un puesto en una universidad de Madrid y pasé tiempo con Javier y su esposa antes de que ella enfermara. Incluso viví con ellos durante un tiempo. Funcionó porque estaba más cerca de mis padres antes de que fallecieran, pasando cada vez más tiempo aquí. Finalmente, cuando mi padre ya no pudo seguir adelante después de enfermar, me hice cargo de la operación.

No solo le habían roto el corazón, sino que también había sido humillada por un hombre que se suponía que la amaba. Dejó su copa y le dio un abrazo, enterrando sus labios en su cabello.

—No soy perfecto. Yo también tengo mis propias historias. Pero te prometo que no te haría algo así.

Se apartó y le sonrió.

—Lo sé. Eso es lo que más me gusta de ti. Eres un hombre amable.

Su sonrisa estaba teñida de tristeza.

—Es fácil ser amable contigo. Me has tratado bien desde que nos conocimos.

—¿Porque he devastado tu cuerpo? —bromeó Isabela.

—No. Porque me has demostrado cuánto te preocupas —se le formó un nudo en la garganta a John—. Ha pasado mucho tiempo desde que alguien se preocupó por mí así. Ha pasado mucho tiempo desde que sentí que era suficiente.

—¿Desde que murió tu mujer? —preguntó ella.

—Incluso antes —susurró.

John soltó un gran suspiro mientras las lágrimas le llegaban a los ojos. El sentimiento fue tan inesperado que le tomó desprevenido. No se había dado cuenta de que se sentía así, pero las palabras salieron de su boca y supo que era cierto.

—Eres más que suficiente. Eres una persona con la que cualquier mujer se sentiría afortunada de estar en su vida.

Isabela le besó suavemente, y él la abrazó.

—Estar aquí contigo es como un sueño —admitió John—. No me parezco en nada a esto, y tendrás que perdonarme, pero ha pasado mucho tiempo. No sé cómo hacer esto. Hablar con alguien que no sea Tess sobre este tipo de cosas.

Isabela asintió.

—Lo entiendo. Pero debes perdonarme si no quiero que esto se termine. Mientras tanto, tengo un viñedo que dirigir y una vendimia que terminar. Y tú tienes algunos asuntos personales que necesitas resolver. Sabes dónde encontrarme. Estaré allí. Esperando.

Se abrazaron. John podía oír la respiración de Isabela volverse regular. Roncó un poco, y eso le hizo sonreír. Isabela era real, después de todo. Lamentablemente, no pudo dormirse hasta mucho más tarde. Demasiados pensamientos daban vueltas en su cabeza. Podía ver a su mujer con claridad y honestidad, y John se vio a sí mismo. Las cosas que había hecho. Cosas de las que no estaba orgulloso. Tess tampoco había sido perfecta, pero maldita sea, la había amado. Y sabía que ella lo amaba. John se había aferrado a ella y a su recuerdo durante tanto tiempo. Sin eso, era como estar en el frío sin una manta. Pero ella se estaba desvaneciendo lentamente. Miró a Isabela y sonrió. Por primera vez, John pudo ver un futuro en el que podría ser feliz de nuevo.

# VEINTIUNO

## MÁS ALLÁ DE BURGOS

La alarma de John sonó a las cinco y media de la mañana, sobresaltándolos a ambos. Caminó con ella por las calles vacías para asegurarse de que Isabela llegara segura a su coche. Ella abrió la puerta, luego se giró hacia John, escondió su cabeza en su pecho y lo abrazó con fuerza alrededor de su cintura. Él la abrazó hasta que ella se separó.

—Hora de volver a la vida real —dijo ella.

—A menudo resulta así. Yo no vivo en el Camino, así que retrasaré la parte de la «vida real» un poco más —sonrió—. Pero, antes de que lo olvide, perdí algo y me preguntaba si lo habrías encontrado en tu casa.

—¿Qué es? —preguntó ella.

—Es un viejo artículo de periódico. Isabela negó con la cabeza.

—No lo creo, pero puedo preguntarle a mi ama de llaves. Supongo que está en inglés. ¿Y es importante?

—Sí. Si no, no te preocupes. No es gran cosa. Pero lo era. Solo esperaba que lo hubieras encontrado.

Tal vez lo perdí en otro lugar.

John no dio más detalles.

Isabela se subió al coche y lo arrancó. Luego, bajó la ventanilla mientras John se inclinaba para besarla.

—Envíame un mensaje para saber que llegaste bien a casa. Una amplia sonrisa se dibujó en su rostro.

—Hace mucho tiempo que no tengo a alguien a quien mandar un mensaje cuando llego segura a casa.

—Ahora tienes a alguien.

Isabela puso el deportivo Audi A1 blanco en marcha, luego saludó por la ventanilla mientras aceleraba por la calle mojada de adoquines.

—Conduce con cuidado —susurró, viendo cómo su coche desaparecía.

John miró a su alrededor, esperando encontrar el camino de vuelta al albergue donde Javier y su grupo lo esperaban.

Solo las farolas iluminaban los adoquines mojados a través de la maraña de callejones vacíos de la ciudad vieja. La luna casi llena de la noche anterior se estaba poniendo. Después de dar varias vueltas, John encontró el camino por unas estrechas escaleras en cuya cima se encontraba el albergue municipal. Las luces del café de enfrente se derramaban sobre el pavimento. A través de la ventana, John pudo ver a Javier hojeando su guía; el grupo de Javier y el suyo estaban a sus pies.

—Ah. Aquí estás —dijo Javier, quitándose las gafas mientras John entraba por la puerta—. Me preguntaba cuándo te vería esta mañana.

John puso cara de arrepentimiento, sonriendo tímidamente como un adolescente que llega a casa mucho después de la hora marcada. —Adelante. Puedes decirlo.

—¿Decir qué? Supongo que mi prima y tú disfrutasteis mutuamente de la compañía, y ambos dormisteis bien. Y ahora estás listo para hacer el Camino durante las próximas seis horas. Como mínimo.

John sonrió. Hijo de puta. Pero se echó a reír.

—Eso es exactamente lo que hicimos. Tomamos un vaso de leche caliente y a la cama a las ocho en punto.

—Justo lo que pensaba —se rio Javier—. ¿Te gustaría tomar un café o dos? Siéntate, y voy a buscarnos algo.

La mañana estaba fría mientras John rebuscaba en su mochila y sacaba su forro polar. Se volvió a poner las partes inferiores de sus pantalones convertibles y se puso el gorro de lana, terminó de vestirse justo cuando Javier volvió con el café y la tortilla.

La guía de Javier estaba sobre la mesa, abierta en su ruta. Probablemente podrían llegar a Arroyo San Bol, pero si John estaba demasiado cansado, podrían quedarse en Hornillos del Camino. John escuchó mientras el español leía los puntos de interés y la altitud mientras desayunaba. Cuando terminó de comer, se dirigieron más allá de los restos de una antigua fortaleza.

El sol no salió detrás de ellos hasta que estuvieron bien fuera de la ciudad. El camino era fácil y llano, y caminaron en silencio hasta que Javier intervino.

—Nunca he visto a Isabela tan enamorada de alguien. No conocí a su marido ni pasé tiempo con ellos juntos, pero significa algo que ella conduzca todo este camino para verte.

John se sentía incómodo hablando de su relación con Isabela, especialmente con Javier.

—No lo sé. Creo que disfrutamos de la compañía mutua. Javier sonrió.

—Bueno, eso es bastante cierto. ¿Has salido con muchas mujeres desde que Tess falleció?

—No. No he salido con nadie. Ya te lo dije. Isabela es la primera persona con la que he estado desde Tess.

Sabía que su respuesta había sonado más dura de lo que pretendía, pero no era asunto de Javier.

—¿Y tú? ¿Has tenido sexo con alguien desde que tuviste sexo con mi mujer? Javier hizo una mueca visible.

—Tess fue la primera persona con la que estuve después de que Alejandra muriera. Eso fue cinco años después. Así que, créeme, entiendo lo que es pasar mucho tiempo sin conocer a nadie que pueda estar a la altura de lo que perdiste. Pero parte de lo que Tess me mostró fue que mi vida podía continuar. La animación suspendida en la que viví con Mateo no tenía por qué durar para siempre. No se me escapa que alguien que estaba perdiendo su vida me ayudó a recuperar la mía.

La vergüenza invadió a John.

—Siento haber dicho eso. Sé que entiendes por lo que he pasado al perder a Tess, probablemente mejor que nadie, porque tú también la perdiste. Y entiendes lo que hizo a Tess tan especial.

—Sí, lo hice. Amaba a Tess —admitió Javier—. Pero después de que ella se fue de España y falleció, supe que mi vida continuaría. Ella lo habría insistido. No he salido con nadie en serio desde entonces. Pero he salido con gente y he hecho el amor con varias mujeres. Una de mis mejores amigas, ella y yo, nos encontramos. Cenamos. Y, a veces, tomamos café por la mañana.

Sonaba tan insulso. Tan civilizado. John no tenía amigos así.

—No supe qué hacer durante años —dijo John—. Solo trabajé, y después de que Pen se fue a la universidad, trabajé aún más. Nunca miré a otras mujeres. Simplemente no me sentía atraído por nadie. Honestamente, me preguntaba si esa parte de mi vida había terminado. No había nada malo desde fuera, pero por dentro, estaba muerto. Me sorprende decirlo, pero a los 53 años, me sentía entumecido por dentro. Como si todo eso hubiera desaparecido con Tess.

John se sintió raro contándole todo esto a Javier, pero necesitaba hablar con alguien.

—Así que, nadie se sorprendió más que yo cuando me encontré en la cama con Isabela en la bodega esa noche. Después de anoche, resulta que todo el equipo todavía funciona. Ella es maravillosa. Y me siento genial cuando estoy con ella. Como si me despertara de una larga siesta, y allí estaba ella. Es tan enérgica pero también una persona inteligente y apasionada a la que admiro.

Javier sonrió. —Me alegro. Parece que os lleváis bien. Ambos necesitáis a alguien que tenga tanta integridad como el otro. Cuando la vi ayer, me sorprendí. Pero cuando lo pensé, no debería haberme sorprendido. No realmente. Me alegro de que se hayan conocido.

—¿No te parece raro que sea tu prima y yo? —preguntó John.

—Ya hemos superado el juzgar lo que es raro en nuestra familia, John. Creo que deberías esperar y ver qué pasa.

John sonrió.

—Eso es exactamente lo que pretendo hacer —dijo mientras aceleraba el paso.

# VEINTIDÓS

## QUE EN PAZ DESCANSE

A la tarde siguiente, los dos hombres entraron en Castrojeriz, acalorados y sudorosos después de un largo y polvoriento día en el sendero. El calor era brutal en la meseta a finales de septiembre, y los cambios de elevación no ayudaron. Se registraron en un albergue recomendado por Javier. Dado que este pueblo de la colina era otro lugar en la lista de Tess, los dos hombres tendrían que elegir un lugar para esparcir las cenizas de Tess.

—¿Es este otro de los lugares donde os habéis alojado? —preguntó John.

—Sí. Es uno de los mejores lugares. Separan a hombres y mujeres si pueden. Y la cena es excelente.

Después de asearse, fueron a tomar una cerveza a un café en la plaza antes de cenar. John llevó su mochila y las cenizas de Tess, esperando que surgiera el lugar perfecto. Un grupo de peregrinos bulliciosos se sentaba en la terraza alrededor de las mesas cerca de la fuente, cantando mientras el vino fluía. Los demás peregrinos dieron la bienvenida a John y Javier para que se unieran a ellos, y ellos aceptaron amablemente, y pasaron vasos y comida. Una compañera peregrina estadounidense se sentó junto a John. Era joven y de mejillas rosadas, con una coleta rubia cubierta por una bandana verde. Al principio de todo, pensó él.

—Creo que te vi hace unos días en Burgos —observó la joven peregrina estadounidense.

—Puede ser —dijo John—. Estamos caminando juntos en honor a mi mujer. Falleció de cáncer hace diez años. Estamos depositando sus cenizas en lugares de su lista.

Los ojos de la chica se abrieron de par en par.

—¡Vaya! Eso está genial. ¿En qué lugares quería que las esparcieran?

—Un par de lugares diferentes, pero este es uno de ellos. En algún lugar de esta plaza, creo —dijo John, mirando a su alrededor.

—¿En serio? ¿Aquí? —los ojos de la joven se abrieron de par en par de nuevo.

—Sí. Disfrutaremos de una bebida con vosotras, y luego tendremos que decidir dónde lo haremos—dijo John.

—Creo que deberías ponerla en la base de la fuente. Es hermosa. Sus cenizas fluirán desde allí hacia el valle —la chica miró la puesta de sol sobre la colina—. Eso es lo que yo querría.

—La verdad es que suena bien —convino John.

Sin que se lo pidieran, la chica se levantó y silenció a todos silbando fuerte. —¡Eh! ¡Chicos! Este es. —se giró hacia John—, ¿cómo te llamas?

—John.

—Este es John —le señaló—. Está haciendo el Camino con su amigo —de nuevo, se giró hacia John.

—Javier.

—Con su amigo, Javier, en honor a su mujer fallecida. Ella pidió que esparciéramos sus cenizas en esta plaza, y decidimos hacerlo cerca de la fuente. Vamos a ir allí ahora. Si queréis, podéis venir y uniros y podemos rezar una oración, o recitar un poema, o algo así, sería genial.

Se sentó y bebió el resto de su vino. John y Javier se miraron. No habían planeado anunciar sus intenciones al grupo ni pedirle a nadie que se uniera a ellos. Justo entonces, la chica rubia estadounidense se levantó de nuevo.

—Venga. Vámonos —dijo la alegre peregrina.

Como si siguieran al flautista de Hamelín, todos se levantaron al unísono, y fueron juntos hacia la fuente. Los dos hombres fueron los últimos en unirse a ellos. John dejó su mochila en los adoquines de piedra, sacó las cenizas y se paró frente a la antigua fuente de piedra. El variopinto grupo de peregrinos malolientes permaneció en silencio, pero la chica estadounidense los animó a tomarse de las manos en un círculo mientras esperaban.

John recogió un puñado de cenizas y se acercó al pilón. Se quedó con los ojos cerrados momentáneamente y dijo una oración silenciosa, luego se inclinó y la depositó en la base de piedra. Cuando abrió los ojos, la chica empezó a cantar a la perfección «Amazing Grace». Era la canción más bonita que John había oído nunca. Tras la primera estrofa, otros se unieron hasta que el grupo, procedente de todo el mundo, entonó junto el himno centenario.

John se quedó dentro del círculo hasta que terminó el canto. Comenzando con la chica estadounidense, cada persona se acercó a él como si estuviera en la iglesia, bendiciéndole con «Paz», «Namasté» o «Buen Camino». Luego, cada uno abrazó a Javier. Cuando terminó, los dos hombres se quedaron solos y atónitos.

—No me esperaba eso —dijo John.

—Eso es lo que se puede esperar en el Camino —susurró Javier.

Javier pasó su brazo por el hombro de John, y caminaron de vuelta a la mesa para unirse a los demás, donde John levantó una copa.

—Gracias a todos por hacer este momento tan especial. A Tess le habría encantado esto. ¡Por Tess! El grupo levantó sus copas. —¡Por Tess!

Uno de los otros peregrinos había grabado todo el procedimiento y se lo ofreció a John. Él felizmente se lo envió a Pen para que ella pudiera sentir que era parte de depositar las cenizas de su madre en el Camino.

Esa noche, John durmió como un tronco. No soñó, pero se despertó completamente descansado y pensando en Isabela. Hicieron las maletas antes del amanecer y subieron al Alto de Mostelares para ver el sol cuando salía por el horizonte. A solo una semana de León, se preguntó cómo le iba a Javier, pensando en su próxima conversación con el hijo de Inés, Antonio. John y Javier estaban casi a la mitad de su Camino, y aunque John se sentía mejor acerca de por qué estaba allí, sabía que Javier estaba luchando con lo que había descubierto, y la tensión aumentaba cuanto más se acercaban a León. Con cada paso, avanzaban hacia el final del Camino y la perspectiva de volver a Madrid. El lugar donde toda la verdad yacía con la única persona viva que la conocía: Inés.

# VEINTITRÉS

## LLEGANDO AL FONDO

Tres días después, llegaron a la mitad del Camino. Los dos hombres lo celebraron con vino en su albergue de Bercianos del Real Camino.

—Lo logramos —John sonrió, tomando un sorbo—. Todo es cuesta abajo desde aquí.

—Sí —convino Javier—. Parecerá que va mucho más rápido ahora. Cada día, empezarás a sentir que se está acabando porque así es. Pero aún tenemos grandes montañas que escalar.

Tanto en sentido literal como figurado.

—Sí, lo vi en la aplicación —dijo John, mirando su teléfono—. Hay bastantes cambios de elevación importantes después de León.

—Casi hemos completado la meseta, que a la mayoría de la gente le resulta difícil porque es larga y calurosa. Pero a estas alturas del año, no ha estado tan mal —dijo Javier.

—No. Ha estado genial. Creo que el paisaje aquí es bonito —John abordó el tema que Javier había evitado durante días—. Entonces, estaremos en León en un par de días. ¿Has decidido cómo vas a acercarte a Antonio?

—Todavía estoy pensando en eso. Le envié un mensaje, y está libre el día que llegamos. Iremos a su casa y cenaremos con su familia.

—Si quieres ir solo, me parece bien. No tienes que sentir la necesidad de llevarme contigo — ofreció John.

—No. Te quiero allí. Esta situación va a ser complicada. Puedes ayudarme a completar la historia que comenzó con la vecina en Ventosa.

Llovía el día que llegaron a León, y Javier sugirió que se lo tomaran con calma.

—Vamos a tirar la casa por la ventana. John hizo una mueca.

—¿Sabes lo que significa «tirar la casa por la ventana»? —preguntó John, sorprendido.

—Por supuesto. Es una frase común, creo. Significa hacer algo especial —dijo Javier con confianza.

John sonrió. —De acuerdo, vamos a tirar la casa por la ventana.

Se registraron en el Hotel Real Colegiata de San Isidoro, se asearon y luego tomaron un taxi a la casa familiar de Antonio. Cuando el joven abrió la puerta, quedó claro para John que compartían algo de ADN. Javier y Antonio tenían los mismos ojos, los ojos que John había visto en otros en el viñedo.

Después de una cálida bienvenida, los hombres se fueron a la casa y casi inmediatamente tenían vino en sus manos. Afortunadamente para John, todos hablaban inglés.

—Así que, estáis haciendo otro Camino —dijo Antonio a Javier.

—Sí, este en honor a la esposa de John. Sabes que Pen es su hija.

—Por supuesto —dijo Antonio—. Les recuerdo de la boda. Javier volvió a dirigir la conversación hacia Rioja.

—Paramos en casa de Isabela y ayudamos con la vendimia. Antonio sonrió.

—Tengo muchos buenos recuerdos de la vendimia. Este año, no he podido escaparme. Ha habido mucho trabajo. Y las chicas tienen sus cosas. Cristina acaba la escuela secundaria este año, y su hermana no se queda atrás. Cuesta creer lo rápido que crecen.

Javier y John estuvieron de acuerdo en que criar hijos pasaba volando.

—¿Cómo está Pen? —preguntó Antonio a John.

—Le va bien y está trabajando como comisaria de arte júnior.

Qué tan bien le iba a Pen era discutible, pero John sabía que Javier tenía otros asuntos urgentes y continuó dirigiendo la conversación, manteniéndolos encaminados.

—Tu madre me pidió que revisara la casa de tus abuelos en Ventosa mientras estaba allí. Todo parece estar bien. Parecía que acababan de salir. Nada fuera de lugar —sonrió—. Sin okupas.

John frunció el ceño.

—«Okupas» —le recordó Javier. —Gracias por eso —dijo Antonio, tomando otro sorbo—. Como dije, no he podido ir por allí en un tiempo. Sé que la vecina de al lado también lo vigila.

—Sí, ella salió y habló con nosotros —dijo Javier—. Pensó que eras tú.

Antonio se rio. —Está casi ciega. Así que, no estoy seguro de lo que eso significa.

—Bueno, parecía muy segura. Luego dijo algo curioso.

—¿A qué te refieres? —preguntó Antonio.

—Dijo que me había confundido con mi hermano. Le dije que era hijo único. Ella dijo que ambos nos parecíamos a mi padre.

La sangre se drenó del rostro de Antonio.

—¿Qué quiso decir?

—No estoy seguro —dijo Javier en voz baja.

Antonio se quedó pensativo, mirando por la ventana. Se frotó la barbilla, perdido momentáneamente en sus pensamientos, antes de girarse hacia Javier. —¿Qué crees que quiso decir?

Javier y John intercambiaron una mirada antes de que él respondiera.

—No quería sacar conclusiones precipitadas. Fuimos al café local a tomar un café después. Hablé con el dueño y descubrí cosas que no sabía antes.

—¿Qué tipo de cosas? —preguntó Antonio.

—Que Eduardo tenía una clínica en el pueblo. Cuando era un niño pequeño, venía desde Madrid los fines de semana para hacer cirugías. Ayudó a mucha gente local y no cobraba por ello. No recuerdo haberle visto hacer eso.

Antonio asintió. —Lo recuerdo, la vecina de al lado me lo dijo una vez.

—El hombre del café dijo que el pueblo se decepcionó cuando dejó de venir, pero entendieron que tenía mucha demanda en Madrid. El camarero dijo que fue el mismo año que los malos incendios en La Rioja y Navarra. El mismo año que Inés se mudó a Madrid por su salud.

—¿Qué estás diciendo, Javier? —preguntó Antonio, entrecerrando los ojos—. ¿Qué estás diciendo sobre mi madre?

La tensión en la habitación era palpable.

—No sé lo que estoy diciendo. Solo sé lo que me dijo la anciana, y luego el hombre que lleva el bar, cuando se dio cuenta de quién era mi padre. —Antonio caminó de un lado a otro, luego se sentó en el brazo del sofá junto a su mujer y se quedó mirando fijamente la alfombra.

—Podrían ser solo los delirios de dos ancianos. El chismorreo en el pueblo es como un deporte —al igual que Javier, estaba luchando por encontrar una explicación.

—¿Qué sabes de tu padre? —preguntó John—. ¿Alguna vez has visitado a su familia o parientes de ese lado?

Antonio negó con la cabeza.

—No. Mi madre me dijo que era hijo único y que mis abuelos habían fallecido. No lo cuestioné.

—¿Cómo murió? —preguntó John.

—Me contó que se puso enfermo. Y que murió cuando yo era pequeño. Me dijo que era guapo y muy bueno con ella. Dejó algo de dinero para que pudiera mantener el apartamento donde crecí. Solo tuvo que ir a trabajar después de que empecé la escuela. Fue entonces cuando vino a trabajar para tus padres. No recuerdo mucho antes de eso.

—Recuerdo cuando empezó a trabajar para nosotros —dijo Javier—. Inés siempre hacía galletas en el horno, así que tenía un capricho después de las clases. Y me traía contigo cuando no estabas en la escuela.

Antonio sonrió.

—Lo recuerdo. Tu casa era muy elegante, y me daba miedo tocar algo. La madre de Javier tenía un perrito que me mordió una vez, y cuando lloré, tu padre me tomó en brazos y me llevó a su oficina. Limpió la herida y la vendó. Me dijo que estaba bien llorar y que no debía avergonzarme. Así que lo hice, y él me abrazó. Luego me llevó a la cocina, con mi madre, y ambos se sentaron conmigo hasta que me calmé. Era un buen hombre.

Javier asintió. Él también recordaba el incidente.

—Él venía a todos mis eventos escolares y a muchos de mis partidos deportivos —recordó Antonio—. Se interesaba y estaba allí para la feria de ciencias cada año y cuando tenía que dar un discurso frente a la escuela para la Fiesta de la Comunidad de Madrid. Me ayudó a practicar mi discurso y me dijo que estaría allí para que no me pusiera nervioso. Mi madre me dijo una vez que movió hilos para que me admitieran en la misma escuela a la que tú habías ido. Y pagó mis cuotas escolares. Eduardo siempre me dijo que podía ser lo que quisiera si trabajaba lo suficiente. Quería estar a la altura de sus expectativas.

Javier escuchó atentamente antes de responder.

—Siempre has sido familia para mí. Así que no digo esto por otra cosa que no sea intentar encontrar la verdad. Pero ¿quién conoces que pague para que el hijo de su ama de llaves asista a una escuela cara?

¿Quién iría a los eventos escolares o deportivos del hijo de su ama de llaves? Y lo enviaría en tren con su propio hijo a quedarse con su familia. Cuando lo pienso, veo poca distinción entre tú y yo a los ojos de mi padre. Incluso hizo provisiones para ti en su testamento.

Javier respira hondo antes de continuar.

—Lo sé. Da qué pensar, pero hasta que el vecino de tus abuelos en Ventosa me dijo esas palabras, yo también estaba ciego a la posibilidad. Pero no puedo encontrar otra respuesta que no sea la que tengo delante.

La mujer de Antonio volvió de la cocina y anunció que la cena estaba lista. Ni Javier ni Antonio parecían tener apetito, pero se reunieron alrededor de la mesa. Javier cambió de tema y preguntó a sus ahijadas sobre la escuela, los chicos y sus amigos, cualquier cosa para aligerar el ambiente en la habitación. Marta, la mujer de Antonio, parecía curiosa por la conversación previa a la cena, pero no dijo nada delante de sus hijas. Después de la comida, las niñas preguntaron a su madre si podían salir a ver a unas amigas.

—Está bien. Cuéntenmelo todo —dijo Marta, sentada en la sala de estar, tomando café.

Los tres hombres se miraron. Ninguno de ellos quería ser el primero en hablar. Finalmente, Javier explicó la situación, y los ojos de Marta se abrieron como platos.

—Esa es una historia increíble. Es interesante lo presente que estuvo tu padre en la vida de Antonio. Pero ¿habéis hablado de esto con Inés? Ella sería la persona que podría confirmar o desmentir lo que todos vosotros estáis especulando. Ella suspiró.

—Siempre me ha parecido curioso. Esta asociación entre tú, tu madre y la familia para la que trabajaba. Eran muy prominentes en la sociedad madrileña, casi como la realeza. Sabía que el padre de Javier pagó tu educación, incluso después de morir. No creo que esto sea normal para un empleador y un empleado. Especialmente una empleada doméstica. —Levantó la mano, frunciendo el ceño—.

No estoy diciendo nada en contra de tu madre, pero ha sido la ama de llaves de esa familia durante más de 40 años, ya sea con los padres de Javier o con Javier y Mateo. No es muy común.

Antonio se levantó y volvió a pasearse. De repente, pareció tomar una decisión.

—Tiene razón. No es lo normal. Entonces, ¿qué hacemos ahora? ¿Qué le digo a mi madre? Siendo un extraño, John intervino tímidamente.

—Podrías hacer una prueba de ADN. Si demuestra que sois hermanos, tendrás parte de la respuesta.

—¿Pero no queréis entender el trasfondo? ¿Qué pasó y por qué? Solo Inés conoce toda la historia—señaló Marta.

Javier estuvo de acuerdo.

—Está bien. Creo que primero nos hacemos una prueba de ADN. Si resulta que no compartimos el mismo padre, entonces no necesitamos molestar a Inés. Si resulta lo contrario, entonces hablamos con ella. Y lo haremos juntos.

Antonio frunció el ceño. —¿Qué cambiará saber esto ahora? ¿Solo lastimará a mi madre?

Marta tomó la palabra.

—Tal vez sea un alivio para ella. Podría liberarla. Antonio permaneció en silencio.

—De todos modos, Inés no tiene que cocinar y limpiar para nosotros si no quiere —dijo Javier—.

Podemos hacer otros arreglos.

—No creo que lo haga por dinero —dijo Antonio—. Ella los quiere a ti y a Mateo como a una familia. Basándonos en lo que le dejaron mis abuelos, podría haberse jubilado en Ventosa hace mucho tiempo. No quería dejarlos.

Javier sonrió. —Tenemos que asegurarnos de proteger a Inés en todo esto. Pero, primero lo primero. Mañana, nos haremos una prueba de ADN. Tomará un par de semanas para que lleguen los resultados. Entonces, podremos decidir qué hacer después. John y yo habremos terminado el Camino para entonces, así que el momento es el adecuado.

Todos estuvieron de acuerdo en que este era el mejor plan. John y Javier se tomarían un día de descanso y pasarían el rato en León para organizar la prueba. Más tarde, Antonio los acompañó a la puerta.

—Siento soltarte todo esto, Antonio. Solo quería ser honesto contigo. Antonio le dio unas palmaditas en la espalda.

—No esperaría menos de ti. Os veo mañana.

El teléfono de John vibró en el taxi de vuelta al hotel. Era Isabela.

—Hola —dijo.

—¡Hola! ¿Cómo estás?

—Estoy en un taxi con Javier. Acabamos de salir de la casa de Antonio.

—¿Cómo ha ido? —preguntó ella.

—Bien. Se verán de nuevo mañana.

—Bien. Escucha. Hablé con el tío Diego. Llámame cuando volváis al hotel para que podamos intercambiar información. He descubierto algunas cosas que os interesarán.

# VEINTICUATRO

## EL CAMINO SE ENREDA

En el hotel, John llamó a Isabela y la puso en altavoz.

—Hola, Isabela —dijo Javier ansiosamente.

—Hola, Javier. Vale. Hablé con el tío. Me trajo unos pasteles que hizo la tía, y hablamos tomando café. Al principio, solo fueron cortesías, pero luego decidí ir al grano.

—¿Cómo respondió? —preguntó Javier, visiblemente preocupado por molestar a su anciano tío.

—Al principio, dijo que no había oído ningún rumor sobre tu padre. Que probablemente eran solo algunos aldeanos creando problemas. Pero después de que le conté más detalles y que lo estabas investigando, se abrió un poco.

John se impacientó a medida que aumentaba el misterio.

—¿Y...? —preguntó, animándola a llegar a la parte buena.

—Tranquilo. Ya voy —dijo ella—. Entonces, me dijo que el matrimonio de tu padre estuvo en crisis en un momento dado. Tu madre estaba más interesada en su vida social en Madrid, y su ambición no coincidía con la de él. Diego dijo que Eduardo lamentaba no haber vuelto después de la facultad de medicina y haberse establecido aquí. Eduardo se sentía culpable por decepcionar a sus padres y comenzó a visitar Ventosa para llevar una clínica de fin de semana. Tu padre te llevaba con él porque, y estas son las palabras de Diego, a tu madre no le gustaba tenerte ahí molestando.

Javier cerró los ojos y suspiró.

—Lo siento, Javier. Solo te estoy diciendo lo que me dijo.

—Lo entiendo. También sé que es la verdad.

—En fin. El tío dijo que había rumores de que había comenzado una relación con Inés. Pero la familia nunca lo confrontó al respecto. Entonces, de repente, dejó de venir tan a menudo. Te enviaba en el tren con una niñera o solo cuando eras mayor. Más tarde, acompañabas a Antonio, lo cual ya sabíamos. Para el tío Diego, eso confirmó lo que había sucedido. Trataban a Antonio como a familia porque asumían que era el hijo de tu padre, pero nunca se habló abiertamente. Ni siquiera entre los hermanos. El tío vio a los padres de Inés en el pueblo, pero nadie reconoció nada.

—¿Le molestó la conversación a Diego? —preguntó Javier—. Es anciano. No quiero que esto le cause ningún dolor.

—Parecía estar bien. Después, le dije que no lo discutiría con nadie más que contigo. No estaba tratando de desenterrar viejos escándalos. Solo quería ayudarte a descubrir la verdad.

Javier suspiró.

—Hablaré con él sobre esto la próxima vez que esté allí. Mañana, Antonio y yo nos haremos una prueba de ADN. Los resultados tardarán un par de semanas.

—¡Vaya! —dijo Isabela—. Eso fue rápido. ¿Qué dijo Antonio?

—Está molesto. Pero después de escuchar todo lo que hemos averiguado y hablarlo, él también quiere llegar a la verdad —dijo Javier—. Pero quiere los resultados de la prueba de ADN antes de hablar con Inés.

—Tiene sentido. Si resulta que no estáis estrechamente relacionados, entonces todo esto no sirve para nada.

—Exacto —asintió Javier—. Si Antonio es mi hermano, debo determinar qué significa eso.

Los tres contemplaron en silencio esta erupción familiar antes de que Isabela hablara.

—Creo que he hecho lo que podía aquí. Informadme sobre los resultados cuando los tengáis.

—Lo haré. Gracias, Isabela —Javier colgó. John silbó. —¡Uf! Esto es mucho. ¿Estás bien?

—Sí. La evidencia se está acumulando. Pero la prueba de ADN será el factor decisivo. Me alegra que Antonio quiera hacérsela.

—¿Has pensado en lo que harás si es cierto? —Javier consideró la pregunta.

—Creo que Antonio tendría derecho a una parte de la herencia de mi padre. Después de que mi madre fallezca, la verdad. Tendríamos que hablar de eso. Conociste a mi madre en la boda. Es un dragón. Si es cierto, entonces no podríamos decírselo. Es anciana, y creo que podría matarla. No haría eso, ni siquiera a ella.

—Es una situación complicada —admitió John.

—Sí. —Javier se levantó y se estiró—. Me voy a la cama. Me reuniré con Antonio mañana para hacernos la prueba y luego me veré contigo aquí.

—Suena bien.

Mientras John se preparaba para dormir en su habitación, su teléfono vibró. Era Pen.

—¡Hola!

—Hola, papá —dijo Pen. Sonaba deprimida.

—¿Qué pasa? —preguntó, preocupado por el tono de su voz.

—Nada. Solo quería escuchar tu voz y saber cómo estás.

—Estoy en León. —John no iba a hablar con Pen sobre Javier y Antonio. No era su historia para contar. Y involucraba a su marido—. ¿Qué te pasa a ti?

—Nada. El nuevo trabajo me está distrayendo un poco de mamá. He tenido estos terribles dolores de estómago. Mateo piensa que es solo el estrés de empezar el nuevo trabajo. Pero no lo sé.

—¿Cómo te sientes con el trabajo? ¿Va bien?

—Creo que sí. A veces, sin embargo, siento que siempre seré una extranjera. No es que la gente no sea amable, pero sé que nunca seré de aquí, y todos los demás también lo saben.

John cerró los ojos. Escuchar el dolor en su voz le hizo sentir impotente. Ella no tenía cinco años.

No podía besarle la rodilla raspada y quitarle el dolor.

—Tú puedes, Pen. Me pregunto si es un poco de síndrome del impostor. ¿Te preocupa no estar calificada para el trabajo?

—No. Sé que estoy calificada. No es eso. Tengo una maestría. Pero es como... —se detuvo, quizás buscando las palabras correctas—, hay veces que algunos curadores me miran como, «¿Quién eres tú para hablarnos de un pintor de nuestro propio país?» Aunque soy experta en el tema. Estos días, hablo cada vez menos. A veces, siento que me estoy encogiendo para encajar en lo que sea que estén buscando. Como si uno de estos días, me convirtiera en polvo.

John podía escuchar las lágrimas. Luego, Pen se sonó la nariz.

—Estoy preocupado por ti, hija —dijo John. Y lo estaba. El dolor en su voz no parecía ser por el nuevo trabajo. Su hija sonaba deprimida.

Pen suspiró. —No te preocupes, papá. Lo resolveré. Solo estoy desahogándome. Quiero a Mateo, pero él no sabe lo que es vivir en un país que no es el suyo. No ve lo que yo veo y no experimenta lo que es no pertenecer a ningún lugar.

John sabía de lo que estaba hablando. Se sintió incómodo todos los días en este viaje. Y aunque a John le encantaba caminar por España, cada interacción con un tendero ponía a prueba su rudimentario conocimiento del español. Y había cometido demasiadas meteduras de pata culturales como para contarlas. No le costaba mucho a John sentirse tonto. Pero entonces, tuvo una idea.

—Podrías llamar a Isabela. Trabajó como profesora en los Estados Unidos durante muchos años. Ella sabe lo que es sentirse como un pez fuera del agua, la que no pertenece en el trabajo. Podría ayudarte. O al menos se compadecería de ti.

Pen estuvo de acuerdo. —No había pensado en eso. Pero tienes razón. Isabela podría entender. La llamaré el fin de semana.

John sonrió. Tanto Isabela como Pen eran mujeres fuertes. Podrían apoyarse mutuamente.

—Mientras tanto, por favor revisa los dolores de estómago. Solo para estar seguros. Pueden darte algo para eso hasta que te adaptes al trabajo.

Padre e hija se despidieron y colgaron. John permaneció tumbado en la cama durante mucho tiempo antes de que el sueño le venciera. Lamentaba que Pen estuviera pasando por un momento tan difícil, pero se alegraba de que pensara en llamarle para pedirle apoyo. Su hija aún le necesitaba, y el hecho de que estuviera tan lejos se estaba convirtiendo en un problema para ambos.

Al día siguiente, con Javier fuera para la prueba de ADN, John tuvo la mañana libre. Paseó por el casco antiguo. Su teléfono sonó mientras se sentaba a comer. El nombre de Isabela parpadeó en la pantalla.

—¡Hola! —dijo, sonriendo.

—Hola. Me cogí un descanso de las actividades por aquí hoy, y pensé en llamarte.

—Bueno, me alegro de que lo hicieras. Justo estaba almorzando mientras esperaba que Javier terminara la prueba.

—¿Cómo está mi primo? —preguntó ella, de repente seria—. Pero dime la verdad, John.

—Creo que está un poco abrumado. La mejor manera de describir su estado de ánimo es algo introspectivo.

—Me lo imagino. Debe ser difícil.

—Ya —observó John—. Cuando Javier va por el Camino, todo es un drama. Y esto es lo mismo. Pero esta situación tiene implicaciones de gran alcance para su familia.

—Sí, me temo que tienes razón. Pero pronto sabremos la verdad. John decidió cambiar de tema.

—Entonces, ¿qué hay de nuevo en el viñedo?

Isabela sonrió al otro lado. —Esta cosecha pronto se embotellará. Luego viene un invierno de reparación de equipos y preparación para la próxima primavera. Estoy pensando en tomarme unas vacaciones. Ha pasado un tiempo y necesito un descanso.

—Eso suena interesante.

—Sí. Hay muchas posibilidades de destino. Quizás puedas ayudarme a reducirlo a uno o dos — bromeó.

—No soy agente de viajes, pero tal vez pueda ser de utilidad.

Isabela se rio. —Sabía que podía contar contigo. ¿Todavía estás en camino de estar en Santiago en dos semanas?

—Creo que sí. Está empezando a hacer frío temprano por las mañanas, y dicen que Galicia es húmeda y fría, así que espero que no necesitemos pasar más tiempo cruzando las montañas que se avecinan.

—Bueno, si necesitas a alguien que te caliente, solo llámame. No está tan lejos.

John sonrió. —Lo tendré en cuenta.

—Bien. Avísame cuando pases O Cebreiro y te dirijas hacia abajo. Ese será el último obstáculo importante para ti. El resto es solo una larga caminata.

—Lo haré —dijo—. Te echo de menos. ¿Te sorprende eso? Porque me sorprende muchísimo.

Desearía que estuvieras aquí.

Isabela se quedó en silencio un momento antes de responder.

—Yo también desearía estar allí —susurró—. Como dije antes, tal vez podamos pasar tiempo juntos cuando termines de caminar y yo terminé aquí con la temporada.

—Creo que me gustaría eso.

—Vale —dijo ella—. Ahora, almuerza. Dile a mi primo que, si necesita algo, puede llamarme.

—Lo haré.

John colgó. Cuando el camarero le trajo una cerveza, su teléfono volvió a vibrar. Era Javier. John: *¿Dónde estás?*

Javier: *En el hotel, ¿dónde estás tú?*

John compartió su ubicación. Quince minutos después, se sentaron uno frente al otro.

—¿Cómo fue la prueba? —preguntó John, metiendo la cuchara en su ensalada—. Parece que se alargó.

—En realidad, no tomó nada de tiempo. Pero Antonio y yo almorzamos después. Ninguno de los dos durmió bien. He estado pensando en todo esto desde Ventosa. Él se enteró anoche, así que está impactado, creo.

—¿Cree que es posible?

—Cree que podría ser cierto. Que hay muchas posibilidades. Dijo que su madre nunca habló de su padre. Tenía vagos recuerdos de él cuando era joven. Pero aparte de eso, no lo reconocería si lo viera por la calle. No había fotos de él en su casa. Inés le contó algo sobre una inundación donde las cosas se dañaron. Pero vivían en un apartamento en el cuarto piso, así que esa historia ahora parece endeble.

—¿Cuándo tendrá los resultados? —preguntó John.

—Para cuando lleguemos a Santiago.

—¿Tan pronto?

—Sí. No es tan inusual en estos días —explicó Javier—. El laboratorio dijo que es una prueba sencilla.

—Supongo que solo tienen que sentarse y esperar.

—Sí —dijo Javier—. En cierto modo, eso es más fácil. Hasta entonces, habrá menos trabajo de detective u otras cosas que causen disgusto. Solo hay una respuesta, y tenemos la prueba para que nos la dé.

El rostro de Javier se ensombreció. Parecía agotado.

—Qué lío. ¿Por qué nada puede ser fácil? ¿Por qué la gente no puede hacer lo que dice que hará?

¿Hacer lo que se supone que debe hacer? —suspiró—. Supongo que estoy decepcionado de las dos personas que más amé de niño.

John le dijo que esperara los resultados.

Javier respondió con una mirada fulminante. —Ya sé el resultado. Comparé fotos de Antonio y mías de reuniones familiares. Y luego, Mateo. Todos tenemos la misma nariz y boca. Antonio tiene un gesto inconsciente, igual que mi padre. Se chasquea las uñas de la misma manera cuando está nervioso. Lo vi hoy —suspiró—. ¿Por qué me enfada tanto eso?

John no estaba seguro de si Javier quería la respuesta a esa pregunta.

—La vida es complicada —dijo John—. Crees que las cosas son de una manera, y luego descubres que no lo son. Cuando nos decepcionan los demás, la ira siempre es el resultado.

—Sí, bueno, no me gusta que me mientan —dijo Javier—. ¿Por qué lo hicieron? ¿Y cómo pudieron mantenerlo en secreto durante tanto tiempo? Prácticamente la metió en nuestra casa. Confiaba en Inés más que en nadie cuando era niño. Y admiraba a mi padre como si fuera un dios.

John se esforzó por explicar.

—En un mundo de dolor, todos buscamos la felicidad, Javier. Tú lo sabes más que nadie. Un poco de alivio de la agonía de vivir. Y luego, de la tormenta de nuestras decisiones que hieren a quienes más amamos.

Javier entrecerró los ojos. —Entonces, ¿crees que lo que hicieron estaba justificado? Todos esos años de engañar a todo el mundo. Toda una vida de eso —dijo, con la voz quebrada como la de un niño perdido.

John respiró hondo, tratando de explicar. —Tu matrimonio con tu mujer, Alejandra, fue puro.

Nadie se desvió. Suena idílico, pero creo que sabes que esa no es la norma.

—¿Qué quieres decir? Porque yo... —volvió a pasar la mano por su cabello canoso—. Por mi relación con Tess, debería entender lo que pasó entre mi padre e Inés. Las mentiras que dijeron. Nunca te mentí a ti ni a nadie sobre lo que hice con Tess. Pero en su caso, había otras personas involucradas, las vidas de los niños. Tuve un hermano todo el tiempo y no lo sabía. No estaba solo. ¿Sabes lo solo que me sentí al crecer? —La voz de Javier se quebró.

John cerró los ojos, tratando de decidir hasta dónde debía llegar. —Irónicamente, sí. Mis padres murieron en un accidente de coche cuando era pequeño. No tenía hermanos ni hermanas, solo mi abuelo Charlie, a quien nunca había conocido antes. Fue un abuelo maravilloso, y debería haber sido feliz y agradecido, y lo fui. Pero, al crecer, a menudo me sentí solo hasta que conocí a Tess, y formamos nuestra propia familia. Después de conocernos, durante más de veinte años sentí que había ganado la lotería. Tenía todo lo que soñaba cuando era pequeño. De pie junto a las tumbas de mis padres, le había pedido a Dios una familia. Y él cumplió. Luego, lentamente, como una tortura, los hilos de mi sueño se fueron deshilachando, uno por uno. Primero, mi hijo Charlie —John se atragantó, tragando saliva antes de continuar—. Luego, las secuelas. Finalmente, cuando Tess murió, me sentí maldito. Mis amigos pensaron que estaba loco por dejar que Pen viniera a España para su año en el extranjero porque no me quedaba nadie en casa. Pero una parte de mí se preguntaba si era cierto. Si estaba maldito, ella estaría más segura aquí que en Estados Unidos. Así que entiendo la soledad de la que hablas. Hasta la médula.

Como Javier no respondió, John continuó.

—No estoy diciendo que debas entender lo que hicieron tu padre e Inés. Estoy diciendo que la gente hace cosas todo el tiempo y no se detiene a considerar las consecuencias. —John se levantó de la mesa para poner distancia entre ellos y caminó mientras Javier permanecía sentado en silencio. Luego se detuvo—. Engañé a Tess. ¿De acuerdo? Y, luego, no sé por qué, me aseguré de que ella lo supiera.

Los ojos de Javier se abrieron con horror. Como por reflejo, se puso de pie para mirar a John mientras la sangre se le drenaba de la cara. —No entiendo.

—Fue dos años después de la muerte de Charlie —John tragó saliva mientras las palabras salían apresuradamente—. En ese momento, pensé que eran los peores dos años de mi vida. Me trajo de vuelta todo el dolor de perder a mis padres. Sentí que no podía empeorar —resopló—. No tenía ni idea de lo que vendría. De cuánto empeoraría.

Javier se sentó bruscamente, aturdido, concentrándose en un punto de la mesa, negándose a mirar a John. La historia de John salió como a través de una niebla mientras escarbaba en la inmundicia de sus recuerdos más vergonzosos—. Los primeros seis meses después de enterrar a nuestro hijo, nos aferramos el uno al otro. Las emociones eran las que cabría esperar. Llorábamos juntos a veces. Pero lentamente, eso terminó. Dejé de llorar delante de Tess. Pensándolo bien, Pen también dejó de hacerlo. A veces, veía a nuestra hija mirando por la ventana, perdida en sus pensamientos, pero nunca le pregunté qué estaba pensando. Y no quería molestar a Tess y a Pen con mi duelo continuo. De alguna manera, sentí que no tenía derecho a seguir mostrando al mundo lo devastado que estaba. Quizás era una idea equivocada de masculinidad que me decía que debía ser más fuerte. Pero, Tess, tomó un camino diferente. Se convirtió en una animadora en casa, como un bufón de la corte, siempre tratando de animarnos. Pero ese era su único papel. La espita de su gama emocional se había cerrado por completo. Estaba sellada. Era como si se hubiera propuesto hacernos sonreír. No podía permitir nuestra tristeza. Y cuanto más lo hacía, más la odiábamos por ello. Más la odiaba yo por ello. Nos reservaba viajes familiares como los que hacíamos antes de la muerte de Charlie.

Algunas salidas de fin de semana. Ir a ver campos de calabazas. A una granja de árboles de Navidad. A un festival local que a ninguno de nosotros nos importaba. Hace poco encontré fotos en una memoria USB en la parte de atrás de un cajón de mi oficina en casa. Nos tomaba fotos a Pen y a mí, diciéndonos que sonriéramos. Parecíamos miserables, pero ella se negaba a verlo. Javier se sentó horrorizado. — Después de la muerte de Charlie, dejamos de tener relaciones sexuales por completo. Ahora sé que es bastante normal. Pero era como si ninguno de nosotros pudiera averiguar cómo reiniciar esa parte de nuestra relación. El acto era lo que había creado a nuestro hijo, y él se había ido. Era como si tuviéramos un acuerdo tácito de que su intimidad nos rompería a ambos. Ya no se permitía el placer.

Nos íbamos a la cama cada noche y nos dábamos la vuelta. —John continuó con lágrimas en los ojos—. Nunca hablamos de ello, pero la echaba de menos en ese sentido. Echaba de menos estar con ella.

La comodidad de conocer su cuerpo y de que aún estuviéramos conectados. Nos acostábamos uno al lado del otro en la misma cama, pero la distancia entre nosotros era el Gran Cañón.

Dos años después del accidente, estaba en una conferencia con una compañera, y bebí un poco más de lo normal. Una cosa llevó a la otra. No estoy orgulloso de ello. Ni siquiera lo disfruté. Después, fui al baño y vomité, llorando en una toalla de hotel. Era algo que nunca podría retractar. No estaba siendo yo mismo, la persona que sabía que era. Pero la verdad es que nada había sido normal desde la muerte de mi hijo.

A John le tembló el labio, pero respiró hondo y continuó. —Volví a casa y fingí que no había pasado nada. Nunca podría decírselo a Tess. Pero entonces, ella siguió con lo de la animadora, y yo me enfadaba cada vez más. ¿Cómo podía fingir que todo estaba bien? ¿Cómo podía esperar que nos comportáramos como si lo estuviera? Así que, la siguiente vez que viajé, me encontré con la mujer de nuevo. Y esta vez, dejé los recibos a la vista. No conscientemente, pero ahora veo que no podía seguir adelante. Necesitaba que algo cambiara. Puedes llamarme cobarde, y tendrías razón. Podría haber insistido en que habláramos de nuestros sentimientos. Ir a terapia. Pero no lo hice.

—¿Por qué le has hecho eso? —susurró Javier, sacudiendo la cabeza, y luego mirando a John con tal odio que lo conmocionó—. Ella también estaba sufriendo. Lo sé.

—Ni siquiera lo sé —dijo John con lágrimas corriendo por su rostro, inundado de vergüenza—. No fue algo consciente. Pero de alguna manera necesitaba saber que no había perdido la capacidad de sentir. Saber que no murió en ese accidente de coche junto con Charlie. Y que yo no estaba solo en mi incapacidad para salir de la desesperación. John se cubrió la cara con las manos y sollozó antes de limpiarse la nariz con la manga.

—He experimentado demasiada muerte en mi vida, demasiado dolor. Estoy muy cansado de ello, Javier. No puedo soportarlo más. No soy tan fuerte —dijo, agotado—. ¿Por qué? ¿Por qué yo? ¿Estoy siendo castigado?

Pasó un momento antes de que Javier finalmente hablara.

—¿Qué pasó cuando Tess se enteró? —preguntó Javier. John suspiró.

—Le compré a la mujer un regalo de un lugar que obviamente no era una tienda de neumáticos. Algo ridículamente cliché. Y dejé el recibo en mi mesita de noche. Lo puse en nuestra tarjeta de crédito conjunta, junto con el cargo de un hotel al que se suponía que no debía ir. No hacía falta ser un genio. Y Tess era una mujer inteligente.

Javier esperó. —Apuesto a que quedó devastada. Y conociendo a Tess, muy enfadada.

John se limpió la nariz con la manga. Recordó aquel día horrible. Tess le mostró los recibos cuando entró en la cocina después del trabajo. No dijo ni una palabra. John miró y notó una botella de vino casi vacía en la encimera. Había un corcho, pero no una copa. Entonces, ella fue a su habitación y se desnudó. Tess se metió en la ducha y se quedó bajo el agua hirviendo durante mucho tiempo. John esperó en la cocina, sin saber qué esperar.

—La oí llorar, pero fue el lamento lo que me destrozó, un quejido. Venía de un lugar muy profundo dentro de ella. Como si todo el dolor que había sentido alguna vez estuviera contenido en ese único sonido. Entré al baño y la encontré sentada en el suelo de la ducha mientras el agua la cubría —lloró—. Como si no tuviera fuerzas para levantarse. Cerré el agua y la levanté. Estaba temblando y se aferró a mí, arrancando los botones del frente de mi camisa. Mi traje estaba empapado, pero no quería que me soltara porque sabía que nos perderíamos si lo hacía.

—Nos sentamos en la cama así durante mucho tiempo. La abracé como a un bebé mientras ella sollozaba. Los dos lo hicimos. Y luego, hicimos el amor por primera vez en dos años. Probablemente no esperarías eso, después de enterarse de que le fui infiel, que quisiera hacerlo, especialmente conmigo. Pero necesitábamos saber que seguíamos siendo nosotros. Después de todo lo que había pasado, seguíamos en este matrimonio. Juntos.

—¿Alguna vez habéis hablado de la aventura? —preguntó Javier. John asintió y se pasó la manga por la nariz.

—Sí. Después, nos quedamos acostados y Tess me preguntó todos los detalles. Quería saber si estaba enamorado. Era una respuesta fácil. Absolutamente no. Más importante para ella, Tess me preguntó si yo le gustaba. ¿Éramos amigos? ¿La hacía reír?

Javier cerró los ojos.

—Es una pregunta extraña. Pero puedo escuchar a Tess haciéndola.

—Eso es lo que pensé —dijo John—. Tess dijo que estaría más preocupada si me gustara la mujer porque Tess y yo habíamos sido mejores amigos antes de ser pareja. Nos gustamos desde el primer momento y nos hicimos reír mutuamente.

Javier asintió.

—Las cosas mejoraron después de eso —dijo John—. Pero aún no eran normales.

—¿Volviste a ver a la mujer? —preguntó Javier—. ¿Con la que tuviste la aventura?

—Una vez. En una reunión en Nueva York para un proyecto en el que estaba trabajando. Fue incómodo, pero ya le había dicho que se había acabado. Francamente, mi corazón no estaba en ello, y ella dijo que lo supo desde el principio.

De repente, a Javier se le encendió la luz.

—Así que, por eso le escribiste esa carta a Tess antes de que hiciera el Camino. Siempre me lo pregunté. ¿Fue por la culpa que sentías? —preguntó, frunciendo el ceño.

—Tal vez un poco —dijo John—. Pero quería que ella tuviera el Camino que necesitaba sin restricciones. No tenía idea de lo que este Camino le hace a una persona. Cuánto cambias mientras lo haces. Si lo hubiera sabido, tal vez no habría escrito lo que escribí —se detuvo a considerar la pregunta—. O puede que sí lo habría hecho. No lo sé. La amaba y tenía miedo de perderla, por cáncer o por dolor, mío o suyo. Hice lo que hice. Y ahora, estoy sentado aquí contigo. Nunca se lo he contado a nadie más. El secreto, la vergüenza, me ha carcomido vivo, aunque pensé que había muerto con Tess —John se detuvo y miró a Javier—. Me sorprende que Tess nunca te lo haya dicho. Teniendo en cuenta todo el tiempo que habéis pasado juntos.

Javier negó con la cabeza. —No. No dijo nada negativo sobre ti, excepto que no eras perfecto. Después de todo, ella te fue leal. Te amaba, John, incluso después de lo que le hiciste. Me lo dijo más de una vez. Para ella, tú eras «el único».

John luchó por no gritar. —Sé que lo hizo —susurró—. Durante mucho tiempo, sentí que Tess estaba fuera de mi alcance. Se había alejado de mí, en algún lugar, emocionalmente, a donde yo no podía ir. Pero creo que ella luchó tan duro como pudo para encontrar el camino de vuelta a nosotros. Tal vez luchó más duro que yo.

Javier permaneció en silencio, sin dejar que John se librara de la culpa.

—No puedo deshacer lo que hice —John se secó las lágrimas con el borde de su camisa—. No importa cuánto lo desee. Los remordimientos son inútiles.

—Entonces, ¿Pen nunca se enteró? —preguntó Javier.

—No. No lo creo. Tess no se lo habría dicho, y sé que yo nunca lo hice.

—Pero ella cree que su mamá engañó a su papá —Javier frunció el ceño—. Esa es la impresión que le quedó a Pen. Una de las últimas experiencias que tuvo al pasar tiempo con su mamá, y eso es lo que ella piensa.

John negó con la cabeza. —No. Pen sabe lo de la carta. Sabe que Tess no estaba engañando.

—Era una adolescente. Lo ven todo en blanco y negro. Y no sabe por qué escribiste la carta — Javier suspiró—. Secretos familiares, John. Te carcomen. Los fantasmas siempre encuentran la manera de salir a atormentarnos.

John sabía que sus errores se estaban mezclando con lo que Javier estaba pasando. También sabía que Javier tenía razón. Pero contarle a Pen no era una de sus prioridades.

—Todo este tiempo —susurró Javier—. Tú eras el héroe desinteresado, y yo era el villano. Tess también era la villana. Durante más de diez años. No sé cómo responder.

John se secó los ojos. —No es por mí. Te lo dije, no estoy enfadado con ninguno de vosotros. Me lo hice a mí mismo. Pero tal vez sea hora de dejar de lado las etiquetas de héroe y villano. Tal vez la idea de que las cosas son siempre blancas o negras también debería retirarse. Debido a mi gran imperfección, intento ver a las personas desde múltiples perspectivas, incluso a aquellos que me han hecho daño. Nadie es completamente malo o bueno. Dicen que las personas heridas, hieren a otras, y sé que es verdad. Especialmente hacemos daño a quienes más amamos. Los decepcionamos porque se arriesgan a amarnos. Pero no siempre es intencional. A veces, les hacemos daño por miedo a que descubran quiénes somos en realidad y nos rechacen a nosotros y a nuestras debilidades. Nuestros miedos son los que cortan tan profundo. Irónicamente, nuestro mayor miedo es que aquellos a quienes amamos dejen de amarnos.

John se agachó y apretó el hombro de Javier.

—Quizá por eso tu padre e Inés os ocultaron su secreto a ti y a Antonio. Les costó caro y debió haber sido una carga terrible. Pero intentaron criarlos a ti y a Antonio como los hermanos que sois. Os dieron recuerdos el uno del otro en su vida cotidiana en Madrid y en la granja, rodeados de una familia que os amaba incondicionalmente. Eso es lo mejor que pudieron hacer. Y lo hicieron por amor, no por malicia. Si tienes razón sobre todo esto, ahora tienes un hermano, uno de verdad. Y sobrinas. Mateo tiene primos, no solo abuelos y tíos ancianos. Tiene a Pen, sí. Pero cuando tú e Inés os hayáis ido, Mateo tendrá una familia que comparte la sangre que corre por sus venas y las de sus futuros hijos. Tal vez no tenga derecho a decir esto, pero puedes verlo como un regalo y aceptarlo en lugar de preguntar «por qué». Porque, al final, ¿realmente importa el «por qué»?

Javier se quedó mirando fijamente su cerveza. Parecía enfadado y triste a la vez. Habían pasado por mucho en este Camino. Un trayecto que se suponía que iba a ser sobre Tess se había convertido en algo con lo que ninguno de los dos contaba.

—Déjame preguntarte algo. ¿Le has contado todo esto a mi prima? ¿Sabe Isabela cómo trataste a tu mujer? —preguntó Javier, con una mirada de puro odio.

John respiró hondo, sorprendido por la pregunta.

—No. No hemos tenido esa conversación.

—No lo creo. El exmarido de Isabela le hizo mucho daño e hizo algunas de las cosas que tú hiciste.

¿Cómo crees que se sentiría al enterarse de esto?

—No lo sé —susurró John—. Ella me contó sobre su exmarido. No estoy del todo seguro de que sea lo mismo, pero estoy cansado de los secretos. Si esta relación llega más lejos, se lo diré.

Javier asintió y luego se levantó como si llevara una roca antes de declarar que necesitaba espacio.

Dejó a John sentado en la cafetería y se alejó sin decir una palabra.

John pagó la cerveza y el almuerzo que no se había comido y se dirigió a la iglesia que había junto al hotel. Recordaba los movimientos apropiados, como la memoria muscular de asistir a la iglesia con su profundamente fiel abuelo Charlie. Él y Tess decidieron criar a sus hijos sin religión formal. Creían que Charlie y Pen podían ser buenas personas sin un dogma como ancla. Pero, hoy, John se refugió en lo conocido. Se dirigió al frente de la iglesia, se santiguó, cayó de rodillas e inclinó la cabeza.

—Ya no puedo soportar todo este peso. ¿Cuándo podré dejarlo? Por favor, Dios, ayúdame. Necesito paz. Necesito perdón. Necesito alivio —rogó—. Y necesito amor. De alguna manera, este no puede ser el final para mí. ¿Voy a vivir el resto de mi vida solo como penitencia? ¿Es esta la sentencia por mi crimen? —lloró John—. Por favor, ayúdame a encontrar mi camino. Ayúdame a saber qué hacer. Y por favor ayúdame a apoyar a Javier.

John se levantó para irse. Mientras caminaba lentamente por el pasillo hacia la parte trasera de la iglesia, notó que Javier también estaba allí, con la cabeza inclinada, orando en una capilla lateral. De alguna manera, los dos hombres se habían encontrado en el mismo lugar, buscando respuestas. John no le molestó mientras regresaba al hotel, dejando a Javier en su conversación con Dios.

# PARTE IV
## POR MI CUENTA

# VEINTICINCO

## OTRA MONTAÑA QUE ESCALAR

John se despertó y le escribió un mensaje de texto a Javier mientras recogía sus cosas. La calidez de la habitación del hotel era difícil de dejar atrás en ese día húmedo y ventoso de otoño en las afueras de León. Acostumbrado a vivir bajo el sol de Arizona, John enfrentaba el clima cada vez más frío del Camino con aprensión. Pero no era solo el clima; algo había cambiado entre Javier y él. No había visto a Javier desde su conversación la tarde anterior, pero John lo sentía. Después de veinte minutos y sin respuesta, John se puso el abrigo y la mochila, bajó a la habitación de Javier y llamó a la puerta. El silencio fue su única respuesta.

John bajó al vestíbulo y se sentó en el sofá cerca de la recepción. Esperó antes de volver a escribirle a Javier. Cuando el otro hombre finalmente apareció, no iba vestido para hacer el Camino, y su mochila no estaba a la vista.

—¿Qué pasa? —preguntó John, confundido.

—Siento tener que decírtelo, pero mi Camino se acaba aquí —dijo Javier, con naturalidad. Tendrás que completar las últimas semanas por tu cuenta.

—¿Qué? —preguntó John, confuso—. ¿Es por lo que te conté ayer?

Javier suspiró—. En realidad, en este momento tengo demasiadas cosas importantes que requieren mi atención. Anoche hablé con mi abogada. Tengo algunas cosas que hacer antes de que lleguen los resultados del ADN y antes de hablar con Inés. Si camino a Santiago contigo, no tendré tiempo para prepararme para lo que viene.

—¿Cómo? —preguntó John.

—Ahora ya sabes cómo hacer el Camino —aseguró Javier—. Puedes hacerlo solo. Sigue las flechas amarillas, como siempre. Yo debo volver al País Vasco y poner mi casa familiar en orden. No te estoy pidiendo que lo entiendas. Pero es algo que debo hacer ahora.

John lo entendió. Por supuesto que sí. Pero echaba de menos la confianza que Javier parecía haber tenido. Durante las últimas tres semanas, había seguido sin pensar el liderazgo de Javier caminando por este sendero del Camino. Ahora, tendría que averiguarlo por sí mismo. John recogió su mochila y agarró sus bastones.

—Buen Camino —dijo Javier antes de girarse hacia el ascensor y regresar a su habitación.

La lluvia caía a cántaros por las ventanas, y un río de agua corría desde el tejado hasta las jardineras del patio. John salió por el vestíbulo y se quedó bajo el refugio de los antiguos claustros. Hurgando en su mochila, sacó su ropa de lluvia y se la puso. Encogiéndose de hombros bajo el peso de su mochila, abrochó las correas y marchó por la tranquila calle empedrada del antiguo centro histórico. John miró a la derecha, luego a la izquierda. No había flechas amarillas a la vista. Tal vez era una señal. Como Javier, John podía simplemente alquilar un coche y detener esta locura. «Ocúpate de los negocios lo más rápido posible». Esa frase le pasó por la cabeza. Su hija lo necesitaba. Podía sentirlo. Tal vez la falta de flechas era una señal.

Durante semanas, las flechas amarillas habían aparecido por todas partes en cada pueblo y ciudad por la que habían pasado: en rocas, aceras y edificios. Incluso, algunas flechas amarillas grandes habían sido pintadas con torpeza en medio de la carretera. Pero ahora, no había ninguna. Era como si Javier se las hubiera quitado todas en mitad de la noche para burlarse de él. John decidió caminar hacia la derecha, de vuelta hacia la Catedral. Seguramente, las flechas estarían en esa parte esperándole a él y a todos los demás peregrinos de allí.

En la Catedral encontró su primera flecha del día antes de darse cuenta de que le apuntaba de vuelta por donde acababa de llegar. Estaba caminando en círculos.

—Me estás tomando el pelo —dijo al cielo sombrío mientras la lluvia caía con más fuerza sobre él. John se encogió aún más bajo su impermeable y regresó con dificultad por donde había venido.

La luz se asomaba por el horizonte mientras la ciudad despertaba. Los coches salpicaban al pasar junto a John, empapándolo a la altura de los tobillos. Tanta agua caía del cielo que John apenas notó el agua que subía desde abajo como una línea de luces traseras rojas que iluminaban su solitaria marcha por la ciudad.

Parecía que León no iba a terminar nunca mientras seguía el camino, principalmente por la acera. John prestó mucha atención a las señales del Camino mientras caminaba durante las siguientes dos horas. Buscando otros peregrinos a los que seguir para confirmar la dirección correcta, parecía ser el único caminando fuera de León en esa mañana lluviosa de mediados de octubre. Todos los demás peregrinos, junto con Javier, habían desaparecido.

«Maldito Javier». ¿Por qué tuvo que dejar plantado a John? Se suponía que iban a hacerlo juntos. Ese era el trato. Pero le había abandonado. John recordó la tarde anterior y su conversación en la cafetería. No era asunto de Javier de todos modos. John intentó hacer que el hombre entendiera que a veces, incluso la buena gente hace cosas que duelen. Pero esta mañana parecía que la admisión de Javier era que era una mala persona que había hecho daño a Tess. Y, por extensión, a Javier. John no podía controlar cómo actuaba el otro hombre, pero deseaba que Javier pudiera ver más allá de sus acciones y centrarse en lo que John estaba tratando de decir. La reacción de Javier fue demasiado cercana a lo que John ya sentía. La dura crítica de Javier activó rápidamente el autodesprecio de John en el día más miserable de su Camino.

Caminando penosamente durante horas bajo la lluvia y el viento, John finalmente llegó al Hospital de Órbigo. El puente de piedra data del siglo XIII mucho antes de que las tropas de la ciudad detuvieron a Napoleón y a su ejército en su conquista de España. A pesar de su equipo de lluvia, John estaba mojado y con la piel pegajosa. Mientras cruzaba el famoso puente, su único pensamiento era el de una habitación cálida con una ducha caliente, ropa seca y ropa interior.

Finalmente, limpio y caliente, John se sentó en su habitación de 50 euros y examinó su situación. Había pasado el día completamente solo, su primer día en este Camino. Usualmente cómodo con su propia compañía, John había llegado a depender de las intervenciones de Javier sobre la historia española y las anécdotas culturales locales. El puente que acababa de cruzar no se parecía a nada que hubiera visto antes. Pero no tenía ni idea de quién lo había construido ni por qué. Tendría que buscarlo durante la cena. La cena de esta noche sería otro rato solitario. Parecía que era la única persona que se quedaba en su pensión.

John bajó las escaleras mientras el propietario limpiaba vasos en la barra más por costumbre que por necesidad. Se saludaron mientras John se abrigaba contra el frío húmedo y se marchaba a buscar comida en un lugar más acogedor. De camino, pensó en llamar a Isabela o a Pen, pero no quería hacer preguntas sobre cómo estaba Javier. No tenía ni idea de dónde estaba el hombre en ese momento, y no quería tener que mentir.

Al final, su cena no tuvo nada de especial. Tres platos de la misma ensalada de atún, filete de pollo con patatas fritas y un postre de tarta de Santiago. El típico menú del peregrino. Era rico en calorías y proteínas, los dos amigos de cualquier peregrino. Después de semanas, la familiar combinación proporcionaba poco placer culinario. Mientras tomaba café, John se preguntó si debía continuar su camino. No necesitaba terminarlo. Tess no había dicho esto en su carta. Solo le había pedido que esparciera sus cenizas a lo largo del Camino, y él lo había hecho en los lugares que ella especificó. Pero la llama del Camino que había comenzado en Saint-Jean ardía ahora con más fuerza. Estaba más cerca del final que del principio. Javier tenía razón. Necesitaba hacer esto hasta el final por su cuenta y terminar lo que había empezado. El corcho de Isabela seguía en su bolsillo, y lo acariciaba una y otra vez, como un talismán. La pulsera del monje aún adornaba su muñeca, y la tocaba con los dedos en las pausas del café. John no creía en tales cosas, pero la combinación de las dos lo hacía sentirse menos solo.

Mientras regresaba a la pensión por las oscuras y húmedas calles del casco histórico, John se detuvo en silencio a la luz de una farola que goteaba sobre los adoquines. Estaba en España, caminando por lugares por los que su mujer e hija habían pasado una década antes. Sin embargo, John ya no era el mismo hombre que cuando hicieron el Camino. Apretando el corcho, John supo que Isabela tenía razón; ni siquiera era el mismo hombre que había comenzado este viaje hace más de tres semanas. Quizás ya no sería el mismo hombre que entró en Santiago. Subiéndose la cremallera de la chaqueta hasta el cuello para abrigarse, John volvió a su pensión. Un par de montañas le despertaron antes de llegar a casa.

# VEINTISÉIS

## CAVANDO EN LA TIERRA

Javier condujo el coche de alquiler por la larga carretera de grava que lleva a la granja de ovejas que heredó de su tocayo, el tío Javier. El hermano de su padre y su confidente más cercano, los dos habían sido los mejores amigos desde la infancia, crecieron en los viñedos de La Rioja. La granja era donde su sobrino, el Dr. Javier, comenzaría su búsqueda de la verdad.

Como le dijo a John en el vestíbulo, después de su conversación en la cafetería, Javier volvió al hotel y llamó al abogado de su padre en Madrid. Tras la muerte de su padre, Javier se había hecho cargo de los asuntos familiares, ya que su madre, María, no estaba en condiciones de deshacer el complicado juego de cuentas establecido por su marido en previsión de su eventual fallecimiento. Había numerosas cuentas bancarias y legados benéficos, inversiones significativas con ingresos dedicados a mantener el estilo de vida de su madre. Sin embargo, María era rica por derecho propio. No necesitaba el dinero. Javier dejó gran parte del papeleo en manos del abogado, don Rubén Alcor Ortega, quien le explicó que su padre había pensado en todos los escenarios y que no debía preocuparse por demasiados detalles. Pero ahora, los detalles importaban, y el abogado era viejo. Tras reiteradas peticiones de respuestas, el anciano reveló por fin información que había ocultado anteriormente. Javier supuso que lo hacía por lealtad a su cliente y amigo. Pero la lealtad tenía sus límites. Javier se aseguró de que el viejo abogado lo supiera.

Como su padre, Javier era un hombre paciente. Esperó tranquilamente en la línea mientras el anciano caballero se tomaba un trago de cualquier bebida de la que disfrutaba por la noche. Finalmente, tras una tos importante, el abogado sacó a relucir un secreto que podría ser la clave de todo el misterio.

—Como sabes, mi obligación es con mi cliente. Tu padre dejó instrucciones estrictas sobre su muerte, y yo seguí la carta. Por favor, no infieras que violé la ley, mi amigo, porque también seguí la letra de la ley tal como estaba escrita en ese momento. Verás, las cosas han cambiado ahora, pero eso no es de mi incumbencia. Como era mi deber, ejecuté las últimas voluntades y el testamento final de tu padre.

Javier suspiró. —No estoy sugiriendo que haga nada ilegal, don Rubén. Sin embargo, necesito respuestas, y las necesito rápido. Entiendo las leyes de herencia. También sé que hay maneras de que las cosas circulen mientras una persona aún vive: la propiedad o los fondos donados por una razón u otra. Dinero que encuentra su camino a otra parte. Secretos que se entierran silenciosamente para no avergonzar a una familia en buena posición social cuando una persona muere. Quizás para asegurar que la reputación permanezca intacta. No me importa tanto la propiedad o el dinero. Lo que necesito saber son los secretos.

El anciano tosió una vez más. Javier oyó crujidos, imaginó al viejo abogado en su biblioteca de paneles de madera de Madrid, embozado en su bata de seda, con un puro cubano ardiendo en el cenicero, mientras rebuscaba entre los papeles de un armario. El abogado volvió al teléfono.

—Está bien, está bien —dijo, su voz áspera recuperando su familiar tono autoritario—. Hace años, tu padre insistió en que guardara algunas cajas para él en mi oficina. Nunca miré dentro. Debían enviarse a su hermano tras su muerte —se escuchó cómo crujía más papel —. La dirección, si puedo llamarla así, estaba en el País Vasco... alguna granja. Tuve que contratar un servicio para entregarlas allí. No era barato. Ni siquiera Correos o Amazon entregarían paquetes desde tan lejos, incluso hoy en día.

Javier contuvo la respiración. —¿Envió las cajas de mi padre a mi tío a la granja de ovejas? —preguntó.—Sí. Creo que ese es el lugar. De todos modos, no tengo ni idea de lo que les pasó después de eso, así que no me preguntes. Nunca más supe de ellas por parte de él. El recibo firmado que me devolvió mostraba que le llegaron. Está en mis archivos, así que no puedes acusarme de deshacerme de ellas de ninguna otra manera.

—¿Y no tiene ni idea de lo que había en esas cajas? —preguntó un frustrado Javier. El hombre dosificaba la información como una caja fuerte cerrada. Esperando a que Javier hiciera las preguntas correctas.

—No, no lo sé. Las cajas eran posesiones de un cliente. Nunca miré dentro. Ahora que lo pienso, parecían pequeños ataúdes y estaban clavadas. Cada una de ellas era muy pesada. Necesitaron dos hombres para llevárselas.

Javier se lo pensó un momento. —¿Así que las cajas eran de madera? ¿Hay algo más que quiera decirme?

El anciano respiró profundamente en el receptor antes de responder como si considerara cuidadosamente sus siguientes palabras. —Ve a la granja, Javier. Mira lo que encuentras. Luego, llámame —La llamada se cortó.

Javier se sentó en la cama del hotel del antiguo convento de León. Su Camino había terminado.

# VEINTISIETE

## NO ES LO QUE PENSABA

El mal tiempo continuó con lluvias torrenciales a la mañana siguiente. La ropa de John aún estaba húmeda del día anterior, y había charcos en el suelo de su habitación mientras su forro polar goteaba durante toda la noche. Escurriéndolo en la bañera una vez más, no lo usaría tampoco en este día frío y húmedo, caminando mojado desde Astorga.

Arrastrando su mochila y sus bastones por la oscura escalera, John pronto se enteró de que en su pensión no servían desayunos, ni siquiera café. Abrochándose las polainas y poniéndose la mochila, John luchó solo con su poncho para la lluvia. Dejó la llave de la habitación en la barra y salió de la relativa calidez de su alojamiento. Era hora de buscar comida antes de salir de la ciudad. ¿Quién sabía cuándo podría presentarse su próxima oportunidad de sustento?

La oscuridad de primera hora de la mañana hizo que encontrar una cafetería fuera mucho más fácil, ya que la luz fluorescente se derramaba por las ventanas de los establecimientos abiertos. Un bar con un cartel descolorido y comida atrajo a John cuando entró y se quitó la mochila. Otra peregrina disfrutaba de un café en una mesa cercana y John la saludó con la cabeza. Luego, pidió uno para él, como había oído hacer a Javier cientos de veces antes. El camarero gruñó, pero se volvió para preparar el café y el cruasán de jamón y queso que había pedido.

Mientras la peregrina le saludaba, John se dio la vuelta y esperó el café.

—Buenos días —le saludó ella.

—Buenos días —dijo John—. Lo siento. No hablo español.

—No te preocupes —dijo ella—. Yo tampoco lo hablo bien. Soy francesa.

John la examinó más de cerca, con su tez color café y sus ojos marrones. Al igual que Estados Unidos, Francia también es un crisol de culturas.

John cogió su comida y su café y preguntó a la peregrina si podía acompañarla. Ella asintió, luego se limpió las manos en una servilleta y le tendió una después de que él hubiera puesto los platos en la mesa.

—Soy Gaelle. Encantada de conocerte.

John sonrió, estrechándole la mano. —John, el americano. Encantado de conocerte.

—¿Dónde empezaste tu Camino? —preguntó ella.

—Hace tres semanas, en Saint-Jean. ¿Y tú?

Ella tragó su cruasán. —En Le Puy. 800 kilómetros antes de Saint-Jean.

Los ojos de John se abrieron con sorpresa. —¡Vaya! Eso es mucha caminata.

La sonrisa de Gaelle arrugó su rostro pecoso. —Sí. Ha sido un largo viaje. En solo dos semanas más, terminaré

John bebió un sorbo de su café con leche caliente. —¿Has caminado sola desde Le Puy?

Gaelle asintió. —Sí y no. A veces, camino con gente durante unos días. Pero luego se quedan en un lugar por un día extra, o yo podría quedarme en otro sitio también. Nos perdemos la pista. Pero he conocido gente maravillosa en este viaje. A veces, veo peregrinos más de una vez en diferentes momentos. Pero esto no se trata tanto de caminar con otra gente como de estar conmigo misma. Sanando viejas heridas.

John asintió. No había pensado mucho en eso en su Camino, habiendo caminado con Javier la mayor parte del tiempo. Gaelle sonrió.

—¿Por qué querías hacer el Camino, John?

John no había revelado sus razones para caminar, sus verdaderas razones. Sí, Tess quería que esparciera las cenizas. Pero esa no era la razón por la que él estaba allí. John todavía no estaba seguro de entender lo que era, pero sabía que estaba más cerca de descubrirlo ahora que estaba solo.

—No estoy del todo seguro —le dijo a Gaelle. Ella sonrió. —Por ahora.

—¿Disculpa? —dijo John, confundido.

—Por ahora no estás del todo seguro. Creo que lo descubrirás muy pronto.

—Hablas como mi amigo Javier —dijo—. Caminamos juntos hasta León. Pero tenía algo importante que hacer y se fue ayer. Dijo que necesitaba terminar esto solo.

Gaelle terminó de comer y recogió sus cosas para marcharse.

—¿Te gustaría algo de compañía hoy? —preguntó él, como un cachorro perdido—. ¿Camino a Astorga?

Gaelle se detuvo y estudió a John. —No lo creo. Tu amigo tiene razón. Sería mejor que pasaras un tiempo a solas. Es la única manera de resolver las cosas.

Gaelle se puso su equipo y sonrió a John mientras terminaba su desayuno. —Quizás nos veamos en el camino —Luego se fue sin decir otra palabra.

John la observó marcharse. ¿Qué acababa de pasar? ¿Era este su karma? Al final, siempre se encontraba solo. Terminando su desayuno, John recogió sus platos y los dejó en la barra, dejando el dinero del café y el cruasán. Se puso su mochila, recogió sus bastones y se dirigió a la puerta. Mirando hacia atrás, el camarero estaba absorto en una conversación con el único cliente. Nadie pareció notar su partida. En ese momento, no le importaba a nadie.

# VEINTIOCHO

## DEBEN ESTAR POR AQUÍ

Javier registró la casa, revolviendo armarios y despejando debajo de las camas. Parecía que su tío había guardado casi todo lo que había poseído: cada trozo de papel o clip. Fue lento mientras Javier leía viejos diarios y libros de contabilidad. El anciano fue, según leyó un mujeriego en sus años más jóvenes, ya que guardaba un alijo de cartas atadas con diferentes cintas de colores de mujeres con las que se había carteado. Una parecía ser de la esposa de un granjero vecino que le escribió con una regularidad algo explícita durante los años 60 y 70. Javier no tenía ni idea de la correspondencia de su tío, pero por las referencias del escritor, parecía que el tío Javier era un amante prolífico. Si era la mujer en la que estaba pensando, desafió su imaginación pensar en ella así, habiéndola visto solo con botas de goma, un delantal y su pelo gris recogido bajo un pañuelo. Imaginar a su tío de esa manera hizo sonreír a Javier. Quizás era una característica en la familia y por eso su tío no juzgó las indiscreciones de su hermano con demasiada dureza. Tal vez esta era la razón por la que la granja de su padre, para Eduardo, era el lugar más seguro para guardar las cajas secretas.

Cayó la oscuridad mientras Javier estaba de pie en el dormitorio que su tío había ocupado durante décadas. Le dolía la espalda al estirarse y bostezar. El viejo suelo de madera crujió bajo sus pies. ¿Dónde podrían estar estas cajas? ¿Qué aspecto tendrían? Y después de encontrarlas, ¿qué contendrían? Javier recordó las dependencias en la propiedad. Había diez o más que necesitarían excavación. Pero esta noche no era el momento. Necesitaba comida y una buena noche de sueño antes de abordar la primera de ellas.

A la mañana siguiente, Javier eligió la más cercana a la casa y se pasó el resto del día sacando trastos fuera y escupiendo telarañas por la boca. Pero, al anochecer, no estaba más cerca de descubrir la verdad.

# VEINTINUEVE

## MÁS ALLÁ DE ASTORGA

John paró para almorzar en Astorga, pero siguió hasta Murias de Rechivaldo. Se encontró con otros peregrinos en Astorga, pero ignoró sus consejos de quedarse a pasar la noche y visitar la Catedral y el Museo Gaudí. John no estaba de humor para ser turista. Su Camino Francés era correcto, y así era el de Javier. Esta parte de su Camino requería soledad.

Por primera vez en más de tres semanas, sus pies comenzaron a darle problemas: una gran ampolla se formó en su talón derecho. La lluvia y sus calcetines mojados aseguraron que su miseria continuara. Cojeó hasta el pequeño pueblo, preguntando por un albergue local y pidiendo su única habitación privada. John se sintió decepcionado al saber que ya estaba ocupada. Su única opción sería una cama en la habitación grande llena de literas, o podría intentar otro albergue. «Los mendigos no pueden elegir», oyó la voz de su abuelo.

John se aseguró una cama para pasar la noche. Disfrutó de una ducha caliente de cinco minutos y algo de ropa seca y cálida.

—Estás cojeando —observó la anfitriona—. ¿Estás herido?

John sonrió. —No. Tengo una ampolla por toda la lluvia que ha caído. ¿Hay alguna farmacia cerca? La mujer negó con la cabeza. —No tenemos farmacia en este pueblo. Pero, incluso si la tuviéramos, hoy es festivo. No estaría abierta. ¿Tienes vendas y algo para desinfectar?

John negó con la cabeza. Javier tenía su botiquín de primeros auxilios. John se había olvidado de pedírselo después de anunciar su sorprendente abandono del Camino.

—Espera, déjame terminar algo. Puedo ayudarte en quince minutos. Siéntate en el salón.

—No te preocupes por eso —John intentó restarle importancia con un gesto—. Seguro que estaré bien.

La mujer hizo una mueca. —Una vez que te sale una ampolla, no mejora así como así. No con este tiempo. Si tienes una infección tan lejos de Santiago, no se curará fácil. Y, además, todavía te quedan dos montañas por subir. Siéntate en el salón. Te traeré lo que necesitas.

A John no le gustaba depender de otras personas, pero hizo lo que le indicaron, compró una bolsa de patatas fritas de la máquina expendedora y se sentó a esperar junto con un par de peregrinos daneses que gritaron al televisor mientras veían un partido de fútbol. John no entendía ni una palabra de fútbol. Incluso cuando Pen jugaba al fútbol, él nunca entendía nada excepto cuando marcaban un gol. El béisbol había sido lo suyo y el deporte de su padre. John iba a los partidos de Pen para apoyar a su hija, no porque amara el deporte.

Como prometió, la anfitriona del albergue llegó a tiempo con un caja de plástico lleno de suministros médicos. La mujer le quitó las chanclas y le examinó el pie.

—Fui enfermera antes de jubilarme. Lo mejor sería que enhebrara la ampolla con hilo empapado en alcohol para esterilizarla. Luego, la drenaremos y la vendaré.

Sus manos enguantadas y capaces realizaron la tarea con eficiencia mientras John observaba cómo lo pinchaba con la aguja de coser, tratando de no inmutarse. Después, la mujer pareció satisfecha con su trabajo manual.

—Listo. Debería empezar a curarse, y si lo mantienes vendado mientras caminas, no tendrás que preocuparte por una infección.

John le dio las gracias y ella le hizo un gesto. —Es el final de la temporada. Tienes suerte de que todavía me queden suministros. Deberías recoger algo de la farmacia en Rabanal mañana antes de cojear hasta Foncebadón, y deberías ir a la pequeña posada para pasar la noche. Las condiciones son duras y rocosas desde Cruz de Ferro hasta Molinaseca. Hazme caso.

Al día siguiente, John siguió su consejo y paró en la pequeña farmacia de Rabanal antes de cojear hacia Foncebadón y una pequeña posada para pasar la noche. Mientras miraba por la ventana la nevada, a John no le apetecía la helada caminata del día siguiente desde la Cruz de Hierro.

# TREINTA

## ¿DÓNDE PUEDEN ESTAR?

Javier estaba dolorido por haber excavado los viejos cobertizos de piedra de la propiedad. Había pasado de uno a otro, y aun así no había podido encontrar el lugar donde su tío había guardado las cajas de su padre. ¿Dónde las habrá puesto el tío?

Después de su tenso intercambio en el vestíbulo del hotel en León, John no se había puesto en contacto con él, y Javier tampoco lo hizo. Mientras rebuscaba entre los cobertizos, Javier había tenido tiempo para reflexionar sobre su conversación en la cafetería y lamentó su reacción. John reveló su infidelidad a Javier en un intento de ayudarlo y conectar con él. Podía ver que contar la historia fue difícil para John. El hombre parecía atormentado por lo que había hecho, tanto que había permanecido célibe durante diez años después de la muerte de Tess. Javier sintió que estaba siendo terrible por eso. En ese momento, John no tenía ninguna razón para mentir. Entonces, ¿por qué las revelaciones de John habían provocado a Javier? ¿Por qué estaba enfadado con John por algo que había sucedido mucho antes de que Javier conociera a Tess? El matrimonio es complicado. El matrimonio había sido entre John y Tess. No era asunto suyo.

Javier se sentó en el jardín de rosas, observando la puesta de sol mientras bebía una cerveza, el rosal donde depositaron las cenizas de Tess yacía a sus pies.

—¿Crees que fui demasiado duro con John? —le preguntó al rosal—. ¿Debería llamarlo?

¿Por qué se sorprendió cuando no hubo respuesta? Por supuesto que Tess se había ido, y él estaba solo. Pero si él llamaba, ¿qué diría? Lo siento, te abandoné en una búsqueda salvaje para encontrar cajas misteriosas que pertenecen a mi padre y que no parecen existir.

—¿Qué piensas, mi amor? ¿Dónde estarías tú si fueras unas viejas cajas de madera llenas de secretos familiares?

Javier oyó a uno de los perros ladrar sin parar hacia el granero. Con la cerveza en la mano, se dirigió desde la casa hacia el granero. Fue un camino largo después de un día pesado. La temporada de partos invernales aún no había comenzado, y la mayor parte del trabajo de esos días tuvo lugar en los cobertizos de ordeño. El granero estaba vacío cuando llegó, excepto por el gigante mastín ladrando a un pequeño gatito atigrado gris que maullaba desde el techo del cobertizo del granero. Estaba apilado con aperos de labranza oxidados. Javier acarició al perro que gimoteaba y luego le habló al gatito.

—¿Cómo has llegado hasta allí tú solo? ¿Te persiguió hasta allí?

Una escalera antigua y desvencijada se apoyaba en la pared del granero, y Javier la probó, tanteando el primer peldaño. ¿Soportaría su peso? Si se caía, no había forma de saber cuándo alguien lo descubriría. Revisando su bolsillo para ver si tenía el móvil, trepó. Al principio, el gatito estaba nervioso, saltó a una vieja pieza de equipo para esconderse. Pero luego ronroneó como si lo animara a acercarse. Javier levantó al mestizo pulguiento en sus brazos, lo acarició y tranquilizó al animal asustado. Lo metió dentro de su chaqueta y se la abrochó para que no se cayera al bajar. Javier miró a su alrededor. Equipos viejos y montones de chatarra llenaban la plataforma, formando el techo del cobertizo. Una lona manchada asomaba por debajo de una pila de pesadas cadenas. Javier tiró del extremo de una cadena, y el resto cayó, tambaleándose al borde del tejado. Se apoyó en el extremo de la lona para estabilizarse, y como por arte de magia, aparecieron cuatro viejas cajas de madera.

# TREINTA Y UNO

## UN CAMINO ROCOSO

En la oscuridad de la madrugada, John subió la montaña a través de la nieve desde Foncebadón hasta la Cruz de Hierro. Millones de peregrinos han visitado el lugar durante siglos. El montón de piedras cubierto de nieve se elevaba entre la niebla mientras el sol asomaba por el horizonte. John puso su piedra con las de los demás que formaban un gran montículo, sosteniendo la alta cruz en su lugar. Se maravilló de todas las ofrendas. Fotografías de seres queridos que habían fallecido o estaban luchando contra una enfermedad asomaban entre la pelusa blanca, piedras grabadas con mensajes de paz y esperanza o súplicas de perdón. John permaneció de pie un momento y pensó en Tess, esperando y rezando por ella allí. Ellos no sabían que ella necesitaría un milagro en ese momento. Se preguntó si ella se lo habría pedido a él,

¿seguiría con ellos ahora?

Otros peregrinos le habían dicho que este lugar sagrado hacía cosas a la gente; todos completaron el ritual a su manera. John se detuvo y bajó la cabeza, pidiendo ayuda o guía. Anhelaba alivio del constante dolor por aquellos que había perdido. El dolor por la muerte de su hijo lo había retorcido de una manera que alguien que no lo reconocía no podía entender, y su culpa por Tess era algo que vivía con él cada día. El arrepentimiento era el peor castigo imaginable como una camiseta de pelo permanente que el que la lleva se cree digno de quitarse. John sabía que no merecía dejar de sufrir por el resto de su vida a causa de una horrible elección. Tess lo entendió cuando ella le pidió que hiciera este Camino con Javier. Después de todo, su mujer nunca lo había juzgado tan duramente como él se había juzgado a sí mismo.

John bajó del montículo, secándose las lágrimas de sus mejillas heladas mientras recogía su mochila y se preparaba para su solitario camino por la traicionera ladera azotada por el viento. El camino a El Acebo se volvió aún más difícil a medida que el clima empeoraba. La lluvia helada y el viento lo azotaron hasta que finalmente llegó al pueblo con vistas al valle del Bierzo. John se detuvo en un café para secarse antes de continuar hacia la ciudad en el valle. El café era parte de una pensión regentada por una pareja estadounidense que parecía feliz de charlar con un conciudadano con una cerveza. Entonces, la puerta se abrió y la francesa, Gaelle, entró calada hasta los huesos. Sonrió cuando vio a John.

—Hola —dijo John.

—*Halo* —respondió ella en un inglés con un tono de canto y con acento francés mientras se quitaba la ropa mojada—. Me has ganado.

John se puso de pie en el edificio de madera destartalado para ayudarla con su mochila mientras ella se dejaba caer en la silla frente a él, agradecida por la oportunidad de descansar.

—¿Quieres tomar algo? —preguntó John. Gaelle suspiró con cansancio.

—Me vendría bien un café caliente. Estoy helada —tembló—. Fue brutal bajar desde la Cruz de Ferro.

John pidió una bebida caliente para ella. La trajo de vuelta a la mesa y ella envolvió sus dedos rojos alrededor de la taza antes de llevársela a los labios.

—Parece que te has adelantado desde la última vez que te vi en el Hospital de Órbigo —dijo ella—. Me sorprendió alcanzarte.

John tomó un sorbo de su cerveza. —Sí. No paré en Astorga ni siquiera en Rabanal. Ayer fui hasta Foncebadón.

—Me sentí un poco culpable ayer por no caminar contigo hasta Astorga. Pero, al ver tu cara, creo que fue para bien.

John sonrió. —Quizás —desplegó sus largas piernas y se estiró—. Ha sido un buen paseo hasta ahora. —Miró su reloj—. Pero necesito ponerme en marcha. Llevo aquí más de una hora y mis músculos se están tensando.

Gaelle frunció el ceño. —¿Te vas tan pronto?

John se puso su equipo, luego se deslizó su impermeable sobre sí mismo y su mochila. Finalmente, agarró sus bastones.

—Me gustaría llegar a Ponferrada hoy. Quiero lavar algo de ropa y dormir en una habitación de hotel cálida. Quizás tomar una comida que no incluya las palabras «menú del día» —se rio.

Gaelle sonrió con complicidad—. Lo entiendo. Quizás te vea en el camino.

—Tal vez —dijo John, saludando al grupo desde la puerta. Salió al cielo ominoso y a un sendero traicionero que bajaba la montaña hacia Molinaseca, enclavada en el valle brumoso de abajo.

# TREINTA Y DOS

## UNA LUZ AL FINAL

Pen se sentó en la mesa de la cocina bebiendo café en la casa que compartía con su marido, Mateo. Inés estaba de pie en su delantal floral, preparando una tortilla mientras Pen tragaba con dificultad su café con leche. Tenía muchas cosas en la cabeza estos días. El trabajo de sus sueños en el museo estaba resultando más desafiante de lo que Pen había anticipado. No era porque no estuviera cualificada. No importaba cuántas invitaciones amables hiciera a sus compañeros de trabajo para tomar un café o una copa después del trabajo, hacer amigos con colegas resultó estar más allá de su conjunto de habilidades. Incluso los compañeros que no se caían bien, preferían estar juntos antes que con Pen.

El jefe inmediato de Pen no parecía ser amable con ella, tampoco. Le llevó unos meses, pero recientemente, descubrió por qué era. Mateo sorprendió a Pen para almorzar un día; al ver a Mateo a través de la mampara de cristal de su oficina, su jefa, la mujer que apenas le hablaba a Pen y la criticaba por todo lo que hacía, se abalanzó sobre Mateo desde la puerta. Sin que Pen lo supiera, esta pícara fue al colegio con Mateo desde el preescolar hasta el instituto. Y, por lo que parecía, todavía estaba enamorada del marido de Pen.

Rápidas ráfagas de español aparecieron en el aire, múltiples besos en las mejillas y recuerdos rememorados: una interacción en la que Pen fue intencionalmente excluida, al menos por su jefa. Pero el rostro de Mateo también se iluminó al hablar de los viejos tiempos. Era como si ella fuera invisible para su marido; él era algún tipo que apenas conocía.

—¿Recuerdas a Lola de nuestra boda? —preguntó Mateo a Pen como si acabara de darse cuenta de que tenía una mujer—. Hemos sido amigos durante mucho tiempo.

No, ella no recordaba a esta criatura de su boda. Uno de los quinientos invitados, Lola no fue lo suficientemente notable como para destacar entre una multitud en uno de los días más felices de la vida de Pen. La asqueada Lola, que había hecho del trabajo de Pen una miseria diaria, pasó su brazo por el de Mateo y arrulló.

—Bueno, creo que podemos aclarar un poquito, ¿verdad? —dijo Lola mientras dirigía su sonrisa de cien vatios a Pen por primera vez—. Mateo era mi novio en el instituto.

La cara de Pen se puso roja brillante. «¡¿Novio?! ¡¿Esta horrible mujer era la novia de mi marido?!». La persona que descontó cada una de sus ideas. Cada contribución. Quien la hizo sentir como nada, una extraña, al puntuar cada frase que Pen pronunciaba para disculparse y descartarla. —Debes perdonarla. Es americana. Una guiri. Siempre una extranjera.

Pen nunca había oído a Mateo hablar de esta persona. Ahora sentada en su mesa de la cocina, se preguntó por qué. Claramente, eran lo suficientemente cercanos como para que Lola terminara en su lista de invitados familiares. Claro que al celebrar su boda en España significó que la lista de invitados de Pen era decididamente más corta.

Pen quería gritarle a su jefa: —¡Me gané este puesto! ¡Estoy más cualificada de lo que puedas imaginar! —pero no se atrevió. Además, después de ese día, Pen se preguntó si no era su currículum sino la conexión familiar lo que le había conseguido el trabajo en uno de los museos más prestigiosos del mundo.

¿Mateo tuvo algo que ver con la víbora de Lola? Pen cerró los ojos mientras su confianza recibía otro golpe.

—¿Cómo te sientes? —preguntó Inés, colocando la tortilla delante de Pen—. ¿Te apetece comer algo?

Pen negó con la cabeza—. Gracias, Inés. Pero creo que me quedaré con mi café.

«¿Dónde estará mi papá?», se preguntó. Pen quería darle espacio en el Camino, pero Mateo había estado tratando de contactar a Javier durante los últimos días y sus mensajes de texto no habían sido respondidos. Pen se preocupó de que algo les hubiera pasado, y nadie sabía dónde estaban. Llamaría a Isabela más tarde. Quizás ella sabría qué estaba pasando.

La llegada de Mateo a la cocina sacó a Pen de su preocupación por su padre.

—¿Te encuentras mejor? —preguntó a su mujer mientras aceptaba el café que Inés le ofrecía.

—La verdad es que no —dijo Pen, con un tono miserable—. No consigo quitármelo de encima.

Me voy a tomar un día de baja por enfermedad.

—¿Crees que es estrés? Apenas dormiste anoche, dando vueltas y vueltas. Parecía que estabas durmiendo junto a una lavadora. ¿Quieres que te examine?

—¡No! —suplicó Pen—. Solo necesito descansar.

Se levantó y fue al fregadero a lavar su taza y su plato.

—Vale —Mateo frunció el ceño—. Bueno, te veré más tarde. Tengo una cita temprana con mi primer paciente.

Bebió rápidamente el resto de su café, besó la cabeza de Pen y dio las gracias a Inés antes de salir corriendo.

Inés cogió la taza de Pen, la secó en el paño de cocina y volvió a guardarla en el armario.

—¿Cuándo se lo dirás?

—¿Decirle qué? —susurró Pen, inconscientemente colocando una mano protectora sobre su estómago mientras evitaba deliberadamente mirar en dirección a Inés.

Inés sonrió, le acarició el hombro, pero no dijo nada.

—Ni siquiera me he hecho una prueba todavía —le dijo a la mujer mayor.

Inés suspiró—. Tengo que ir a comprar esta mañana. —Alcanzó su delantal y sacó un caramelo de jengibre—. Toma. Esto te ayudará con las náuseas, y te prepararé un poco de té de jengibre. Mientras esté fuera, pasaré por la farmacia y compraré una prueba. Después, puedes decidir cuándo se lo dirás a Mateo y a tus padres.

Pen asintió. Se sintió diez años más joven. Pen amaba y apreciaba a Inés, pero esto era más de lo que ella necesitaba de su madre, el dolor dejado que sentía por la ausencia de Tess creció hasta que las náuseas la abrumaron y vomitó en el fregadero. Inés le sujetó el pelo, luego le tendió el paño de cocina mientras Pen se limpiaba la boca.

Ya estaba luchando en el trabajo, y las noticias de un bebé harían las cosas más difíciles después de que Lola la pícara descubriera la noticia. Pen quería hablar con su padre sobre todo esto. Necesitaba su perspectiva tranquila. ¿Dónde estaba en el Camino y por qué no había respondido a sus mensajes?

# TREINTA Y TRES

## SUFICIENTE PARA LLENAR UNA BIBLIOTECA

Javier encontró una barra de hierro oxidada y la deslizó bajo el borde de la primera caja. La abrió con todas sus fuerzas mientras los clavos chirriaban contra la madera. Era como si su padre le advirtiera que no expusiera sus secretos. Para que lo que había dentro no viera la luz del sol, despegó la tapa y la dejó a un lado. Pilas de libros de cuero negro llenaban el interior. Pesaba demasiado para bajarlo por la vieja escalera. Cogió el primer libro, abrió el viejo cuero y descubrió páginas de escritura de su padre. En la cubierta interior había una fecha: 9 de enero de 1960.

Rebuscando entre los montones de libros de cuero negro, Javier descubrió que su organizado padre los había colocado allí por fecha. Como una cápsula del tiempo, era como si se estuviera preparando para que lo desenterraran en algún momento en el futuro, y Eduardo quería salvar al lector tiempo. Javier empujó la primera caja a un lado, luego abrió la segunda caja. Más libros negros llenaban el espacio.

Javier sacó la tercera caja del pequeño espacio donde había estado escondida durante décadas. El gatito escondido en su camisa protestó al resbalar contra un viejo colchón de muelles.

—Lo siento, *brujita* —dijo, acariciando el bulto maullador en su camisa—. Ya casi hemos terminado aquí.

Cogió una carga de los viejos libros negros, y con cuidado de no aplastar a su nueva amiga, Javier subió por la vieja escalera, rezando para que aguantara el peso extra. Luego, el gatito y él volvieron a la casa.

Dentro de la cocina, Javier colocó los libros sobre la mesa de la habitación de techo bajo. Luego, sirvió un plato de leche y sacó al gatito dormido de su camiseta. No estaba muy contenta hasta que descubrió que le esperaba comida. Javier la acarició mientras ella ronroneaba como un motor de avión, contenta por la compañía.

—Eres mi amuleto de la suerte, pequeña *brujita*. Sin ti, nunca habría encontrado las cajas. Tenemos mucho que leer, *brujita*. Juntos, creo que vamos a descubrir la verdad.

Javier se sirvió una copa de vino, luego se sentó y abrió el primero de los diarios de su padre, que comenzó mucho antes de que él naciera.

# TREINTA Y CUATRO

## EL DUELO DEL ADIÓS

Llegar a la ciudad llevó el doble de lo esperado. Después de torcerse el tobillo varias veces en rocas resbaladizas, John finalmente se abrió camino hasta la acera que lo llevó a Molinaseca y luego a Ponferrada. El castillo templario de la ciudad se alzaba entre las cordilleras de León, Cantabria y Lugo en El Bierzo, un antiguo reino con una historia casi mítica.

Finalmente, John se sentó en una cafetería cálida en la Plaza Virgen de la Encina. El clima había empeorado cuanto más descendía de la montaña. La temperatura apenas superaba el punto de congelación, y profundos surcos desgastados en el pavimento dirigían torrentes de agua desde lo alto de la calle mientras una lluvia con nieve caía del cielo.

Después de entrar cojeando a la cafetería y dejar su mochila, John pidió un té caliente, con la esperanza de calentarse, antes de reservar un hotel en su teléfono para pasar la noche. Había pronóstico de inundaciones repentinas, y se alegró de estar por encima de las aguas. John pidió otro té y aprovechó el calor del sitio tanto como pudo.

Más de una hora después, tras haber comido y bebido todo lo que parecía razonable, se levantó para recoger sus cosas. El hotel que había reservado estaba al final de una empinada escalera y cruzando el puente hacia la nueva sección de la ciudad. El clima solo empeoraría, así que no había tiempo que perder. Justo entonces, al mirar por la ventana, notó una figura solitaria subiendo la calle. La peregrina iba vestida con un impermeable, pero iba zigzagueando, como si hubiera terminado de comprar un par de botellas de Mencía, por la que esta región era tan famosa. Le tomó un momento a John darse cuenta de que era Gaelle. Salió corriendo y la llamó, pero ella no respondió. Entonces, él, valiente ante el diluvio, se acercó a ella. Ella levantó la vista, pero no pareció reconocerlo.

—¡Gaelle! —gritó él.

Ella permitió que la llevara de vuelta al calor de la cafetería. John la sentó, luego le quitó el impermeable y la mochila. Sus manos desnudas estaban rojas brillantes. Sin el impermeable, ella comenzó a temblar incontrolablemente. Temiendo por la condición de Gaelle, John deseó tener los conocimientos médicos de Javier. Le frotó las manos, la alcanzó y le tocó la cara.

—Gaelle. ¿Me reconoces? Ella asintió.

—¿Cuál es mi nombre?

Le castañeteaban los dientes, pero él distinguió un susurro—. *Jjjohn.*

—Así es —dijo él, frotándole vigorosamente los brazos—. ¿Puedes sentir mis manos sujetando tus dedos?

Gaelle negó con la cabeza.

John tomó una decisión. Dirigiéndose al dueño del café, John utilizó el limitado español que poseía.

—Nosotros necesitamos ambulancia.

El propietario los había estado observando desde que John volvió a entrar a la cafetería con Gaelle. Cogió su móvil y marcó. Unos minutos después, una sirena sonó con más fuerza en la distancia mientras llegaba té caliente a la mesa. John se lo acercó a los labios de su amiga, intentando calentarla antes de que llegara la ayuda. Pero ella no dio ni un sorbo y de repente John la atrapó al caer al suelo.

# TREINTA Y CINCO

## LA SIGUIENTE GENERACIÓN

Mateo puso sus llaves en la mesa del vestíbulo de su casa y fue en busca de su mujer. Pen había estado enferma intermitentemente durante las últimas semanas, pero hoy estaba empeorando. Entre pacientes, Mateo le envió mensajes para saber cómo estaba, pero se preocupó a medida que pasaban las horas y no recibía respuesta.

El joven médico revisó el gran salón, que albergaba el escritorio de caoba tallado a mano de su padre y donde aún colgaban los cuadros de su madre. Medio esperaba que su mujer estuviera sentada en uno de los sofás, leyendo un libro o mirando su teléfono. Pero ella no estaba allí.

Al entrar en la cocina, Mateo estaba seguro de que Inés sabría dónde estaba Pen. Inés era el corazón palpitante de su hogar, alimentándolos constantemente y asegurándose de que se mantuvieran con vida. A menudo pensaba en ella como el sabio Buda que todo lo veía, pero solo daba consejos cuando se lo pedían. Después de la muerte de su madre, Inés fue el ancla que los sostuvo a todos. Y, ahora, era lo mismo para Pen, que había perdido a su propia madre y vivía lejos de su padre y del lugar donde creció. A veces, Mateo olvidaba lo difícil que debía ser navegar por la vida en un país que no era el tuyo, lo diferente que era todo y la cantidad de energía que requería entenderlo. Últimamente, notó que Pen estaba luchando mucho, así que esperaba que fuera algo pasajero. Quizás necesitaba prestarle más atención.

Subiendo la escalera de caoba en la mansión del siglo XVIII, Mateo buscó a las dos mujeres que dominaban su vida. Las encontró en el dormitorio que Pen compartía con él. La habitación estaba justo al final del pasillo de su dormitorio de la infancia, que aún parecía como si hubiera salido de allí ayer: una cápsula del tiempo. Pen yacía en la cama apoyada en almohadas mientras Inés le acercaba el caldo a la boca.

Cuando Mateo dejó a Pen esa mañana, no se había dado cuenta de lo mal que se había puesto. Las ojeras bajo sus ojos eran cada vez más oscuras.

—¿Qué te pasa? —preguntó Mateo, frunciendo el ceño.

Inés se levantó, palmeó a Pen y colocó el caldo en la mesita de noche—. Os dejaré charlar a los dos.

Ella sonrió a Mateo, apretándole el brazo al pasar. Mateo se sentó, alisando el edredón floral y arropando a su mujer.

—No tienes fiebre —declaró—. Pero tienes mal aspecto.

Pen se encogió de hombros, subiéndose el edredón hasta la barbilla, exhausta—. No me encuentro bien. Ofreciendo una débil sonrisa, añadió—. Estoy embarazada.

Los ojos de Mateo se abrieron con sorpresa—. ¿De verdad? Pero si no íbamos a intentarlo todavía.

Pen se encogió de hombros, sujetándose el estómago—. Bueno, supongo que esta personita tiene otros planes.

—¿Cómo lo sabes? ¿Te hiciste una prueba?

Pen asintió—. Esta mañana. Inés compró una en la farmacia de la esquina. Mateo soltó una sonrisa—. Así que, todo el vecindario lo sabe.

—Supongo que no creerán que es por Inés —dijo Pen, sonriendo débilmente.

—¿No quieres que te examine? —preguntó Mateo—. Para asegurarme de que todo está bien.

Pen negó con la cabeza—. No. Quiero que te sientes conmigo y seas el marido confuso y nervioso que eres. No quiero que seas mi médico. Estoy segura de que podemos encontrar a alguien más para eso.

Mateo abrazó a Pen mientras ella sollozaba, dejando caer lágrimas por sus mejillas—. ¿Qué pasa? — preguntó, frunciendo el ceño mientras se separaba—. ¿Te estoy haciendo daño al abrazarte?

—No —sollozó Pen—. Es solo que echo de menos a mi madre. Desearía que estuviera aquí. No es que no sepa lo que Inés está haciendo, pero sí desearía que ella estuviera aquí para hablar. Nunca he tenido un bebé antes, pero sé cómo funciona en EE. UU. En España, no sé qué hacen. ¿Hay *suite* de parto? ¿Podrás estar conmigo en la sala de partos? ¿Me darán una epidural? Estoy abrumada por hacer esto aquí —admitió, con el labio inferior temblándole.

Mateo le apartó el pelo de la cara, metiendo los mechones sueltos detrás de su oreja.

—Podemos hacerlo como tú quieras. Conozco gente, y si quieres una epidural, la tendremos. Si quieres una *suite* de parto con música, la encontraré. Tenemos mucho tiempo.

Pen asintió, pero las lágrimas fluyeron.

—¿Qué pasa? —preguntó Mateo—. Pareces triste. Son buenas noticias.

Pen se sonó la nariz—. ¿Qué van a decir en el trabajo? Acabo de empezar mi trabajo allí.

—Llamaré a Lola —dijo Mateo, sin entender que esto era lo último que Pen quería.

—¡No! —exclamó con demasiada fuerza—. Puede que esté embarazada, pero puedo librar mis propias batallas.

—¿Batallas? —dijo él, negando con el cabeza incrédulo—. Lola lo entenderá. No tendrás que luchar contra nada.

Pero la cara de Pen contaba otra historia. Apretó los brazos alrededor de su cintura como si necesitara proteger a este bebé con su vida. En ese momento, Mateo también echó de menos a su madre.

# TREINTA Y SEIS

## SECRETOS DE FAMILIA

Javier se quedó despierto toda la noche leyendo los diarios de su padre hasta que le empezaron a doler los ojos. Al mediodía del día siguiente, se despertó en la mesa de la cocina rodeado de pequeños libros negros y un gatito ronroneando acurrucado junto a su mejilla. Qué diferencia podía marcar un solo día. Antes de ayer, Javier le habría dicho a cualquiera que conocía bien a su padre. Eran buenos amigos por el tiempo que él vivió. Pero ahora, Javier no estaba seguro de haberlo conocido realmente.

Podía oír la voz de su padre en el texto. Pero no era el sonido lo que le resultaba tan incómodo. Eran los pensamientos mismos. Eduardo era un hombre profundamente solitario en Madrid. Esta revelación parecía una extraña yuxtaposición a la persona que Javier recordaba: alguien con una agenda social completa que había ganado premios por su trabajo. Desde la perspectiva de un niño, su padre parecía tener una gran demanda. Era importante. Pero su madre constantemente le recordaba su humanidad. Incluso décadas después de su muerte. Pero ahora, después de leer los diarios de su padre, veía a un hombre que nunca sintió que encajaba. Un chico de granja del corazón de La Rioja, Eduardo interpretó el papel que todos esperaban de él. Comía buena comida, bebía los licores más caros y cenaba con los políticos de la época. Pero solo cuando volvía a donde había crecido podía ser él mismo: un hombre sencillo que quería ayudar a la gente. ¿Por qué no se había quedado Eduardo en Logroño después de la escuela de medicina?

Tantos recuerdos inundaron su mente. Noches en que los padres de Javier se vestían para ir al teatro o a una cena. Inés levantó a Javier de la silla y lo envolvió en una suave bata de felpa para que pudiera despedirse antes de que se fueran, sintiendo el beso de su padre en la mejilla mientras sonreía hacia abajo, diciéndole que se portara bien y no le diera problemas a Inés.

De repente, recordó el rostro de su padre cuando el tren salió de la estación de Logroño para regresar a Madrid después de un fin de semana o unas vacaciones en la bodega o la granja de ovejas. Javier siempre se sintió triste al dejar el bullicioso horno de su abuela o al correr por los campos con las ovejas. Todavía podía sentir las galletas de la bolsa presionadas bajo sus manos en la estación y a su tía sin hijos despidiéndose con lágrimas en los ojos. Pero si Javier estaba triste, el rostro de su padre estaba afligido. Nunca había entendido por qué, hasta ahora. Finalmente, Javier leyó la llave que abrió el mundo de su padre justo antes del amanecer. Y a sí mismo en el proceso.

Durante su formación, Eduardo fue un joven médico residente en Madrid que estaba adscrito a un hospital local. Conoció a María en un baile celebrado por el director del hospital. Chicas de las mejores familias fueron invitadas a mezclarse con los jóvenes médicos. Allí, Eduardo conoció a María Francisco Gómez, una chica de la mejor familia de todas. Vestido con su mejor esmoquin, tiró nerviosamente de su cuello demasiado apretado cuando vio a María al otro lado del salón de baile, mirándolo con demasiada curiosidad.

En los 60, las chicas no debían ser directas, sobre todo en la España de Franco. Pero a María no le importaban las reglas y marchó por la pista de baile, presentándose antes de que él pudiera decir una palabra. El comportamiento de la madre de Javier cuando era joven lo sorprendió. Parecía vivir y morir por las normas sociales y las opiniones de los demás, al menos hasta donde él podía recordar. Por supuesto, ella siempre fue una fuerza para tener en cuenta, pero la descripción que su padre hizo de ella en su diario no coincidía con la mujer que él conocía.

El diario terminó en ese punto, lo que obligó a Javier a recuperar una linterna del cajón de la cocina, salir al granero por segunda vez, subir la escalera y recuperar el siguiente juego de libros. Como una novela superventas, estaba enganchado. Necesitaba saber qué pasó después de que su padre conoció a su madre.

# TREINTA Y SIETE

## UN SUSTO

Después de que los servicios de emergencia la envolvieron en mantas y la subieron a la ambulancia, John fue al hospital con Gaelle. Se sentó en otro cubículo de hospital, donde las máquinas zumbaban, pitaban y el aire silbaba, esperando que esta persona, una extraña virtual cuya mano había sostenido con fuerza, se recuperara. No deseaba nada más en ese momento que ella estuviera bien. El gris profundo en sus mejillas le preocupaba.

Un profundo agotamiento lo invadió, recordando una cama similar en una sala de emergencias a miles de kilómetros de distancia y quince años antes. Excepto que, entonces, la habitación se había quedado extrañamente en silencio. Las máquinas y los cables y todo el personal médico habían desaparecido. Ningún médico entró y salió para revisar al paciente en la cama. Tess ya se había ido para llevar a Pen, de once años, a casa mientras John se sentaba solo con su hijo, esperando que el forense se lo llevara.

La enfermera le dio unas palmaditas en el hombro, asegurando a John que cuidarían de Charlie, pero John no quería dejarlo hasta el último momento. Acarició el cabello rubio y arenoso de su hijo, recordando su viaje a la peluquería dos días antes. Tess insistió en que ambos se cortaran el pelo para las fotos de graduación, alcanzando y revolviendo el cabello de su hijo mientras esperaban en la cocina. De camino, él y Charlie se detuvieron a tomar mochas en un autoservicio de café y se rieron de un chiste estúpido del estilista mientras le afeitaba el cuello a Charlie. John cerró los ojos, recordando el primer corte de pelo de su hijo cuando era un niño pequeño y lloraba al sonido de las tijeras. Se habían cortado el pelo. Desde entonces, se cortaban el pelo juntos todos los meses. Pero ahora, sosteniendo las gafas de su hijo, la cara de Charlie tenía solo un pequeño corte en la barbilla. Aparte de eso, no había señales de las lesiones que le quitaron la vida. No había moretones. Las lesiones que sufrió estaban cubiertas por la sábana. Más tarde, John vería las fotos del coche que contenía a los cinco chicos en el accidente. Parecía un pequeño cubo de metal destrozado. No era de extrañar que no hubiera supervivientes. John acarició la fría cara metálica de Charlie mientras las lágrimas corrían por sus mejillas, deseando que su hijo se despertara y él pudiera decirle que todo era una broma. Pero por mucho que deseara que fuera así, su hijo permaneció como era hasta ahora, con su piel transparente e inerte.

La enfermera entró en la habitación, tocándole el hombro, y John se estremeció. El forense estaba allí para llevarse a Charlie. John asintió, secándose las lágrimas mientras los hombres entraban en la habitación. Se inclinó y abrazó a su hijo por última vez, sin querer dejarlo ir. Luego, los dos hombres sin rostro se colocaron a la altura de los hombros y los pies de Charlie.

—A la de dos —oyó decir. Luego levantaron a su hijo de la cama del hospital a la camilla, pasando la sábana por encima de su rostro.

John quiso gritar: ¡No lo hagas! Si haces eso, significa que realmente se ha ido, ¡y no puede haberse ido! Pero permaneció en silencio mientras sollozaba, observando cómo se llevaban el cuerpo de su hijo lejos a un lugar al que él no podía ir. Todo el cuerpo de John tembló cuando la enfermera lo ayudó a levantarse de la silla.

—¿Le gustaría hablar con el capellán del hospital? —le preguntó amablemente. —Él está afuera.

John cerró los ojos, esperando que este día fuera una pesadilla de la que pudiera despertar, pero la enfermera seguía allí cuando los abrió. Se sentó en la dura silla de plástico de la habitación que nunca olvidaría. Fue el último lugar donde volvería a ver a su maravilloso hijo. John asintió, y la enfermera se fue antes de que regresara el hombre de camisa negra y cuello blanco.

John intentó recomponerse mientras el reverendo le entregaba unos pañuelos.

—¿Por qué ha pasado esto, Padre? ¿Por qué un Dios, que se supone que ama, se lleva un alma tan perfecta? No hizo nada para dañar a nadie. Charlie es inteligente y haría grandes cosas. Sé que lo haría — suplicó John—, como si este hombre con alzacuello pudiera interceder ante un Dios en el que John se esforzaba por creer.

El sacerdote alto y barbudo respiró hondo, componiendo su rostro en una expresión de simpatía.

—Me gustaría decirte que sé por qué pasó esto. Que hay una razón y que sé cuál es. Pero no lo sé. Puedo sentarme y rezar contigo si quieres. Durante todo el tiempo que necesites.

De repente, John estaba más cansado de lo que jamás había estado. La adrenalina de las últimas horas había abandonado su cuerpo, y era todo lo que podía hacer para sentarse erguido, y mucho menos formar una frase. No había nada más que decir, de todos modos.

—Gracias, Padre. Creo que solo necesito un Uber para ir a casa —dijo. Luego se levantó y salió de la sala de emergencias como un zombi, apenas capaz de usar la aplicación en su teléfono para pedir un coche a las dos personas que le quedaban en este mundo: Tess y Pen, las únicas que entendían cómo se sentía. Los tres se necesitarían mutuamente para superar esto.

# TREINTA Y OCHO

## HACER LO CORRECTO

Los días y las noches de Javier se consumieron con los diarios mientras las misteriosas historias familiares de Eduardo desentrañaban misterios que Javier ni siquiera sabía que existían sobre cuando su padre estaba vivo.

Un exhausto Eduardo caminó por los pasillos del hospital de Madrid. Se frotó los ojos mientras su turno de 24 horas llegaba a su fin.

—¿Dr. Silva? —oyó decir mientras una enfermera sostenía el teléfono en alto—. Llamada telefónica para usted.

Eduardo suspiró. Se arrastró hasta el escritorio, aceptando el auricular de la enfermera.

—Dr. Silva —dijo, más abruptamente de lo que pretendía.

—Buenos días —dijo la voz de una mujer—. Soy María Francisco Gómez. Cuando Eduardo no respondió, la mujer continuó.

—De la fiesta para los doctores hace un par de meses.

La reconoció cuando Eduardo recordó esa noche. Había bebido más de lo que pretendía. Esta voz al otro lado de la línea pertenecía a la chica atrevida con el lápiz labial rojo brillante que se había pegado a él esa noche. A medida que avanzaba la noche, los licores que había bebido la transformaron en una belleza. En un momento dado, salieron de la fiesta para dar un paseo por los jardines de su padre. Pero el resto era un poco confuso.

—Sí —dijo Eduardo—. Por supuesto, te recuerdo. ¿Cómo estás?

No se habían visto desde esa noche. No podía imaginar por qué ella lo llamaba meses después.

—Necesitamos vernos —dijo María.

Eduardo no tenía tiempo para esto, y así lo dijo. Era un residente ocupado, el dormir, comer y hacer su colada dominaba su tiempo libre. Las citas no estaban en su agenda, sin importar lo atractiva o rica que fuera María y su familia.

—No creo que pueda elegir —dijo ella—. Estoy embarazada.

A Eduardo se le cayó la cara de vergüenza. Su agotamiento anterior se desvaneció en un instante.

—¿Cómo? —dijo, ahora completamente despierto. —Me has oído. Estoy embarazada. Y a mi padre le gustaría conocerte.

Eduardo tragó saliva, haciendo los cálculos. Su vida pasó ante sus ojos. Logroño. Navarrete. La bodega donde sus padres probablemente estarían sentados almorzando. Necesitaba pensar.

—¿Cuándo podemos vernos? —dijo la voz al teléfono.

—¿Contigo o con tu padre? —tragó saliva él.

María se rio entre dientes—. Conmigo primero, por supuesto. Y luego, podemos decidir cuándo se lo diremos a mis padres.

Eduardo sabía que el padre de María era un alto funcionario del gobierno de Franco. Era un hombre poderoso y muy rico. Podría arruinar la vida de Eduardo y las vidas de su familia si así lo elegía. En un instante. Si María le contara a su padre, con una sola llamada telefónica, las personas que Eduardo más amaba podrían desaparecer. Y eso lo incluía a él mismo.

—Termino mi turno en una hora —dijo—. Podemos vernos dentro de una hora.

María sonó excitada—. ¡Maravilloso! Le dio la dirección de una cafetería cerca del hospital y colgó.

Eduardo se quedó de pie en la enfermería, sosteniendo el teléfono. Nada a su alrededor volvería a parecer igual.

# TREINTA Y NUEVE

## SEGUIR ADELANTE

John se despertó a la mañana siguiente en la silla junto a la cama de Gaelle. Se estiró, y ella sonrió.

—Tienes mejor color —le dijo—. ¿Cómo te sientes?

—Cansada, pero mucho mejor. Gracias por actuar tan rápido. Parece que llegué a la cafetería correcta en Ponferrada.

Ella no recordaba haber salido a la plaza para llegar hasta allí.

—Supongo que sí —sonrió John—. ¿Necesitas algo?

Gaelle negó con la cabeza. —No. El médico debería estar aquí pronto para decirme cuándo puedo irme. Si me dan el alta, preferiría quedarme en un hotel y recuperarme.

—Podría ayudarte a encontrar un hotel y llevarte allí —dijo John.

Gaelle negó con la cabeza—. Ya has hecho bastante. Y no quiero retrasar tu Camino. Además, necesitaré descansar unos días antes de continuar. Pero no puedo agradecerte lo suficiente, John. Sin tu ayuda y tu rápida actuación, podría haber sido muy malo para mí.

—Me asustaste ayer —suspiró él—. Por favor, ponte ropa de abrigo a partir de ahora. Sé que tu piel es impermeable, pero hace frío en el Camino.

Gaelle prometió que lo haría, y su expresión se volvió seria.

—El médico me dijo lo cerca que estuve. Eres mi ángel del Camino. John hizo una mueca—. Tonterías. Tú habrías hecho lo mismo por mí.

Se levantó y se estiró, miró a su alrededor y buscó sus cosas. No había nada que empacar porque se había quedado dormido con la ropa del día anterior. John estaba listo para salir con sus bastones atados a la mochila y su chaqueta colgada sobre la silla en la que había dormido.

—Entonces, ¿continuarás tu Camino? —preguntó, poniéndose su impermeable azul—. Estás tan cerca de Santiago, y has caminado tanto. Pero no tienes que terminarlo ahora mismo.

Gaelle sonrió.

—Por supuesto que lo haré. Pero necesito algo de tiempo. Pasarán unos días antes de que pueda volver al sendero. Pero no dejes que te detenga —Gaelle sacó su teléfono—. ¿Puedo tener tus datos?

John le dictó su número. Luego, se encogió de hombros, se puso la mochila y apretó la mano de Gaelle.

—Cuídate, peregrina.

—Lo mismo digo, John el americano —sonrió ella—. Buen Camino.

Por una vez, un viaje al hospital había terminado positivamente. Quizás el Camino había curado su racha de mala suerte. Las cosas finalmente estaban mejorando.

# CUARENTA

## CAJA N.º 3

Las piezas de la vida de Javier comenzaron a encajar. La indiferencia de María hacia él cuando crecía parecía tener sentido. Basándose en los diarios, su padre no había entrado en el matrimonio por voluntad propia, sino por obligación hacia un niño no nacido y por miedo a su futura mujer. Sin embargo, cuando Javier recordaba, veía el rostro de su padre y sabía que, aunque Eduardo no estaba preparado para su llegada, había amado al hombre que cambió el rumbo de su vida.

Durante los días siguientes, Javier se sumergió en los diarios de su padre mientras la voz familiar parecía hablarle desde las páginas. Después de su matrimonio con María, Javier no estaba seguro de por qué su padre se arriesgó tanto a seguir registrando sus verdaderos sentimientos hasta que Javier llegó al punto en que Inés entró en escena. La letra de su padre se volvió más animada, casi poética, y estaba claro que Eduardo estaba enamorado de Inés, una mujer que representaba el hogar. Ella lo entendía de maneras que María nunca podría. Y ella no esperaba nada de él excepto amor y amabilidad.

*Cuando estoy con ella, sé que estoy en casa. Incluso su cabello huele a la tierra de donde las vides echan raíces. Inés describe el sabor del helado de limón en Navarrete, y me quedo extasiado. No tengo que explicarle mis sentimientos. Ella se sienta felizmente en silencio sobre una manta escuchando el viento. Es tan amable con los niños y los ancianos en Ventosa, y encuentro que incluso la tierra en el dobladillo de su vestido es preciosa. Cuando un remolino de polvo nos sorprendió en un picnic junto al río, limpió la tierra de sus mejillas con mi pañuelo. Nunca lo lavaré.*

Javier leyó las palabras de su padre, y una gran tristeza le invadió. Este hombre había vivido dos vidas. Una en la que se desempeñó con precisión en su trabajo y en su vida familiar. Y la otra, donde podía ser quien realmente era. Javier sintió un nudo en la garganta. Tristemente, el hijo era parte de la actuación de su padre. Nunca conocería al hombre que su padre habría sido sin él.

Javier movió al gatito, acurrucado y dormido en su regazo. Dejó el diario terminado y regresó al granero. Subió por la escalera destartalada. El viejo perro amarillo levantó la cabeza de su siesta vespertina en la paja, pero no se movió. Después de una semana, Javier se había convertido en una parte predecible de la rutina diaria del animal.

El contenido de la tercera caja era diferente al de las dos primeras. Contenía artefactos aleatorios de la vida de Eduardo. Buscando entre ellos, extrajo el pañuelo bordado al que se refería el diario de su padre. Fiel a su palabra, Eduardo había guardado este trozo de tela tan precioso para él.

Dentro, había libros de contabilidad y papeleo organizado en carpetas. Sorprendió a Javier que muchos documentos estuvieran en inglés y escritos en el membrete de un banco en el Reino Unido. Así mismo, había cartas de un abogado en Londres al abogado de su padre en Madrid. Basándose en la fecha, las cartas y los documentos tenían cuarenta años.

Javier extrajo una hoja de papel mecanografiado de la funda de plástico que lo protegía.

*Hackburn, Bolden & Grey LLP 34 Eton Garden Court*
*St. James's Londres SW1Y*
*Reino Unido*
*Don Rubén Alcor Ortega*
242K.D. FIELD
*Alcor Abogados de los Reyes*
*C. de Camino viejo 27, 7.º Chamberí,*
*28003, Madrid España*
*8 de septiembre de 1985*

*Ejecución del fideicomiso para la beneficiaria: Inés Dolores Ybarra Díaz*

*Estimado don Alcor Ortega:*

*Adjunto encontrará los documentos ejecutados que hemos discutido. A petición suya y de su cliente, Don Eduardo Silva, se ha establecido un fideicomiso con Barclays en Guernsey, en las Islas del Canal y está a la espera de fondos. Adicionalmente, los depósitos pueden continuar según lo considere oportuno. Como fideicomisario, usted tiene control total de la inversión sobre la cuenta, y le notificaremos cuando el saldo de la cuenta se acerque a cualquier umbral establecido por ley. Como se explicó en nuestra correspondencia anterior, otras reglas pueden activarse con respecto de la frecuencia permitida de depósitos y los montos de financiación continua. Según el acuerdo, los retiros solo podrán ser iniciados por la beneficiaria, Inés Dolores Ybarra Díaz, o sus herederos solo después de cumplir con los términos del fideicomiso.*

*Si su cliente tiene más preguntas o desea hablar directamente con nosotros, puede hacerlo cuando le convenga. Estamos a su servicio. Charles Lindford-Hearst de Barclays Guernsey está dispuesto a*

*ponerse a su disposición en cualquier momento. Adjunto su tarjeta con su número privado por si fuera necesario.*

*Nos complace que su cliente haya depositado su confianza en nosotros para este delicado asunto, y nos esforzaremos por estar a la altura. No dude en ponerse en contacto conmigo si tiene la más mínima duda. Esperamos la confirmación de la transferencia de fondos desde Madrid y quedamos a su disposición.*

*Atentamente,*

*Justin Highsmith-Jones cc Henry Hackburn Enc.*

Javier no podía respirar. Volvió a leer la carta antes de sentarse en una pieza cercana de antiguo equipo agrícola. Javier ya no necesitaba una prueba de ADN. La prueba irrefutable de la relación entre su padre e Inés lo miraba fijamente desde la única hoja de papel que sostenía en su mano.

# PARTE V
## LECCIONES DIVINAS

# CUARENTA Y UNO

## UNA PARTIDA DE AJEDREZ

John se despertó temprano a la mañana siguiente y se dirigió a través de las viñas entre Cacabelos y Villafranca del Bierzo. El polvo rojo del camino de arcilla le cubría las botas mientras subía y bajaba por caminos de tierra transitados tanto por tractores como por peregrinos. Al doblar una curva, John se detuvo en seco. Ante tal incongruencia, se frotó los ojos con el dorso de sus manos enguantadas. Pero eso no ayudó.

Delante de él, sentado en una silla de cocina junto a una mesa de madera destartalada al borde del camino, había un hombre. Parecía muy robusto, y John no podía imaginar cómo había podido llevarlo hasta allí él solo. El caballero mayor de piel curtida vestía una boina negra y una chaqueta de punto azul marino sobre una camisa de cuadros. Un tablero de ajedrez estaba colocado delante de él, esperando a otro jugador.

—Buenos días —dijo el hombre curtido—. Por favor —indicando que John debía sentarse y unirse a él en una partida.

John miró hacia atrás por donde había venido, aún sin poder creer lo que veía. Se acercó al hombre lentamente.

—Lo siento —dijo—. No hablo español. Quizás haya otro peregrino español por el camino que sepa jugar. —Hizo un movimiento para continuar su camino.

—*Please, have a seat* —dijo el anciano en un inglés perfecto.

El vello de la nuca de John se erizó, pero sus excusas se derritieron en su boca. A John le encantaba jugar al ajedrez y lo echaba de menos desde que le regaló su viejo juego al chico, Julián, en el tren hacía un mes. Este camino había sido uno de los tramos más largos que había recorrido sin jugar desde que era un niño. Se desabrochó la mochila y sus bastones cayeron en la tierra roja. El hombre giró el tablero para que las piezas blancas quedaran delante de John.

—Por favor, comienza —dijo en un inglés claro.

Sorprendido, John hizo uno de sus movimientos de apertura, luego estudió al viejo caballero que estaba concentrado en el tablero, pero que levantó la vista hacia John, inclinando la cabeza, curioso.

Cada uno se movió por turno, rápidamente al principio, luego más deliberadamente, tomándose su tiempo.

—¿De dónde eres? —preguntó el hombre.

—Soy americano —dijo John.

—Sí —dijo su oponente—. ¿Pero de dónde eres? John negó con la cabeza. —No sé a qué se refiere.

El hombre se removió en su asiento. —Quién eres, John? ¿De dónde vienes?

John no recordaba haberle dicho su nombre al hombre. ¿A qué estaba jugando este hombre?

—Solo soy John —extendió la mano para que el hombre la estrechara—. Lo siento. No me has dicho tu nombre.

El rostro curtido esbozó una sonrisa, pero ignoró el gesto antes de que la mano de John volviera a caer sobre su regazo.

—Oh, me llaman muchas cosas. Mi nombre no es importante. Estoy más interesado en ti, John, así que pregunto de nuevo. ¿De dónde eres?

John contuvo la respiración antes de responder.

—Bueno —dudó mientras consideraba cuánto decir a este extraño. En el Camino, la gente revelaba detalles íntimos de sus vidas a otros. John nunca había hecho eso antes de este trayecto. Ganando tiempo, extendió la mano y movió su torre.

—Vivo en Arizona, pero estos días, soy un peregrino en el Camino. Mi hija, Pen, vive en Madrid, y me pregunto por qué vivo tan lejos de ella.

El anciano se frotó la barbilla de color moca y asintió, seleccionando otra pieza y haciendo un movimiento audaz.

—Pero ¿por qué estás aquí? —preguntó, señalando la arcilla roja bajo sus pies.

—¿En España? —preguntó John, frunciendo el entrecejo.

El hombre agitó su mano curtida. —Aquí. ¿Por qué estás aquí en este camino, jugando al ajedrez conmigo?

John frunció el ceño. John frunció el ceño. —Me pediste que jugara contigo.

—Sí. Pero aceptaste. ¿Por qué?

Esto se estaba poniendo raro.

—Me gusta jugar al ajedrez. Y pareces una buena persona. —John movió su caballo.

—Mmm... —el hombre se frotó la barbilla una vez más—. Así que, estás aquí, en este momento. En ningún otro lugar —movió su otra torre—. Jaque.

John estudió el tablero, distraído por la pregunta. —Supongo que sí.

—Qué curioso —dijo el hombre, ajustándose la boina y moviendo su reina.

—¿Por qué es eso curioso? —preguntó John, haciendo su siguiente movimiento.

El hombre rio entre dientes. —No has mencionado a tu mujer ni nada que te haya pasado mientras haces tu Camino. ¿No te parece curioso?

John abrió la boca, pero se detuvo. El anciano tenía razón. Usualmente, se describía a sí mismo como un viudo y un jubilado —un hombre solitario. Su razón para estar en el Camino era su mujer muerta hacía más de diez años. Esta descripción de sí mismo se había ido al pasado, y había usado palabras asignadas a él por otros. Pero ahora, no pensaba en sí mismo como ninguna de esas cosas. John era él mismo. Ni viejo ni joven. Solo John.

—Quizás en este Camino, estás aprendiendo que importas. Que eres digno.

John se revolvió en su asiento. ¿Por qué este tipo se estaba poniendo tan personal? Tragó saliva.

—He hecho cosas de las que me avergüenzo profundamente. Dejar de lado a quienes amo y se suponía que debía proteger. No me he amado a mí mismo desde hace mucho tiempo. El hombre frunció los labios y John se preparó para su duro juicio.

—Sí. Quizás sea porque te defines a ti mismo por esas acciones, pero no logras ver el amor que has compartido con quienes te rodean. La notable diferencia que has marcado en la vida de otros.

John contuvo la respiración.

—Es en las sombras donde nos encontramos si tenemos el coraje de mirar. ¿No crees que es hora de dejar la vergüenza, John? Y date las gracias de que te has comportado honrosamente no solo con la familia, sino con extraños. Date las gracias de ser humano en medio de la oscuridad. Para ver tu propio valor.

El anciano extendió la mano e hizo su último movimiento. La torre derribó al rey de John mientras él estaba distraído. —Jaque mate.

El hombre se levantó, se quitó la gorra plana y se secó la frente con un pañuelo de los amplios pantalones de pana marrón. Los mismos que usaba el abuelo Charlie. Extendió la mano y estrechó la de John por última vez, sonriendo.

—Gracias por la partida, John —el hombre que ahora era él mismo—. Luego se dio la vuelta y desapareció entre las viñas.

John se quedó inmóvil en el lugar, viendo cómo la sangre se le iba de la cara. ¿Qué acababa de pasar? Buscó entre las viñas por donde se había ido el hombre, pero no vio nada. Un escalofrío le recorrió la espalda mientras recogía su mochila, se abrochaba rápidamente las hebillas y sacaba sus bastones de la tierra. El sol salió de detrás de las nubes mientras John caminaba 50 metros por el sendero hacia Villafranca del Bierzo antes de mirar hacia atrás, al lugar donde habían estado jugando un rato antes. Abrió el puño apretado. El caballo blanco de su partida estaba en Viana, hace semanas. Y la única pieza en el tablero permitida para saltar sobre otra. Cuando John miró, la mesa y las sillas habían desaparecido.

# CUARENTA Y DOS

## O CEBREIRO

John resopló y jadeó mientras subía la ladera de la montaña desde Las Herrerías, mientras ascendía hacia la cima final de su Camino. Todo había sido cuesta abajo desde hacía un mes, o eso leía. Mucho había sucedido desde que empezó este trayecto un mes antes de que John apenas se reconociera a sí mismo. Esa mañana, había llamado y hablado con Gaelle. Había recuperado sus fuerzas y esperaba continuar el Camino en los próximos días. John apenas conocía a la mujer, pero estaba totalmente involucrado en su recuperación. Eso es lo que el Camino hacía con los peregrinos. Los extraños compartían intimidades y se convertían en los amigos más cercanos en un solo día.

Justo entonces, su teléfono vibró. Aprovechó para detenerse y recuperar el aliento. Sacó el teléfono del bolsillo. El nombre de Javier encabezaba la notificación. John esperó. El hombre no era su persona favorita en ese momento. Había abandonado a John en León y se había ido para Dios sabe dónde. John no había sabido nada de él desde entonces. La curiosidad se apoderó de él, y desbloqueó su teléfono y leyó el mensaje.

Javier: *¡Hola, John! ¿Cómo estás?*

John negó con la cabeza. «¿Cómo estoy? ¡Al diablo con este tipo! ¡Estoy genial!» —quería escribir—. «Después de que me abandonaste en León, he caminado solo durante una semana. He caminado con un clima tan malo con el que nadie debería salir, me he torcido el tobillo (todavía me molesta), he salvado la vida de alguien, he librado batallas desagradables y he revivido algunos de los peores momentos de los últimos 60 años. ¡Y podría haber jugado ajedrez con Dios en un viñedo! ¡Ahora mismo, estoy escalando otra maldita montaña!». Pero no dijo nada de eso.

John:

*Bien. ¿Cómo estás tú?*

*Escribiendo...*

Javier: *¿Dónde estás?*

«¿Por qué le importa dónde estoy?» John: *¿Dónde estás?*

John: *Estoy casi en O Cebreiro. ¿Dónde estás tú?*

«Hijo de puta», quería añadir, pero no lo hizo. Javier: *Estoy de vuelta en León.*

*Escribiendo...*

Javier: *¿Quieres compañía para la última semana del Camino hasta Santiago?*

Las exuberantes montañas verdes de Galicia se extendían ante John. Las nubes flotaban en el pasado, y olía a lluvia. John respiró hondo. Javier lo había traído desde Saint-Jean hasta León. El hombre merecía crédito por eso. Cuando Javier se fue, John se preguntó cómo seguiría solo, pero después de Astorga, John confiaba en que podía hacerlo. Si Javier no se hubiera ido, John podría haberse preguntado si podría terminar esto por su cuenta, si era realmente capaz. A través de las pruebas que enfrentó la semana pasada, se ganó la confianza que viene al superar el dolor físico y emocional. El Camino brindó muchas oportunidades para ello. John no necesitaba que lo llevaran en brazos ni que lo consolaran. Podría llegar a Santiago por su cuenta. Pero Javier le estaba ofreciendo paz en forma de una rama del olivo. John sabía que era esencial para él y para Pen aceptarla, por su familia.

John: *Claro. Estaré en Sarria en dos días. ¿Puedes venir allí?*

*Escribiendo...*

Javier: *Allí estaré. La cena corre de mi cuenta.*

Después de un camino ventoso por un sendero estrecho que bordeaba la cresta, John llegó a la cima de la montaña. Un fuego resplandeciente en la parrilla de un albergue en O Cebreiro calentaba el área común mientras John se paraba y se calentaba las manos. Otros peregrinos agradecidos que caminaban al final de la temporada se quitaron su equipo empapado para unirse a él frente a las llamas. El teléfono de John sonó otra vez.

—¡Hola! —dijo Isabela.

Una sensación aún más cálida se extendió por John, que no tenía nada que ver con el fuego. Como un recuerdo familiar pero distante, como volver a casa.

—Hola —dijo él—. ¿Cómo estás?

—Estoy bien. Feliz de oír tu voz —dijo Isabela, acomodándose entre las sábanas. Estaba llamando desde su cama.

—Parece que ha pasado un mes desde que te vi —dijo John. No estaba muy lejos.

—Demasiado tiempo. Ya casi terminas. Solo queda una semana más.

—Está haciendo mucho frío y el clima es húmedo —le dijo él—. Estoy listo para llegar a Santiago. John escuchó el crujido de la cama cuando Isabela se daba la vuelta.

—¿Cuál es el plan después de tu Camino? —preguntó ella.

John se concentró en caminar. Cada día era un nuevo día, sin nada más allá. No tenía planes, excepto encontrarse con Javier en Sarria. Pero esta llamada confirmó lo que sospechaba. Isabela se le había metido bajo la piel. No estaba seguro de cómo había sucedido, pero su sonrisa le había llegado a los ojos por primera vez en mucho tiempo.

—Quizás deberíamos hablar de eso —le señaló.

—Me gusta la idea. —Ella aceptó—. Mantengámonos en contacto y avísame cuando estés cerca de Santiago.

John terminó la llamada.

—Creo que podría tener novia —susurró como un adolescente. Nadie estaba más sorprendido que él mientras se cerraba la cre-

mallera de su chaqueta contra la corriente de aire de la habitación
y se dirigía a su cama para pasar la noche.

# CUARENTA Y TRES

## EL REENCUENTRO

Dos días después, John partió temprano en la oscuridad. Caminando bajo la lluvia, John pensó en Tess. ¿Podría verle? ¿Qué pensaría de él y de cómo había cambiado en este viaje? ¿Qué era lo que ella había querido para él cuando escribió su lista hace más de diez años? Él quería creer que sí. Su amor por él lo había alcanzado y tocado a través de una década, lágrimas felices cayeron por primera vez en este Camino. Su intenso duelo se había transformado en un dolor sordo. Pero su vida ya no estaba detrás de él, cuando pensaba en Isabela y Pen. John tenía mucho que esperar.

Por la tarde, caminó hasta Sarria. Sarria es la ciudad comercial más grande en los últimos 100 km del Camino Francés, y mientras la lluvia caía a cántaros, John encontró el hotel donde había quedado para encontrarse con Javier. Al entrar en el cálido vestíbulo, John no pudo evitar sonreír al ver la cara familiar de Javier. Ninguno de ellos era el mismo hombre que se había separado en León. Cualquier mal rollo entre ellos se disolvió mientras se abrazaban.

—¿Cómo ha sido sin mí? —preguntó Javier—. Me imagino que tienes algunas historias que contar.

—Como me dijo una vez una agente del FBI en Pamplona: si te lo cuento, tendría que matarte — rio John.

John guardó su mochila. Revisó su habitación y se arregló. Más tarde, se encontraron en el vestíbulo para tomar una copa.

—¿Estás listo para decirme por qué te fuiste de León tan abruptamente? ¿Y qué has estado haciendo desde entonces? —preguntó John, más valiente de lo que se sentía.

Javier respiró hondo.

—¿Por dónde empiezo? Ha pasado mucho tiempo. —Tomó un trago de su cerveza—. Volví a la granja y pasé días cavando por el rancho de mi tío, buscando cuatro cajas que mi padre le indicó a su abogado que enviara a mi tío después de su muerte. Por algún milagro, estuve a punto de rendirme cuando las encontré apiladas bajo una lona en la parte superior del granero. Cada caja estaba llena con sus diarios y documentos financieros. Un registro de toda su vida adulta. Y estas cajas contenían más piezas del rompecabezas que he estado tratando de resolver.

—Interesante —John frunció el ceño—. ¿Qué decían los diarios?

—La verdad, pintaban una imagen de mi padre que nunca conocí. Mi madre estaba embarazada cuando se casaron. Mi padre nunca amó a mi madre, y ella estaba con él por mi culpa.

John palideció.

—Eso debe ser difícil de descubrir después de todos estos años.

Javier asintió. —Esa no fue la parte más difícil. Leyendo su vida en sus propias palabras, mi padre estuvo profundamente solo durante décadas. Se le rompió el corazón cuando descubrió que mi madre estaba embarazada y que él no podía regresar a Navarrete, con su familia. Nunca quiso la vida de alto perfil en Madrid que mi madre anhelaba. Y ocultó su desesperación para que su hijo nunca lo supiera.

—Lo siento —dijo John, sinceramente.

—Pero hay más. Después de leer durante horas sus diarios y apenas comer o dormir durante una semana, encontré papeles que prueban que mi padre e Inés estuvieron juntos. Él estableció una cuenta — un fideicomiso en las Islas del Canal—para cuidar de Inés después de su muerte.

Los ojos de John se abrieron de par en par.

—¿Por qué el abogado no te lo dijo cuando tu padre murió?

—Eso es un misterio. Creo que el abogado pensó que estaba guardando un secreto para mi padre. Todos los documentos fueron enviados a mi tío para su custodia. Esto complica las cosas. No solo Antonio y yo necesitamos hablar con Inés sobre su parentesco, sino que también necesitamos discutir el hecho de que tiene una pequeña fortuna depositada en un banco en una isla frente a la costa de Francia.

John no podía imaginar cómo se sentía Javier. Sus propios problemas parecían insignificantes en comparación con la complejidad de lo que Javier estaba enfrentando.

—No sé qué decir. Como dijiste, los secretos carcomen por dentro. Y por doloroso que sea, al final, es bueno que todo salga a la luz.

Javier negó con la cabeza. —Puede ser.

Al día siguiente, se despertaron con lluvia torrencial. Pero el clima no era excusa para dejar de hacer el Camino. Se equiparon con ropa impermeable y se dispusieron a continuar. Incluso con el mal tiempo, John se puso su vieja gorra de béisbol de los Cubs. Hubo un momento en un albergue semanas antes cuando pensó que la había perdido, su punto más bajo en el Camino. Al encontrarla, frotó la visera como un talismán y siguió adelante.

La lluvia caía a cántaros sobre ellos mientras relampagueaba. Se metieron en una pequeña cafetería para calentarse y disfrutar de una segunda taza de café.

John envolvió sus manos alrededor de su taza de café mientras Javier bebía su cerveza.

—¿Has oído hablar de Pen? —preguntó Javier.

—No, nada en la última semana. ¿Por qué? —preguntó John.

—Por nada —dijo Javier—. Solo me preguntaba cómo se sentía. En Burgos, dijiste que no estaba bien. He estado pensando en ella hoy. Debería llamar a Mateo y preguntar.

En ese momento, la imagen de Pen tirada en el suelo del baño después de su sobredosis de drogas apareció en su mente. Rara vez pensaba en ese momento, pero su futuro habría sido muy diferente si Tess no hubiera arriesgado todo y la hubiera llevado a España. La apuesta de su mujer cambió todo para su hija y todo para él y Tess.

Su riesgo aseguró los éxitos que Pen ahora disfrutaba y su desamor también. John negó con la cabeza. Ya no había tiempo para lamentar. Su hija estaba a salvo.

Su llegada a Portomarín en un diluvio significó que tendrían que quedarse, ya que el pronóstico advertía de un empeoramiento del tiempo. Los relámpagos y truenos se movieron al unísono, reforzando su decisión.

Antes de acostarse, John decidió dar un paseo y llamar a Isabela.

—¡Hola, forastero! —dijo ella cuando respondió—. ¿Dónde estás ahora?

—Estoy en Portomarín... solo quedan unos días.

—He oído que Javier está aquí en la granja. Así que, ¿vas a caminar el resto del camino solo?

—Javier está aquí conmigo, y parece que está bien. Su partida del Camino fue tan abrupta como su regreso ayer. John no sentía que fuera su lugar revelar los secretos de Javier. —Quizás deberías hablar con él.

—Mmmm... —dijo Isabela—. Algo me dice que sabes más de lo que dices, pero respeto que estés guardando sus secretos.

John cambió de tema para evitar decir más.

—Me gustaría que pudieras venir a Santiago cuando terminemos. Te he echado de menos.

—Yo también te he echado de menos —admitió Isabela—. Ya casi hemos terminado la temporada.

—Cuando lleguemos a Santiago, los resultados de la prueba de ADN estarán disponibles en el laboratorio, y Javier obtendrá su respuesta. Así que, todo está llegando a su fin, supongo.

—Sí, eso parece —susurró Isabela—. ¿Dónde te alojarás en Santiago?

—No lo había pensado. Probablemente debería. ¿Conoces la ciudad? ¿Tienes alguna recomendación?

—No soy gallega, pero puedo preguntar. Puedo hacer la reserva por ti y enviártela.

Ella había superado lo que le molestaba con su primo. John sonrió. —Eso sería genial. Quizás hables con Javier antes de que finalices, ya que probablemente tenga algo que aportar. Mateo y Pen estarán allí también.

—De acuerdo. Llamaré a mi primo y veré cómo está. Su visita a la granja de ovejas es un poco misteriosa. Estuvo cerca, pero no llamó. Alguien me dijo que le vieron. Le he hablado a Pen. Le dije que te llamara. Suena deprimida, John. Creo que es bueno que la veas en unos días. Quizás tengas que hablar con ella, también.

Las palabras de Isabela inquietaron a John. Javier le había manifestado su preocupación por Pen antes. De repente, llegar a Santiago adquirió más urgencia.

—¿Qué te preocupa de Pen? —preguntó, queriendo saber su opinión.

Isabela suspiró. —No lo sé, exactamente. Simplemente se la ve mal. Hablamos del trabajo y de la política de la oficina. Pero siento que es más que eso, John. No puedo precisar qué es.

—La llamaré ahora mismo.

Pero Isabela ofreció otra opinión. —No sé cuánto vas a sacar de ella por teléfono. Parece cerrada. Sola es la mejor manera de describir cómo suena. Quizás estoy exagerando, pero esa fue la sensación que tuve cuando hablamos.

Cuando colgaron John llamó a Pen. Sonó, pero ella nunca contestó. John miró la hora.

Probablemente seguía en la oficina, quizás en una reunión. Lo intentaría más tarde.

John regresó al albergue. Fue agradable tener a alguien con quien hablar sobre asuntos familiares y tener un confidente una vez más. En el Camino, había evitado examinar sus crecientes sentimientos por Isabela. Convenciéndose a sí mismo, estaba preocupado con otras cosas. Ahora, tenía que admitir que tenía profundos sentimientos por la bodeguera. Una cercanía que no estaba seguro de volver a sentir. Ella parecía entenderlo de maneras que él no se entendía a sí mismo. John no sabía si eso era amor, pero sabía que no quería que terminara. Y, aun así, dudó. ¿Qué pensaría Isabela si él revelara lo que le dijo a Javier en León? Su infidelidad. Su traición a Tess era su mayor fuente de vergüenza. ¿Huiría como su primo? ¿Sería el fin antes de que siquiera empezara?

John respiró profundamente. Su dolor regresó como un hábito, pero se fue en un instante. Desde que comenzó este Camino en Saint-Jean, Javier se había convertido en algo más que el amante de Tess para él. John no quería ver al hombre sufrir. Y tampoco quería causarle dolor a Isabela. Gestionar sus emociones tendría que esperar otro día.

# CUARENTA Y CUATRO

## EL CAFÉ DE LA FELICIDAD

Fueron por el sendero embarrado, subieron colinas y bajaron valles bajo la incesante lluvia de Galicia. La única tregua en el clima llegó entre Palas de Rei y Melide.

—¡Mira! —dijo Javier, señalando a través del portón en la carretera; un espejismo se alzaba ante ellos—. ¡Es un tráiler de comida!

John leyó el letrero en el remolque gris con el símbolo de un Buda meditando. Todavía llevaba su pulsera, y se preguntó dónde estaría su amigo monje de los Pirineos y si se habría detenido allí.

Javier leyó el menú en voz alta. —*O Cafe da Felicidade*. El café de la felicidad. Tienen tostada de aguacate.

John se quedó boquiabierto.

—Tostada de aguacate —explicó Javier, guiando el camino a través del portón—. Vamos a comer aquí. Es mi capricho.

John siguió a Javier para pedir el desayuno, algo que no se servía en ningún otro lugar del Camino.

La mujer rubia que atendía la ventana habló español con Javier, pero un perfecto inglés americano cuando se giró hacia John.

—¿Cómo supiste que soy americano? —le preguntó él. Ella sonrió.

—Se necesita uno para reconocer a otro —guiñó ella—. Es una forma de mirar y de caminar.

—¿Hay algún americano por aquí? —preguntó él.

—Te sorprenderías —dijo ella, riendo.

John sabía lo que quería decir. Por lo general, podía detectar a otros americanos en el sendero.

—¿Qué vas a pedir? —le preguntó ella—. ¿Quizás un gofre con auténtico sirope de arce canadiense?

A John se le hizo la boca agua. —¡No! ¡Eres una diosa culinaria!

La propietaria americana sonrió. —¡No eres el primero en decirme eso! Y no serás el último. Sirvo lo que yo anhelaba en mi propio Camino. Sentaos. Os lo traeré cuando esté listo.

Los hambrientos peregrinos comieron hasta hartarse. Por suerte, Melide estaba a solo seis kilómetros.

Al día siguiente, el día pasó volando. John y Javier se levantaron temprano, salieron de Arzúa en otra mañana fría antes del amanecer. Era su último día completo en el Camino. El sendero estaba embarrado bajo un túnel de robles antiguos.

A solo un kilómetro de Arzúa, escucharon un fuerte crujido mientras un grupo de jabalíes salía del matorral y se quedaron inmóviles en medio del sendero. La manada de jabalíes salvajes se asustó al encontrarse con peregrinos como John y Javier. Si se les provocaba, sus colmillos curvos podrían destrozarlos en un segundo. Javier colocó sus bastones de senderismo delante de él, deteniendo su progreso.

—No te muevas —susurró—. Prepárate para defenderte con tus bastones.

Sus linternas cegaron a los jabalíes mientras nubes de vapor salían de sus fosas nasales. El tiempo se detuvo mientras los peregrinos dejaban de respirar. Los jabalíes adultos emitieron advertencias a sus crías, que estaban a oscuras detrás de la luz cegadora. El enfrentamiento duró varios minutos antes de que las hembras rompieran la tensión llevando a sus jabatos al otro lado del sendero y a través de los arbustos, mientras los machos permanecían en guardia. Luego, los jabalíes restantes se unieron a la manada uno por uno y desaparecieron en la espesura oscura.

Los dos soltaron el aliento que estaban conteniendo al unísono.

—¡Dios mío! —dijo John—. Ese fue uno de los momentos más aterradores de mi vida. ¿Qué ha sido eso?

—Fue también uno de los momentos más peligrosos de tu vida —dijo Javier—. Esos jabalíes salvajes podrían habernos matado. Puede ocurrir aquí en Galicia. No es algo que pase muy a menudo, pero puede ocurrir. Fueron las linternas las que nos salvaron.

Se quedaron cegados y no podían distinguir qué éramos ni cuántos estábamos detrás de la luz.

—Quizás mañana deberíamos empezar después del amanecer. Sería el último día de su Camino.

Era lo más inteligente que podían hacer.

# CUARENTA Y CINCO

## CORRIENDO HACIA EL FUTURO

Pen observaba las altas llanuras de España pasar rápidamente. Mateo le había dado su asiento junto a la ventana en el tren de alta velocidad de la mañana temprano desde la estación de Chamartín en Madrid hasta Santiago de Compostela. Su marido le cogía la mano, pero apenas se habían dicho unas palabras desde el embarque.

Pen tenía muchas ganas ver a su padre, pero la perspectiva de volver a Santiago le traía recuerdos. Recuerdos de su propio Camino con su madre el año antes de que ella muriera. Pen se llevó la mano de forma protectora a la tripa. Este bebé nunca conocería a la madre de Pen, Tess; nunca sabría cómo podrían haber sido las cosas si su madre fuera diferente. Acelerar hacia el rincón noroeste de España no era lo que le preocupaba. Pen había estado en Galicia antes para visitar a la abuela de Mateo, Sofía, cuando ella se mudó allí para estar más cerca de su familia tras el fallecimiento de su marido, Sebastián. Su abuela vivía cerca de A Coruña en la Costa da Morte, a más de una hora al norte de Santiago. Hoy sería la primera vez que Pen pisara la Plaza del Obradoiro frente a la Catedral sin su madre. Pen cerró los ojos. Después de tanto tiempo, ¿por qué la perspectiva de regresar era tan emotiva?

Mateo le apretó la mano para tranquilizarla.

—¿Estás bien? —le preguntó—. ¿Te encuentras bien? ¿Quieres que te traiga algo?

Pen negó con la cabeza y volvió la vista al paisaje, sin estar segura de cómo se sentía. Necesitaba a su padre ahora que iba a ser madre. Las llamadas telefónicas y los mensajes de texto desde Madrid y Phoenix ya no serían suficientes. Quería sus mensajes y su presencia siempre tranquilizadora cerca. Cuando le llamó en el Camino, su padre parecía diferente. Pero ese era el objetivo de caminar, después de todo. Lo notó por primera vez en casa de Isabela la mañana después de la fiesta. La forma en que Isabela miraba a su padre inquietó a Pen. Le gustaba la prima de Javier, pero la idea de que su padre pudiera sentir algo por la confiada bodeguera, como si hubiera engañado a su madre después de todos estos años, era un pensamiento molesto para Pen. El pensamiento era irracional, y ella lo sabía. Por otro lado, si su padre amaba a Isabela, podría considerar mudarse a España.

Pen tuvo que admitir que la sugerencia de su padre de que llamara a Isabela para obtener consejos sobre la política laboral complicada fue útil. Durante su llamada, Isabela fue una buena asesora sobre la cultura corporativa y femenina en España. Le ofreció a Pen información sobre cómo encajar y qué evitar. Más que nada, Isabela le dio a Pen el apoyo que necesitaba desesperadamente el día que llamó a la bodega.

—Gracias, Isabela, por ayudarme con un poco de perspectiva. Ha sido difícil —dijo.

—Por supuesto —dijo Isabela—. Cuando quieras. Mudarse a un país nuevo y aprender a existir en una cultura que no es la tuya puede ser complicado. Lo recuerdo bien. De verdad, Pen, puedes llamarme cuando quieras.

Pen decidió salirse de su razón original para llamar a Isabela.

—Creo que le gustas a mi papá —dijo ella en voz baja. Isabela no contestó enseguida.

—Me gusta mucho John ¿Te importa eso, Pen? —preguntó respetuosamente.

Isabela no era la madre de John. No tenía hijos propios, así que no podía aconsejar a Pen sobre cómo criar a un hijo. Pero podía ser una amiga.

—Por supuesto, sí. Ambos sois adultos. Y estaré feliz si mi papá es feliz. Por favor, no le hagas daño —resopló ella—. No creo que pueda soportarlo. Es más frágil de lo que parece.

—No lo haré —dijo Isabela—. Lo prometo. Con su embarazo, Pen no tenía intención de dejar su trabajo. Pero su delicada situación en la oficina se volvería aún más difícil una vez que el anuncio de su embarazo se hiciera público y luego, nuevamente, después de la llegada del bebé.

Mateo soltó su mano dirigiéndose a la cafetería del coche. Pen sacudió la cabeza cuando él volvió a preguntar si quería algo. Después de que él desapareció por la puerta del coche, Pen se frotó la tripa con la mano izquierda y pensó en el anillo de boda de su madre reflejando la luz del sol. ¿Es así como Tess se sintió cuando estaba embarazada de Charlie? Basado en lo que Pen sabía, Tess no tenía el apoyo de su madre, así que tuvo que arreglárselas para ser madre, al igual que Pen. ¿Cómo se las arregló Tess?

¿Cómo supo ella qué hacer y qué no hacer? ¿Cómo mantenerle a salvo?

Al final, su madre no pudo mantener a su hermano a salvo. Él murió joven, y no había nada que sus padres pudieran hacer para evitarlo. El centro de su mayor miedo surgiría de repente. Una vez que este niño naciera, saldría al mundo. Habría tantos peligros que ella no podría controlar. Y tantas oportunidades para que algo saliera mal. Este bebé llegaba, y el tiempo era corto para descubrir y neutralizar posibles amenazas. ¿Por dónde debía empezar?

Mateo regresó y dejó una botella de agua y una bolsa de galletas en la bandeja frente a ella, por si acaso le volvían las náuseas. Pen sabía que estaba dando lo mejor de sí. Él parecía tan feliz con este bebé. No estaba preocupado en absoluto. Pen no compartía sus miedos con él. Como su madre, su trabajo era ocuparse de todo lo relacionado con la educación de su hijo, y de alguna manera tendría que encontrar la manera de superar el desafío.

El tren se abrió paso por un túnel después de otro en las montañas de Galicia. El constante traqueteo del vagón de Ourense a la estación de Santiago provocó estragos en el estómago de Pen. Se levantó, fue al baño, y se lavó las manos con agua fría. Las hormonas del pequeño bebé le estaban haciendo pasar un mal rato. Pen se miró en el espejo y se limpió la cara con una toalla húmeda. Los círculos oscuros bajo sus ojos requerían la aplicación de más corrector de su bolso. Ella no quería que Mateo o su padre se preocuparan.

En las próximas dos horas, vería a su padre de nuevo. Se sentía como si estuviera nadando hacia él contra una fuerte corriente. Quizás ver a su padre era todo lo que necesitaba para sentirse conectada. Para sentirse como si no estuviera perdiendo la cabeza. Pen se cepilló el cabello y se aplicó un poco de brillo labial antes de respirar profundamente y abrir la puerta de metal gris.

Mateo se levantó para dejar pasar a Pen.

—¿Todo bien? —le preguntó a su mujer, preocupado—. ¿Te encuentras bien? Pen sonrió. Su preocupación la conmovió.

—Estoy bien. No puedo esperar a bajarme de este tren que se balancea y ver a mi padre —Pen se echó a llorar—. No quiero pensar en que regrese a Estados Unidos.

—Todavía hay tiempo —dijo Mateo—. ¿Quieres que hablemos con él?

—No. No sé. Quiero que quiera quedarse en España. Yo solo... —cerró los ojos mientras las lágrimas caían, y se las secó—. Si él regresa, no sé cuándo lo volveré a ver. ¿Qué pasa si hay complicaciones? ¿Y si...?

Pen sacudió la cabeza.

—Ni siquiera lo sé.

Mateo la abrazó y ella apoyó la cabeza en su hombro.

—Creo que tu padre está pasando por mucho, dejando ir a tu madre. Cuando termine el Camino, podría pensar de manera diferente. Sería mejor si hablaras con él, Pen. Y creo que ayudaría si hablaras conmigo. Necesitas decirme si estás preocupada por algo para que pueda ayudarte. Ese es mi trabajo.

Pero Pen creía que sus miedos se harían realidad si los decía en voz alta. Y algunos de ellos no eran tan fáciles de identificar. De todos modos, Mateo podría pensar que estaba loca. Agotada, cerró los ojos, más cansada de lo que había estado nunca.

# CUARENTA Y SEIS

## NUNCA SERÁ IGUAL

A la mañana siguiente, John y Javier se levantaron por última vez en el sendero. Era el día en que caminarían hasta Santiago, y su ánimo estaba por las nubes. Después del amanecer, siguieron su propio consejo y dejaron su albergue en Santa Irene para evitar otro encuentro con jabalíes, caminando entre arboledas de gigantes eucaliptos.

—Tengo muchas ganas de ver a Pen —dijo John, sonriendo.

—Imagino que debe ser difícil para ella vivir en Europa mientras tú estás en Estados Unidos — dijo Javier.

—Sí, ha sido difícil. Cuando estaba trabajando, no era tan malo. Pero Pen tiene su propia vida. No necesita que yo esté por allí molestando.

Javier no estuvo de acuerdo.

—Creo que preferiría que vivieras cerca. Somos tu familia, John.

John nunca había considerado esto antes de su Camino, pero pensó en ello a diario en el sendero. La familia de Pen era su familia. ¿Había gente con la que podía contar? ¿Por qué tenía tanto miedo de abrazarlos?

—¿Cuáles son tus planes después del Camino, John? —preguntó Javier.

—No estoy muy seguro todavía. Isabela me ha invitado a pasar un tiempo en la bodega de La Rioja. Así que ya veremos.

Javier enarcó una ceja, sonriendo.

—Ah, ¿sí?

John evitó la pregunta.

—Pero también necesito regresar a los Estados Unidos en algún momento. Estoy aquí para esparcir las cenizas de Tess en los lugares que ella pidió. Muchos de ellos están en los Estados Unidos, y quiero cumplir todo lo que he empezado. Este ritual ha sido maravilloso, y cuando lleguemos a Madrid, la pondremos en otro de los lugares de su lista. No lo entendía antes, pero ahora sí. Ella quiere estar en los finales y en los comienzos de momentos significativos en la vida de la gente. Es propio de ella haber encontrado esos lugares —John tosió para aclarar la emoción de su garganta—. La amé muchísimo. Pero gracias a este Camino, la estoy dejando ir.

Les llevó varias horas llegar a Monte do Gozo. Desde la cima, contemplaron la ciudad de Santiago. Los dos hombres se pararon con los brazos sobre los hombros del otro, mirando hacia la ciudad con la Catedral a sus pies.

John imaginó lo que Tess sintió en ese momento: la emoción de completar la peregrinación y el miedo de lo que vendría. En este punto, Tess no le había contado a Pen sobre su enfermedad y, después de un mes de trayecto, todavía estaban luchando por acercarse a su hija. Pero eso cambiaría en la Catedral en solo unas horas.

Justo entonces, John vio las túnicas naranjas y rojas ondeando al viento. Hy Yung, el monje de Orrison, estaba a 50 metros de John, mirando hacia el valle. A pesar del frío, todavía llevaba sus sandalias. John tiró del brazalete en su muñeca antes de llamar al hombre, que se volvió hacia John con una sonrisa radiante y un saludo. John acortó la distancia entre ellos, sosteniendo su muñeca para que el monje pudiera ver el regalo que tenía.

—¿Cómo estás? —preguntó John.

—Estoy bien —dijo el monje—. Y te ves bien, John. Creo que has hecho el trabajo que viniste a hacer.

—De hecho, sí. Gracias por tu comprensión y bendición al comienzo de este viaje. No estoy seguro de cómo esto me cambiaría y cómo me ayudaría. Cuando te conocí, todavía tenía miedo.

El monje sonrió.

—Todos tenemos miedo a veces, John. Pero somos resistentes con coraje. Has demostrado valentía al continuar tu viaje a pesar del miedo. Esa es la lección. Leí algo maravilloso en este Camino de alguien que sabía que su muerte era inminente. Y sus palabras me conmovieron profundamente: su amor por su familia y su aceptación de las tragedias que vivió. Pero más que eso, ella abrazó sus defectos y aceptó su muerte como una transición más. En última instancia, se entregó a la humanidad.

El monje sacó una tira de papel amarillento de sus vestiduras.

—Encontré este obituario tirado en el suelo de una iglesia. Está escrito en inglés, y creo que la mujer es estadounidense. Pero puedes escuchar su voz cuando lo lees.

John contuvo la respiración. Extendió la mano y cogió el periódico doblado. Las lágrimas corrían por sus mejillas mientras miraba a un Javier confundido.

—Es el obituario de mi mujer —dijo John, ahogándose—. Lo perdí en el Camino. No sé dónde, pero se debió haberme caído en esa iglesia.

Se secó los ojos, luego lo desdobló como una reliquia sagrada.

—Lo busqué por todas partes y pensé que se había perdido para siempre.

Javier se asomó por encima del hombro de John, y leyó las últimas palabras de Tess.

—«Entrega y aceptación» —susurró Javier, secándose sus propias lágrimas.

—Supongo que estaba destinado a que te lo llevaras, John —dijo Hy Yung—. Para devolverte lo que perdiste.

John dobló el papel, guardándolo en su cartera. Le dio las gracias al monje, quien le hizo un gesto diciendo no hay de que.

—Estamos todos conectados, John. No existe un John Sullivan o un Hy Yung. Somos de la misma fuente, y allí regresaremos algún día. No nos perdemos. Viven dentro de nosotros, y nosotros dentro de ellos; la energía fluye a través del tiempo y el espacio como un río.

Pero, como sabes, a veces nos perdemos y necesitamos tiempo para encontrarnos de nuevo.

Hy Yung miró profundamente a los ojos de John y sonrió.

—Creo que has usado este tiempo sabiamente. Enhorabuena. Me alegro de haberte conocido por fin, John Sullivan. —Luego, se giró con sus coloridas túnicas y bajó la colina sin decir una palabra.

Una hora más tarde, John y Javier entraron en el casco antiguo. El lamento del gaitero para los peregrinos mientras entraba en la plaza frente a la Catedral era un sonido melancólico que transportó a John de vuelta a su infancia en un instante. Su abuelo irlandés tocaba la gaita en ocasiones especiales en la iglesia cuando John era un niño. Recuerdos de su boda y la de Tess cuando el abuelo Charlie había tocado para ella mientras caminaba por el pasillo. El sonido lastimero afloró los últimos vestigios de dolor, y dejó que sus lágrimas fluyeran sin control.

El sol salió de detrás de las nubes, y junto con otros peregrinos, el dúo descendió lentamente por las escaleras bajo el pórtico y entraron en la plaza frente a la Catedral. Fue desorientador estar en el punto final. Los dos hombres se abrazaron dándose la enhorabuena y se oyeron sus nombres: Pen, Mateo, e Isabela se acercaron a ellos y corrieron a saludarlos.

—¿Cómo te sientes? —preguntó Isabela, sonriendo como si John fuera el héroe conquistador.

—Me siento genial. Y mucho mejor ahora que estás aquí.

John se volvió hacia su hija y la abrazó fuerte, sin querer soltarla. Cuando se separaron, vio que Pen se secaba las lágrimas de las mejillas.

—Estoy orgullosa de ti, papá.

John sonrió. Hacía mucho tiempo que no se sentía orgulloso de sí mismo.

—Después de tantas semanas, estaba deseando ver tu carita —le dijo a su maravillosa hija.

Mateo les hizo una foto mientras posaban juntos delante de la Catedral. Juan y Javier levantaron sus bastones con los brazos sobre los hombros del otro. Como si fueran hermanos.

La familia cruzó la plaza hasta el hotel, y Pen y Mateo esperaron con Javier mientras John e Isabela se registraban.

—¿Está la habitación a mi nombre?

—La habitación está a mi nombre. No vi razón para la pretensión de dos habitaciones. Solo necesitas registrarte en mi habitación y conseguir otra llave.

John sonrió. —Sí, mamá. —Miró hacia donde su hija estaba de pie con su marido. —Pen ya es mayor, y yo estoy cansado de intentar ser perfecto.

—¿Estar conmigo es imperfecto? —preguntó Isabela con una ceja levantada.

—No en lo que a mí respecta. —John le pasó el brazo por el hombro y le besó el pelo mientras los demás miraban.

—De todos modos, hablé con Pen. Ella dijo que solo quiere verte feliz.

—¿Hablaste con Pen sobre nosotros? —frunció el ceño, tomando la llave del recepcionista.

—Ella sacó el tema. Fue cuando me llamó para pedirme consejo sobre su trabajo. Le dije que me gustas mucho. Me hizo prometer que no te haría daño.

—Ah —dijo John—. ¿Y lo prometiste?

—Lo hice —sonrió Isabela.

Después de una larga y caliente ducha, John se afeitó por primera vez en más de una semana. Su pelo gris estaba más largo de lo que había estado en años. Sus mejillas tenían un resplandor bronceado, y se sentía más sano que en una década. En el Camino, no le preocupaba su aspecto. Estar limpio y abrigado era la prioridad, y no tenía tiempo para pensar en cómo lo veían los demás.

John salió del baño con su toalla hacia Isabela, que estaba sentada en la cama, esperándolo.

—Hola —sonrió ella.

—Hola —dijo él con una timidez inesperada—. Eres una sorpresa inesperada de Santiago.

—Quería estar aquí cuando terminaras.

Ella se puso de pie y le rodeó el cuello con los brazos.

—No voy a empezar nada porque tenemos que reunirnos con los demás, pero puedes contar con que luego no te daré tregua.

—Espero que no —dijo John antes de devolverle el beso.

Le envió un mensaje a Pen, y Pen e Isabela se encontraron con los demás en el bar del hotel.

—Ahí estás. —dijo Pen, sonriendo—. Me preguntaba si alguna vez saldrías de la ducha caliente.

—Se siente bien estar limpio y seco —se inclinó y besó la cabeza de la hija—. Me alegro de que estéis aquí.

Llegó el camarero, y pidieron vino —todos excepto Pen.

—¿Todavía estás enferma? —preguntó John, recordando que ella había estado enferma en la casa de La Rioja. Y su condición no había mejorado cuando él le había hablado varias veces a lo largo del camino. Pero le preocupaba más su salud mental. Esos días, Pen parecía deprimida.

Pen y Mateo sonrieron.

—Bueno, queríamos esperar hasta que estuviéramos los dos para decírtelo. Mateo y yo estamos embarazados. Vamos a tener un bebé en primavera.

Javier dijo algo en español y se levantó para abrazarles, y Mateo devolvió el abrazo a su padre.

John se levantó y fue hacia su hija. Le sostuvo la cara, mirando sus ojos azules, como los de su madre. La abrazó fuertemente y estrechó la mano de Mateo.

—¡Maravillosa noticia! ¿Cómo te sientes? —le preguntó John, preocupado—. Por alguna razón, Pen no parecía tan emocionada como la noticia implicaba—. ¿Estás mejor?

—Todavía me mareo por las mañanas, pero la noche no es tan mala como antes. No sabemos si es niño o niña, pero podremos averiguarlo en diciembre.

—No importa si es niño o niña —dijo Mateo, levantando una copa—. Lo importante es que esté sano.

—Por supuesto —dijo John—. La salud es lo que importa. Y con tantos médicos en la familia, no debería ser un problema.

Mientras los demás decían posibles nombres para el bebé, John sacó sus credenciales del bolsillo, tomó el largo pasaporte en sus manos y revisó todos los sellos. Mucho había pasado desde esos primeros pasos en Saint-Jean, y mientras miraba, los lugares asociados con cada estampa le pasaron por la mente. Recordaba cómo se había sentido en ciertos puntos del camino y la gente que conoció en albergues y cafeterías. John se preguntó dónde estaba Gaelle y si se había recuperado por completo. Los recuerdos de su viaje eran sorprendentemente emotivos.

Pen se inclinó.

—Recuerdo lo que se siente —susurró.

—¿Qué quieres decir? —le preguntó él. Pen sonrió.

—No puedes creer que lo hiciste. Caminaste todo ese trayecto. Por eso, nunca volverás a ser la misma persona. Créeme.

Pen tenía razón. Eso era precisamente lo que sentía. John dobló sus credenciales y se quedó de pie antes de anunciar que era hora de conseguir su Compostela. Javier se sirvió otra copa de vino mientras observaba todo. Pen e Isabela acompañaron a John por la colina hasta la oficina del peregrino.

La cola electrónica marcó su número y John presentó su pasaporte a la empleada.

—¿Dónde empezaste?

—En Saint-Jean-Pied-de-Port en Francia —dijo.

—¿Hiciste todo el camino?

—Sí, lo hice —dijo John orgulloso.

—¿Y por qué hiciste el Camino? ¿El motivo es de carácter espiritual, religioso o deportivo? John pensó en ello por un momento.

—Caminé en honor de mi mujer, que murió de cáncer.

La mano de la mujer se cernió sobre el papel, y ella levantó la vista.

—¿Sabías que podías obtener la Compostela en honor de alguien? Se llama *Vicarie Pro* y se usa para recordar a la persona. ¿Te gustaría añadir su nombre?

John asintió.

—Por favor, añade su nombre. Tess Margaret Sullivan.

Pen abrazó a Isabela mientras veían a John por la ventana cómo la empleada añadía el nombre de la madre a su Compostela y se la entregaba.

—¿Te gustaría el certificado de kilometraje? ¿Es la prueba de que hiciste 799 km en el Camino Francés?

John negó con la cabeza.

—No. Sé lo que hice. No necesito que nadie lo certifique.

Después, los tres regresaron al hotel. John dejó a Isabela y Pen en el vestíbulo, pidiendo un tiempo a solas en la Catedral. Cruzó la plaza, subió los escalones y se sentó en medio de las multitudes de peregrinos.

—De acuerdo, Tess. Lo conseguí. Estamos todos aquí en Santiago —levantó la vista hacia la abovedada Catedral medieval—. Y Javier lo hizo conmigo, en su mayor parte, aquí está. Espero que, si estuvieras aquí, estuvieras orgullosa de mí. No fue fácil. Casi me rindo cientos de veces. Volví a Logroño. Y he avergonzado a mil personas mil veces más. Pero seguí después de que nos dejaras: un paso cada vez. Eso es todo. Solo un paso más, y lo conseguí hasta este momento. Supongo que ese es el punto. Suena fácil, pero sabes mejor que nadie que dar un paso más es a veces lo más difícil de hacer.

Se secó las mejillas.

—Pen está aquí. La extraño tanto, cariño. Cada vez que la veo, me pregunto por qué vivimos tan lejos. Pero ahora creo que tal vez sea hora de cambiar eso. —Tal vez necesito reincorporarme al mundo y vivir. —frunció el ceño—. Estoy preocupado por ella. Algo no anda bien, y no puedo quedarme de brazos cruzados. Quizás hable con Mateo.

John resopló. —Pero hay algo más. No vas a creer lo que Mateo y Pen nos acaban de decir. Cariño, vas a ser abuela. Pen está embara zada... el futuro de nuestra familia llegará en primavera. Te hubiera encantado esto. A todos nos hubiera encantado tenerte aquí. John cerró los ojos y tiró de las cuentas del monje que rodeaban su muñeca, pensando en algo. Hay algo más.

—Conocí a alguien. Después de todo este tiempo, ya no estoy solo. Isabela está conmigo, pero creo que eso está bien. No pensé que sería así, pero lo es. Y tengo una nueva familia: con Mateo y Javier. Ya no tienes que preocuparte por mí. Y yo tampoco. En este largo trayecto, aprendí a dejarlo todo, Tess. La vergüenza de lo que hice, cómo te hice daño. Sé que me perdonaste hace mucho tiempo, pero tuve que aprender a perdonarme a mí mismo. No estoy seguro de cuándo sucedió, tal vez fue en algún lugar entre León y O Cebreiro. Pero ya terminé de lamentarme por Charlie como lo hice. Por casi destrozarnos. Ya es suficiente.

Se secó los ojos con la manga de la camisa.

—He añadido tu nombre a mi Compostela. Tú fuiste la persona que me hizo hacer esto porque eres más sabia de lo que nunca seré. De alguna manera, sabías que necesitaría esta experiencia con Javier para sanar, así que esto es tanto tuyo como mío —levantó el tubo como si el fantasma de Tess pudiera ver lo que había dentro—. Y esto es solo el principio. No te preocupes. Poco a poco, terminaré cada lugar en tu lista. John volvió a secarse las lágrimas de las mejillas.

—Te amo, Tess. Pase lo que pase, siempre te amaré.

John se levantó y caminó en silencio de regreso al hotel. En su bolsillo, agarró el caballero blanco y el corcho viejo que Isabela le había dado la noche de la fiesta. Ella tenía razón. Había cambiado, apenas reconocía al hombre que era hace unas semanas.

—¿Cómo te sientes? —le preguntó Isabela cuando volvió a la habitación.

—Se está volviendo más fácil dejarla ir. Y mi vida se siente más real. Como si estuviera despierto de nuevo después de un largo sueño. Me alegro de haber empezado este Camino antes de hacer los otros lugares de su lista.

Isabela sonrió amablemente. —Me alegro de haber estado aquí contigo cuando terminaste.

—Yo también —dijo él, abrazándola fuertemente.

Agotado, John se tumbó en la cama y roncó en cuestión de minutos. Isabela lo cubrió con una manta y se acurrucó a su lado.

# CUARENTA Y SIETE

## LOS RESULTADOS ESTÁN LISTOS

Unas horas más tarde, el zumbido del teléfono de John los despertó. Se dio la vuelta y miró la pantalla, y bostezó. Era Javier.

—Te pido disculpas por despertarte, pero Antonio tiene los resultados de la prueba de ADN. Quiere abrirlos por teléfono conmigo, y quiero que tú e Isabela vengáis. ¿Podéis venir a mi habitación?

John se incorporó y se estiró.

—Claro que sí. Estaremos allí. —John se volvió hacia Isabela—. Los resultados del ADN ya están aquí.

Ella saltó de la cama y se alisó el cabello.

—Vamos.

Javier parecía serio cuando abrió la puerta de su habitación con paneles de madera.

—¿Estás bien? —preguntó Isabela, preocupada por su primo.

—Sí. Creo que ya sé la verdad, pero quiero que se confirme. Luego, tengo otras cosas que discutir con vosotros dos.

Javier marcó el número de Antonio, poniéndolo en altavoz.

—¡Hola!

—¡Hola! —John está aquí con nosotros.

—Hola, John —dijo Antonio.

—Hola, Antonio. Isabela también está aquí.

—Marta está conmigo, también. —Se escuchó un suspiro profundo—. Vale, voy a abrir el sobre con los resultados.

Oyeron un desgarro de papel y luego silencio antes de que Antonio leyera el informe.

—Parece que compartimos una cantidad significativa de ADN. Alrededor del 27 % del ADN es el mismo. Usan la frase «posibles medio hermanos».

—¡Guau! —Los ojos de Isabela se abrieron—. Eso es bastante significativo.

—Sí —asintió Antonio—. Hay otra información aquí, pero es lo que queríamos saber. Mi madre no es vuestra madre, lo que significa que Eduardo nos dio el mismo ADN.

Javier cerró los ojos, e Isabela esperó la reacción de su primo.

—De acuerdo. Ahora lo sabemos —dijo Javier por fin—. Somos hermanos. La línea quedó en silencio.

—Sí. Lo somos. No hay duda. Isabela no podía esperar más.

—¿Cómo os sentís los dos? Ya no sois niños. Os tenéis el uno al otro —dijo ella, sonriendo.

—Había considerado a Antonio como un hermano antes de saber que era mi hermano —recordó Javier.

—Siento lo mismo. —Llegó la respuesta desde el teléfono—. Siempre pensé en Javier era como mi hermano mayor. Ha estado ahí para mí toda mi vida.

Javier sonrió. —Bueno, menos mal, ahora que sé que siempre fue mi responsabilidad. Pero después de hoy, podré decirte lo que tienes que hacer oficialmente. Entrometerme en tu vida e imponer mi voluntad. Como el mayor.

Antonio se rio, y eso rompió la tensión.

—Siempre me he fiado de tus consejos —dijo él—. Ahora los tendré en cuenta. John interrumpió.

—Entonces, ¿qué pasa ahora? ¿Lo vais a contar a vuestra familia? Creo que Mateo querrá saberlo.

Va a ser padre.

—¡¿Qué?! —preguntó Antonio, sorprendido—. ¿Mateo y Pen van a tener un bebé?

—Sí —dijo Javier, sonriendo a John—. Nos lo dijeron hoy. Así que serás tío.

—Vaya. Muchas cosas están pasando en Santiago. Aquí, Marta lo sabe, y por supuesto, todos vosotros lo sabéis. Pero tenemos que hablar con mi madre antes de decírselo a nuestros hijos. Quiero entender qué pasó desde su perspectiva porque tendrán preguntas. ¿De dónde saqué mi último apellido?

¿De dónde vino eso? ¿Por qué todo el engaño?

—Estoy de acuerdo. Si no os importa, me gustaría estar con vosotros cuando habléis con Inés. Para ella será más fácil no tener la conversación y luego el estrés de decírmelo. Esta situación va a ser muy difícil para ella. Tenemos que encontrar una forma de suavizarlo.

—Tienes razón —asintió Antonio—. ¿Cuándo vuelves a Madrid? Me imagino que no querrás estar mucho tiempo sin hablar con ella.

—Puedo irme en cualquier momento. Mañana podemos volver a Madrid. ¿Podéis quedar con nosotros?

Antonio habló con su mujer mientras esperaban.

—Organizaremos a las niñas aquí y hablaré con mi jefe. Luego Marta y yo nos reuniremos contigo en Madrid.

—Vale. Nos vemos en unos días —dijo Javier.

Después de colgar, los tres se sentaron en un silencio atónito. Isabela habló primero.

—Yo voy a Madrid. Conduje desde Navarrete. No tengo nada urgente que hacer en casa. Pen y Mateo van a coger el ave de vuelta a Madrid.

Javier y John estuvieron de acuerdo en que era lo mejor. Ninguno de ellos le diría a Pen y Mateo hasta que hubieran tenido la oportunidad de hablar con Inés. Javier miró su reloj.

—Llegamos tarde para cenar. Tenemos que ir al vestíbulo.

Se reunieron con sus hijos en el casco antiguo para cenar y regresaron al hotel.

—Bueno, fue bastante indoloro —dijo Isabela cuando abrieron la puerta—. Pen sabía que nos estábamos quedando en la misma habitación, pero decidió no comentar. Creo que eso es un progreso. Quizás esparcir las cenizas de su madre le ha permitido dejar de sentirse tan responsable por ti. Para permitirte seguir adelante.

—Es cierto. Pen me protege mucho —asintió John—. Puedo decir que está en conflicto. Le gustas, pero es difícil para ella verme contigo. Se acostumbrará.

—Todos somos familia, supongo.

—De una manera extraña —John sonrió—. Tienes razón.

Sentía a Isabela entre sus brazos, y no tenía ningún otro sitio donde estar esa noche, ni un horario fijo para levantarse por la mañana. No tenía que salir en menos de 8 horas y vestirse para el mal tiempo. Pero sabía que echaría de menos el Camino. La predictibilidad, la cadencia, el aire fresco, etc. Cada día, no tenía ni idea de qué esperar. Lo que vendría, vendría. Esto le dejó libre para pensar, escribir poesía en su cabeza e imaginar a Isabela trabajando en la granja. El tiempo para reflexionar sobre los últimos 63 años. Había rezado en más iglesias el último mes que en toda su vida. ¿A quién? John no lo sabía, pero le resultaba reconfortante.

—No más caminos y no más cosechas. Pasaremos el día juntos conduciendo a Madrid. Estoy deseando hacer *road-tripping* contigo.

—¿*Road tripping*?

—Es algo americano. Nadie puede quemar más gasolina que los americanos en un viaje a campo traviesa. Podemos comprar comida de carretera y turnarnos al volante. Como los estudiantes universitarios.

Isabela se rio. —Bueno, eso sería lo más «estudiante universitario» de la historia. John le acarició la mejilla.

—Me siento como un estudiante universitario cuando estoy contigo —dijo, besándole suavemente los labios.

—Me siento guapa cuando estoy contigo —suspiró ella—. Tú me ves como yo me veo, también.

Él sonrió. —Porque lo eres. No tengo ni idea de cuántos años tienes, pero sé que eres mayor. Ya no eres joven. Me gustas. Estar contigo me hace feliz. Pensé en ti todo el día mientras caminaba. Me preguntaba cómo eras y me imaginaba lo que podrías ser. Te echaba de menos. No pensé que alguna vez sentiría eso por nadie más.

Isabela le recompensó con una sonrisa radiante. —Pensé en llamarte, pero no quise interrumpir lo que estabas haciendo. Era muy importante. Y tenía razón, ya lo sabes. No eres el mismo hombre que empezó en Saint-Jean hace más de un mes. Creo que no eres el mismo hombre que conocí en Logroño. Te veo tranquilo y centrado. Me gustas, sabes lo que quieres.

John se quedó pensativo.

—Toda la mierda ha desaparecido, todo el enfado que tenía. No estoy seguro de dónde vino todo, pero se acabó. El enfado hacia Tess y Javier, hacia mí mismo, a todo. Viví con ello tanto tiempo que ni siquiera me di cuenta de cuánto me oprimía. Pero ahora, apenas recuerdo cómo se sentía. Soy solo yo y mi vida para vivir. No vivo más en el pasado. Y me gustaría pasar una parte significativa del futuro contigo.

Isabela lo llevó a la cama. Hicieron el amor lentamente y se quedaron en la oscuridad después, cogidos de la mano. John sabía la conversación que necesitaba tener con Isabela, y le rondaba la cabeza. Javier tenía razón. Se lo debía a ella. Ese viejo miedo le revolvía el estómago. Después de revelar este secreto, ¿otra persona a la que apreciaba lo abandonaría?

# CUARENTA Y OCHO

## DÉJÀ VU

El desayuno del día siguiente fue un asunto familiar. John se fijó en las dos mujeres de la mesa de al lado mientras estaban en la comida. Le resultaban familiares, pero no lograba descifrar quiénes eran. Cuando terminaron, las mujeres se acercaron y saludaron.

—Bueno —dijo la más alta de las dos—. Estás mucho mejor que la última vez que te vi en Pamplona.

John se levantó de un salto, envolviéndola con un fuerte abrazo.

—¡¿Polly?! ¡No te reconocí! Ella se rio.

—Yo tampoco te reconozco. Te ves feliz. Creo que el Camino hizo su magia.

—Sí que la hizo —respondió John, sonriendo—. Tenías razón ese día en que me dejaste en la puerta del albergue. Pero lo resolví el mes pasado.

Él presentó a Isabela y a los demás en la mesa.

—Ya conocéis a Javier.

—Ah, sí, el siempre apuesto Dr. Javier —sonrió Lucy—. La última vez que os vi a los dos, no estaba segura de que llegaríais al final sin mataros el uno al otro o a algún inocente por el camino. Me alegro de que lo hayáis conseguido. El ojo morado ha desaparecido.

Pen frunció el ceño a Mateo.

—¿Cuándo llegasteis aquí? —preguntó Javier, cambiando de tema.

—Llegamos a Santiago hace 6 días. Nos tomamos unos días de descanso y luego fuimos a Finisterre y Muxía. Es precioso si te apetece ir.

—Vamos a ir a misa hoy y luego nos dirigimos a Madrid. Lamentablemente, tendremos que volver al fin del mundo en otra ocasión —dijo John.

Javier las abrazó a cada una.

—Me alegro de haberos visto —dijo Javier.

—Nosotras también —dijo Polly, haciendo un gesto a John—. Qué bien ver a esta oruga convertirse en mariposa —bromeó.

Las mujeres se despidieron y se marcharon mientras Pen exigía una explicación.

—La última vez que las vimos fue en Pamplona. Ese día a Javier se le puso el ojo morado — explicó su padre.

—¿Entonces, Polly y Lucy estaban allí? —preguntó Pen.

—Sí, lo estaban —dijo Javier, sonriendo a John.

—Algo me dice que hay más en esta historia de lo que parece —observó Mateo. John respiró hondo antes de admitir la verdad del incidente tan vergonzoso.

—Le di un puñetazo a tu padre en la cara.

Los ojos de sus hijos se abrieron de par en par. Isabela alargó la mano y apretó la de John.

—¡¿Qué?! —preguntó Pen, confundida—. ¿Por qué has hecho algo así?

—Fue por culpa de un par de botellas de vino y algunos asuntos pendientes —dijo John, con una expresión de culpa.

Pen dirigió la mirada de su padre a su suegro, quien asintió y sonrió.

—¿Te devolvió el golpe?

—No, gracias a Dios, o mi Camino habría terminado allí mismo y me habría quedado allí todo el tiempo.

Javier se rio.

—No es por nada, pero tu padre tiene derecho a un buen puñetazo. Acordamos, después de eso, que podía devolverme el golpe.

John levantó su taza de café, e inclinó la cabeza. Pen negó con la cabeza.

—De verdad —Pen frunció el ceño a su padre—, ya no te reconozco.

—Al contrario —dijo John—. Creo que por fin me conoces. Y creo que yo también me conozco por fin.

Isabela se inclinó y le besó la mejilla. Mateo sonrió satisfecho, y Pen no dijo nada.

Más tarde, caminaron hasta la Catedral para asistir a la misa. Después, cargando su mochila hasta el coche de Isabela, John se detuvo y echó un último vistazo a la vieja ciudad de Santiago. Tras semanas preguntándose por qué caminaba, se sintió abrumado. Su Camino había terminado de verdad. Una parte de él no quería volver a la vida real. Enfrentarse a volver a Phoenix y a una casa vacía. España era un país ruidoso, pero John se había acostumbrado a las voces altas y a la música a todo volumen. Le hizo sentirse como un invitado a la fiesta de la vida.

Mientras Isabela, Javier y John salían de la ciudad, John inclinó la cabeza para vislumbrar el Camino cuando llegaron a la autovía. Cerca del aeropuerto, vio arroyos de peregrinos caminando hacia Santiago de Compostela. En el mismo lugar había caminado él hacía apenas un día. Mientras conducían por Arzúa, John pensó en la mañana en que se encontraron con los jabalíes, Javier y él.

Para cuando llegaron a Lugo, viajaban en silencio con Isabela al volante. John trató de averiguar cuando sería un buen momento para hablarle de su aventura. Le debía ser honesto y no quería dejarlo pasar demasiado tiempo. Pero también sabía que no podía tener una conversación delicada con Javier en el coche. Tendría que esperar hasta Madrid.

—Probablemente te estés preguntando qué hacía yo en la granja de ovejas —dijo Javier.

Isabela miró a John, luego ajustó su agarre en el volante y volvió sus ojos a la carretera. John esperó a que él dijera algo más.

—En el hotel de León, después de la prueba de ADN con Antonio, llamé al abogado de mi padre, nuestro viejo abogado de familia. Necesitaba ver qué sabía. La verdad es que él sabía mucho.

Isabela levantó una ceja y miró el espejo retrovisor para ver a su primo.

—Claro. Así que, ¿qué? ¿Qué dijo él? Él parecía reacio a discutir los detalles, pero finalmente reveló:

—Había enviado algunas cajas al tío Javier después de la muerte de mi padre

—¿Cajas? —Isabela frunció el ceño—. ¿Llenas de qué?

—Cajas viejas de madera selladas con clavos. Me llevó casi una semana localizarlas. Busqué por todas partes, pero no encontré rastro de ellas. Luego, la Brujita me ayudó a descubrir su escondite.

Isabela se rio—¿Una pequeña bruja te ayudó a encontrar las cajas de tu padre? ¿En serio, Javier?

—Es cierto. Una gatita se quedó atrapada en las vigas del granero. Y al rescatar a *Brujita*, mi amuleto de la suerte, encontré las cajas.

—Dile lo que había dentro —incitó John.

—Todo lo que necesitaba saber, y algo más. Las cajas de Eduardo están llenas de los diarios de mi padre. En ellos, él registra toda la historia de la mayor parte de su vida adulta. Los diarios empiezan antes de que conociera a mi madre.

—Interesante —dijo Isabela—. ¿Lleno de secretos familiares, supongo?

—Sí, y no... —dijo Javier—. Algo que no era tanto un secreto como una revelación. Parece que mi padre se casó con mi madre porque ella estaba embarazada de mí.

—¿Qué? —Los ojos de Isabela se abrieron en el espejo—. ¿Y tú no sabías esto?

Javier negó con la cabeza. —No, no tenía ni idea. Conozco a mi madre. Enterraríamos esta información en el agujero más profundo del núcleo fundido de la tierra. Pero, después de leer cómo todo apareció en los diarios de mi padre, esta revelación me hizo preguntarme si mi padre era mi padre. ¿Le engañaría a mi padre estando embarazada de otro? Sí, nos parecemos en algunos aspectos, pero necesitaba pruebas. La prueba de ADN con Antonio ayudó a disipar esa posibilidad. Pero ahora, otras cosas han surgido.

—¿Como el qué? —preguntó Isabela, implorando a su primo que continuara mientras conducían por las montañas, pasando Ponferrada y en dirección a Madrid.

—Bueno. Parece que mi padre estaba enamorado de otra chica de Navarrete —que no era Inés— antes de conocer a mi madre. Era una chica con la que fue al instituto y con la que Eduardo se moría de ganas de volver cuando terminara su residencia médica. Pero el embarazo de mi madre puso fin a todo. Y esa chica del barrio se casó con su hermano.

El rostro de Isabela se descompuso.

—¿Quién era ella? —preguntó Isabela—. Solo eran cuatro hermanos.

—Tu madre —dijo Javier.

—¡No! —Los ojos de Isabela se abrieron, casi desviándose de la carretera—. ¡Imposible!

—Es cierto —le aseguró él—. Lo leí con la letra de mi padre en los diarios.

—¿Qué estamos haciendo? —preguntó ella, emocionada—. Deberíamos ir hacia el País Vasco.

Necesitamos esos diarios —insistió Isabela—. Y los necesitamos antes de ir a Madrid.

Isabela desvió el coche de la A6 en la salida después de Astorga y se dirigió hacia Logroño.

# PARTE VI

## ENCONTRAR LA PLENITUD

# CUARENTA Y NUEVE

## RUMBO A CASA

Las cosas habían cambiado entre sus padres desde que hicieron el Camino. Fue un cambio sísmico. Pen estaba preocupada por su padre y su suegro por la pelea que habían tenido en el Camino. Mateo parecía más interesado en el viaje de su padre a la granja de ovejas. Le dijo a Pen que había oído decir a Isabela que su padre se había saltado el Camino durante más de una semana para hacer algo misterioso allí. En cuanto lleguen a Madrid, hablaría en privado con su padre.

Pen y Mateo hicieron el viaje de vuelta a casa en el tren de alta velocidad desde Santiago en poco más de tres horas. Estaban en la casa esperando a que sus padres llegaran en coche con Isabela, pero se hacía tarde y no había ni rastro de los tres. Pen quería que su padre cogiera el tren con ella y Mateo para poder pasar más tiempo con él. Pronto regresaría a Arizona, y Pen necesitaba aprovechar al máximo el resto de su estancia antes de volar de vuelta a Estados Unidos. Ahora que estaba embarazada, sentía más que nunca la atracción de la familia. Su padre fue el último de ellos. Este bebé necesitaba crecer con su abuelo americano en su vida. Pen también le necesitaba.

Casi a medianoche, el coche de Isabela se detuvo frente a la casa de Madrid. Pen se quedó despierto en la oscuridad y oyó el portazo del coche. Mirando por la ventanilla, vio cómo su padre salía del asiento delantero y se estiraba antes de ir al maletero a sacar las maletas. Javier salió del asiento trasero, conteniendo algo que se revolvía. ¿Sería eso un gatito?

Pen cogió su bata mientras Mateo seguía roncando y bajó la escalera justo cuando se abría la puerta principal. Inés también estaba despierta y se ofreció a acompañar a John a su habitación. Se detuvo para besar la mejilla de Pen antes de seguir a Inés escaleras arriba hasta un dormitorio con sus maletas. La habitación tenía ventanas del suelo al techo y una gran cama tallada a mano.

—Espero que estés cómodo aquí —dijo Inés, mientras abría las cortinas—. Todo está listo para ti.

Por favor, avísame si necesitas algo.

—Gracias, Inés —dijo él, poniendo su mochila en la silla junto a la puerta.

—¿Puedo ser sincero contigo?

—Claro, señor.

—John, por favor —dijo él. La formalidad parecía innecesaria—. No quiero fingir, y tampoco Isabela. Preferimos quedarnos en la misma habitación.

Inés se detuvo, reprimiendo su sorpresa, luego sonrió.

—Claro. Yo tampoco quiero fingir. Me aseguraré de que haya suficientes toallas en el baño privado para los dos.

—Gracias, Inés —dijo él en voz baja, continuando—. No tuve la oportunidad de hablar contigo en la boda, pero quería decirte que mi mujer, Tess, me habló muy bien de ti cuando volvió de España. Sentí que casi te conocía. Me alegro de que hayamos tenido la oportunidad de conocernos.

Inés se sonrojó.

—La señora Tess era una persona especial. Lo cambió todo cuando ella y Pen vinieron. Creo que puedo decir que el Dr. Silva estaba roto antes. Vivíamos en un apartamento en la ciudad. Esta casa estaba cerrada. Tess fue la razón por la que nos mudamos de nuevo aquí. Ella es la razón por la que tus nietos crecerán en esta casa. Me devastó cuando me enteré de su fallecimiento. Fui a la iglesia y encendí una vela por ella. Todavía rezo por ella cada vez. Inés extendió la mano y estrechó la de John. —Te dejaré que te acomodes y le diré a Isabela en qué habitación te quedas.

John se puso a desempacar. Odiaba saber que esta encantadora mujer se llevaría una buena sorpresa durante los próximos días.

No tardó mucho en haber un alboroto en el pasillo. John bajó a ver a Javier bajando las cajas al vestíbulo. Estaba lloviendo fuerte afuera, y él estaba empapado.

—Permítame ayudarte —señaló John.

—No. Estoy bien. No tiene sentido que alguien más sufra por lo mismo. Recuperó la última caja y trasladó el coche a su garaje.

John ayudó a llevar las cajas a la gran sala y las apiló junto al escritorio de Javier. Inés había encendido el fuego en la enorme chimenea en anticipación de su llegada, para que la habitación estuviera acogedora y cálida en esta noche de otoño.

Javier abrió una botella de vino mientras Inés regresaba de la cocina con una bandeja de vasos.

—No sé vosotros, pero yo no puedo dormir —dijo Javier mientras vertía el líquido granate, e Isabela les entregaba las copas. Javier se sentó en uno de los sofás con los demás—. Esto nos calentará.

—Me alegro de teneros a todos en casa —dijo Inés, levantando una copa—. Tengo noticias de Antonio. Él y Marta vienen mañana. Espero que no sea demasiado inconveniente para todos.

—Por supuesto que no —dijo Javier, aliviando su preocupación—. Antonio es familia. Él puede venir y quedarse todo el tiempo que quiera.

—¿Adónde fuisteis? —preguntó Pen, preocupada—. ¿Qué os llevó tanto tiempo? Pensé que llegaríais a casa apenas unas horas después de nosotros.

Javier miró a John. —Teníamos algo que necesitábamos hacer en la granja. Lo recordé en nuestro camino de regreso. Así que, hicimos un desvío.

Y después, sacó el gatito negro de su abrigo.

—¿Trajiste un gatito a casa contigo? —preguntó Pen, sonriendo. Se sentó al lado de Javier y recogió al gatito en su regazo.

Javier sonrió. —Sí. Es huérfana, y nos necesita. Si fuera verano, la dejaría en la granja, pero el invierno se acerca. Me preocupa que pase frío tan al norte. Además, nos vendría bien para cazar ratones en esta casa tan grande.

Inés hizo una mueca. —¿Tenemos un problema de ratones?

—*Brujita* nos ayudará si lo tenemos —le aseguró él con un guiño.

—¿*Brujita*? —Pen se rio—. ¿Quién le puso ese nombre?

Javier acarició la bola de pelo negro.

—Yo. *Brujita* es mágica. Ya verás —dijo Javier, con picardía.

Pen se estiró y bostezó.

Era casi la una de la madrugada, así que les dio las buenas noches y volvió a la cama, llevándose al gatito con ella.

John e Isabela le hicieron compañía a Javier después de que Inés regresara a la cocina para buscar algo de comer.

—Casi le cuentas todo —señaló Isabela a Javier.

—¿Tú crees? Quiero que Inés sepa que ya considero a Antonio familia. No cambia nada ahora que sabemos la verdad.

—Creo que eres ingenuo —le dijo ella—. Cambiará todo desde cómo te ven Inés y Antonio el uno al otro. Inés sentirá vergüenza. Es inevitable. Ella te quiere como un hijo, Javier. Y, sin embargo, ha sido parte de un engaño que ha durado casi toda tu vida. Descubrir la verdad después de todo este tiempo será muy doloroso para ella.

Javier se quedó pensativo un momento. Isabela tenía razón.

—No sé cómo suavizar esta noticia. Causarle dolor a Inés no es la intención.

—¿Puedo añadir algo? —dijo John—. Ella ha sido empleada de tu familia durante 40 años.

Después de que le cuentes sobre la herencia, podría querer irse.

—Pero no quiero que se vaya. Solo quiero que sepa que, pase lo que pase, todo está bien —dijo Javier, frunciendo el ceño—. ¿Por qué se iría?

—Ella podría haber elegido vivir en la casa de sus padres en Ventosa hace mucho tiempo.

—Sí, pero tendría que ser mantenida por Antonio. ¿Qué madre quiere ser una carga para su hijo? Excepto que podría elegir irse si es demasiado doloroso quedarse sabiendo lo de la aventura con tu padre. Antes de que Antonio llegue, deberías contarle sobre el fideicomiso establecido por tu padre. Ella tiene todo el derecho de saberlo, y tener algunas opciones podría hacerle cambiar de opinión después de que tú y Antonio habléis con ella sobre todo lo demás —señaló Isabela.

Javier asintió.

—Es una buena idea. Hablaré con Inés mañana por la mañana —dijo, justo cuando Inés los llamó a la cocina para una cena tardía.

A la mañana siguiente, después de tomar un café, Javier echó a todos de la cocina e invitó a Inés a sentarse con él.

—Quería hablar contigo sobre algo importante —comenzó él.

—¿Está todo bien? —preguntó ella, con los ojos entrecerrados—. ¿Fue el Camino como esperabas con John?

Javier jugó con la taza en sus manos, sopesando sus opciones sobre cómo abordar un tema tan delicado.

—Las cosas están bien. Es otra cosa. Debí haber sabido esto hace mucho tiempo, cuando mi padre murió. Pero acabo de descubrirlo en una caja de papeles viejos guardados en la granja —dijo, mirando el líquido color moca mientras Inés se ponía pálida. Sabía que ella debía de estar asimilando lo que él iba a decir.

—Cuando mi padre falleció, fuiste de gran ayuda para mí, Inés. Más que María —Javier sintió la puñalada del recuerdo—. Tuve que encargarme de todos los arreglos con la herencia de mi padre, su abogado y el testamento, la notaría, todo. Mi madre se metió en la cama durante días, si lo recuerdas.

Inés asintió, buscando su rostro.

—Bueno, parece que mi padre te dejó algo, y acabo de descubrirlo. Me disculpo por eso. Si lo hubiera sabido, te habría informado hace mucho tiempo. Cuando Alejandra murió, todo se volvió confuso, y quizás no miré las cosas tan de cerca ni las seguí tan bien como debería. Pero mientras caminaba con John, me enteré de ello, y ya no quise esperar para decírtelo.

Inés tragó saliva con dificultad.

—Si recuerdas, mi padre dejó dinero para las tasas escolares de Antonio y para su manutención hasta que se graduara de la universidad.

—Sí, fue muy generoso de su parte —dijo ella, sacando su pañuelo del bolsillo de su delantal y secándose la boca.

Javier se aclaró la garganta. No menos de lo mínimo que haría un padre por su hijo, pensó.

—Bueno, también te dejó algo más... un fideicomiso de inversión para cuando dejes de trabajar.

Así que no tendrás que preocuparte por la jubilación.

Lo desconocía, pero la inversión ha estado todo este tiempo en una cuenta en las Islas del Canal y parece que se ha gestionado bastante bien. Tienes una buena suma para tu vejez.

El rostro de Inés se puso rojo brillante, y ella se aclaró la garganta antes de recomponerse.

—¿Quieres que deje de trabajar en esta casa? —preguntó, aspirando las lágrimas. Javier extendió la mano y le apretó la suya.

—Por supuesto que no. Si pudiera, te mantendría aquí con nosotros para siempre. Pero quería que supieras sobre la cuenta y las inversiones. Quiero que elijas lo que quieras hacer. No quiero que trabajes si quieres viajar, vivir en Tahití o escalar una montaña.

Inés asintió, se levantó de la mesa y dobló el paño de cocina junto al fregadero.

—¿Cuánto es la pensión? —preguntó, mirando al patio donde el sol de la mañana comenzaba a alcanzar el tejado y el jardín.

—Bueno. Se ha invertido y ha crecido sustancialmente a lo largo de los años. Mi padre abrió la cuenta en 1985, y ahora asciende a más de un millón de euros.

Inés se congeló. Se giró lentamente para mirar a Javier. Sin palabras.

—¿Un millón de euros? —susurró con incredulidad mientras su mano cubría su boca. Javier sonrió.

—Sí. Puedes disponer de ello como quieras, pero hay implicaciones fiscales. Podrías consultar a alguien de confianza. Puedo sugerirte algunas personas si quieres.

Ella cerró los ojos. —Un millón de euros —susurró de nuevo, como si tuviera miedo de pronunciar las palabras—. Eduardo me dejó un millón de euros.

Abrazó el paño de cocina que tenía en sus brazos mientras se sentaba en la silla de nuevo. Javier contuvo la respiración, esperando a que dijera más. Cuando no lo hizo, añadió.

—Así que, ya ves, Inés. Puedes hacer lo que quieras. La elección es tuya.

Se enderezó y volvió a doblar la toalla. Luego se aclaró la garganta y levantó la barbilla.

—Bueno, gracias por decírmelo. Pero tengo que lavar los platos antes de preparar el almuerzo. Javier no supo qué decir a continuación para tranquilizarla.

—Espero que sepas que siempre tendrás un hogar aquí, no importa lo que decidas hacer. Pero también sé que estoy siendo egoísta al decir eso. Te queremos, y queremos tu felicidad. Pero admitiré que hoy voy a llamar a todos mis amigos y presumiré de que tengo una ama de llaves millonaria. Solo lo mejor para mi familia —bromeó.

Inés se rio y lo golpeó con la toalla.

—¡Fuera! Sal de mi cocina. Tengo cosas que hacer.

Javier hizo lo que le pidió. Se puso de pie, se inclinó y besó a Inés en la mejilla. Ella se llevó las manos a la cara con lágrimas en los ojos y sonrió. Luego le mandó que se fuera y se volvió hacia el fregadero.

# CINCUENTA

## ÉL NO LO OLVIDÓ

«¿Un millón de euros?», pensó, agarrándose al mostrador. ¿Cómo una chica de Ventosa, que dejó su pueblo hace tantos años para evitar la vergüenza de tener un hijo con el marido de otra persona, iba a tener un millón de euros? ¿Qué dirían ahora sus padres?

Inés sabía que siempre había rumores sobre ella en su pueblo. Escuchaba susurros en las cafeterías y el supermercado cuando visitaba a sus padres. Sabía lo que pensaba la gente y lo ignoraba. Pero cuando Eduardo falleció, Inés se quedó sola con su hijo. Si ella presentaba una reclamación, su mujer, María, se enteraría de su aventura, y cualquier cosa reservada para la educación de Antonio estaría en peligro.

Además, ya se había mudado a esta casa para cuidar de Javier, Alejandra y Mateo. Inés los amaba a todos como si fueran suyos. Disfrutaba cuidándolos, y cuando Alejandra murió, se alegró de estar allí para ayudar a Javier, especialmente a Mateo. La necesitaban, y ella los necesitaba.

Pero ahora, sabía que Eduardo había cuidado de las cosas. Él no la había olvidado. Ella lo amaba con todo su corazón, y hoy, él se había extendido en el tiempo para mostrarle cuánto la había amado. Ella se paró en el fregadero y sollozó en silencio en el paño de cocina, pero eran lágrimas de alegría, no de dolor. Un hombre no abandona a una mujer, con la que ha tenido un hijo, ni le deja un millón de euros si no la respeta. Si no la ama de verdad. Él ya había provisto para la educación de Antonio, así que el dinero que dejó en la cuenta no era para su hijo. Era para ella.

Los recuerdos la invadieron. Inés podía ver los acianos azules en el vestido de algodón que usó el día que fue a la clínica por una tos. Eduardo vestía una costosa camisa azul. Olía a una elegante loción para después de afeitarse y a café. El médico fue amable y la escuchó. En sus ojos había tristeza. Era un hombre que estaba solo.

Una semana después, ella tuvo una cita de revisión, y fue entonces cuando comenzó. Al principio, se encontraron en la cafetería por casualidad. Luego él le preguntó si quería acompañarle a un picnic en la orilla del Ebro, y ella aceptó. Por supuesto, ella sabía que él estaba casado. Todos en el pueblo sabían que su mujer era alguien importante en la sociedad madrileña. Pero a ella no le importaba. Simplemente lo amaba. Su corazón y el de ella podían hablar sin palabras.

A veces, cuando miraba a su hijo, Antonio, podía ver a su padre. Por un breve momento, Eduardo regresaría a ella. Y luego se desvanecería en una bocanada de humo. Cuando lavaba los platos era cuando ella pensaba mejor. Dejó correr el agua caliente en sus manos antes de exprimir el jabón en el paño de cocina. Hoy, tenía mucho en qué pensar.

Javier volvió de la cocina para reunirse con los demás en el gran salón.

—¿Cómo ha ido? —preguntó John. Javier suspiró.

—Creo que Inés está muy sorprendida. No tenía idea de que le quedaba tanto dinero para su pensión. Al principio, parecía preocupada porque pensó que yo quería que se fuera de aquí. Pero después de asegurarle que queríamos que se quedara para siempre, Inés se calmó. Le dije que ahora tiene opciones. El dinero es suyo, y puede viajar o hacer lo que prefiera. No estoy seguro de que la haya hecho feliz.

Javier frunció el ceño, preocupado por su amigo.

—Dale tiempo —dijo John—, lo asimilará.

Para preparar la llegada de Antonio, Javier invitó a Mateo a dar un paseo por el parque. Desde que se fue a hacer el Camino, no había tenido la oportunidad de hablar con su hijo.

Habían pasado muchas cosas, y le preocupaba cómo reaccionaría Mateo cuando se conociera la noticia de Inés y su padre. También se preguntó cómo se sentiría Mateo al no habérselo dicho antes. Pero, además, había otra preocupación que rondaba por su mente desde antes de partir hacia Francia.

—¿Cómo están las cosas? —preguntó Javier a su hijo mientras paseaban por el Retiro, el parque más grande de Madrid.

—Estoy bien. Las cosas en la clínica van bien. Pero me preocupa Pen. Se ve diferente últimamente.

No sé si es por el embarazo o algo. Y no sé cómo ayudarla si no se abre conmigo.

Javier recordó cuando Alejandra quedó embarazada de Mateo. Era aterrador y emocionante a la vez. Pero él estuvo de acuerdo con su hijo. Pen parecía más pensativa.

—John mencionó que a Pen le preocupa su trabajo. Que no encaja en el trabajo.

Esta revelación pareció sorprender a Mateo. Era más una prueba de que Pen no le hablaba a su marido.

—¿A qué te refieres? —preguntó, confundido—. Pen trabaja en el departamento de Lola en el museo. Recuerdas a Lola del instituto. Ella es genial.

Javier eligió sus palabras con cuidado.

—Quizás Lola es una buena amiga tuya. Pero la forma en que ella ve a Pen, una estadounidense, podría ser diferente. John dice que se siente marginada en la oficina. Se siente excluida de formar parte del grupo. Dice que no la invitan a los almuerzos o reuniones después del trabajo. Va al trabajo y vuelve a casa

Pen estaba tratando de adaptarse al embarazo, pero, simultáneamente, le costaba encajar en el trabajo.

—Piensa en ello, Mateo. ¿A quién tiene Pen en Madrid aparte de nuestra familia? Cuando sale con un amigo, ¿es realmente un amigo? Cuando sale con tus amigos del instituto, ¿Pen se relaciona con otros que podrían acercarse a ella por separado? ¿Con quién tiene que hablar además de ti, o Inés?

Javier dudó antes de revelar algo más.

—Ahora que soy un médico retirado, —sonrió—. A menudo camino por el parque durante el día. He visto a Pen allí, en su hora de almuerzo o caminando a casa del trabajo, y no la habría reconocido, pero siempre lleva la vieja gorra de béisbol que solía pertenecer a su hermano. Incluso con su traje de trabajo, lleva la gorra. Creo que es una comodidad para ella. Pero nunca la usa cuando llega a casa. Después de hacer el Camino, noté que era similar a la de John que usaba todos los días en el sendero. Pen siempre está sola cuando la veo, y parece triste. Con el corazón roto, incluso. No es fácil de explicar. Nunca te lo mencioné antes. Pensé que se le pasaría. Pero ahora, esa mirada, y con el embarazo, creo que se trata de algo más que una adaptación a la vida matrimonial. Es algo más grande. La verdad, creo que está muy deprimida.

—¿Qué debo hacer? —preguntó Mateo, afligido.

—Quizás, deberías de hablar con ella. Y cuando te diga cómo se siente, no intentes resolverlo ni ofrecerle soluciones. Incluso si no tiene sentido, solo escucha, Mateo. Para que sepa que ha sido escuchada. Puede que Pen no pueda articularlo, pero creo que está ocultando algo que está pasando para evitarte preocupaciones. Eso puede volverse peligroso. Sé paciente con ella. Sea lo que sea, puedo ver que está abrumada por ello. Si la miras de cerca, también lo verás —le dijo Javier a su hijo.

—Lo intenté en el tren a Santiago, pero no quiso hablar de ello. ¿Y si Pen no quiere decírmelo?

Javier suspiró.

—Entonces, sigue intentándolo. Pen sufre. De alguna manera, necesitamos ayudarla. John, tú, yo e Inés, necesitamos encontrar una manera. —Javier fue más allá de lo que había planeado—. Piensa en ello, Mateo. Pen ha hecho todo lo posible para encajar en tu mundo, tu vida. He intentado encajar de cien maneras diferentes para hacer las cosas lo más fáciles posible para ti. Pero le ha costado mucho. Necesita una comunidad propia, su propia gente que entienda su forma de ser de una manera que nosotros no podemos. Y creo que John, al acercarse a su hija, es una de las claves para eso. Pero Pen también necesita amigos en Madrid, amigos estadounidenses que la entiendan, y tú también debes ser parte de eso. Necesitas adaptarte a una cultura diferente para ella, como ella lo hace por ti. Debemos encontrar una manera de apoyarla antes de que nazca el bebé. De lo contrario, temo por ella.

Javier y Mateo volvieron a casa, abrumados pensando en mil formas de ayudar a Pen. A la hora del almuerzo, oyeron un alboroto en el pasillo. Eran Antonio y Marta.

—Creo que las felicitaciones son apropiadas —dijo Antonio, señalando a la tripa de Pen.

—Sí, lo son —dijo ella, sonriendo y cruzándose las manos de forma protectora sobre el abdomen

—¿Cuándo das a luz? —preguntó Marta.

—En la primavera. Todavía no sabemos si es niño o niña.

Antonio fue a la cocina para ver a su madre mientras los demás regresaban a la sala de estar para sentarse. No pasó mucho tiempo antes de que Inés reapareciera con su hijo, sosteniendo una bandeja de café y galletas.

—Sentaos, Inés, y compañía —dijo Isabela, preparándose para hacer de anfitriona—. Yo me encargo de esto.

—Inés, ¿le dijiste a Antonio lo de tu pensión? —preguntó Javier, cogiendo una galleta. Las cejas de Antonio se alzaron al mirar a Javier y luego a su madre.

—No he tenido la oportunidad —dijo ella en voz baja.

—Puedes decírmelo ahora —le dijo a su madre.

Ella negó con la cabeza—. Prefiero hacerlo más tarde.

Su hijo dudó antes de añadir amablemente—: Sí, eso sería mejor. De todos modos, tengo algunas cosas de las que quiero hablar contigo.

Inés parecía abrumada.

Después de comer, Javier apartó a Antonio, sugiriendo que la conversación sería más tarde.

—Está sufriendo —le susurró a su hermano.

Pen se levantó para ayudar a Inés a limpiar la mesa, pero Antonio la detuvo.

—Yo puedo ayudar a mi madre. Estás embarazada, y si eres como Marta, probablemente estés cansada —dijo, tomando los platos de la mano de Marta y siguiendo a su madre a la cocina, dejándolos en la encimera.

—Entonces, cuéntame sobre esta herencia.

Inés se quedó inmóvil junto al fregadero, de espaldas a su hijo. No había otra forma de afrontar lo que se avecinaba. Necesitaban enfrentarlo. Inés se volvió hacia él con un nudo en el estómago. Antonio sacó una silla para su madre y la ayudó a sentarse.

—¿Entonces? —preguntó a su madre, sonriendo.

—Es verdad. Tengo una pensión —susurró Inés.

—¿Una pensión? ¿De quién?

—De tu padre, Eduardo.

—Vaya. Eso es sorprendente —dijo Antonio, frunciendo el ceño—. Supongo que tiene sentido. Él pagó por mis estudios y mis gastos, así que es lógico que te dejara algo de dinero para la jubilación. Has trabajado para la familia durante mucho tiempo.

—Sí, lo he hecho —dijo ella, levantando levemente la barbilla. Inés había trabajado duro, mucho más allá de las tareas de una ama de llaves promedio.

—¿Cuánto te dejó para tu pensión?

Inés se quedó mirando la desgastada mesa, hurgando en uno de los agujeros de la madera. Cuando miró a su hijo, fue con tal angustia que se le quitó el aliento. Sus ojos se llenaron de lágrimas y sus labios temblaron. Apenas podía hablar.

—Más de un millón de euros —susurró.

A Antonio se le cayó la mandíbula. Miró a su madre, y se quedó sin palabras. Esta noticia cambió su forma de hablar con ella sobre lo que él y Javier sabían. Cambió su forma de ver al hombre que ahora sabía que era su padre.

—¿Qué? ¿Por qué le dejaría un millón de euros a su ama de llaves?

Inés se levantó de la mesa y se sirvió un vaso de agua. Su mano temblaba mientras se lo llevaba a los labios. Antonio sabía que esta era la única pregunta que había temido. ¿Cómo respondería? ¿Cómo podría mentirle a su hijo?

—Eduardo se preocupaba mucho por nosotros, Antonio. Te consideraba a ti y a mí parte de su familia.

Pudo ver a su madre esforzándose por mantener la compostura.

—Por supuesto que sí. Prácticamente me crie en esa casa —recordó Antonio—. Pero eso no explica una pensión tan grande.

Inés se sentó y hundió la cabeza entre las manos. Lloró en un paño de cocina mientras su hijo la abrazaba y esperaba con paciencia.

—¿Hay algo que no me estés contando? —preguntó él con delicadeza. Ella le miró y asintió.

—¿Puedes pedirle a Javier que venga? —susurró ella—. Solo él.

Antonio se levantó y volvió con Javier, quien cerró la puerta de la cocina detrás de él.

—Por favor, sentaos —dijo Inés—. Tengo algo que contaros.

Antonio intercambió una mirada con Javier. El hijo de Inés estaba preocupado por su madre.

—Sabéis que os quiero a los dos. Antonio, eres mi hijo. Haría cualquier cosa para protegerte —se volvió hacia Javier—. Y a ti. Os he ayudado a criaros desde que erais pequeños. Y he sido muy feliz de ser parte de vuestra familia todos estos años. Puede que no compartamos sangre, pero te considero un hijo, también.

Javier se acercó, apretándole la mano. —Inés, fuiste más que una madre para mí. Ella se quejó, pero Javier la detuvo.

—Sabes que es verdad. Tú nos mostraste amor y afecto y estuviste ahí para mí en los momentos más difíciles de mi vida. Mateo no habría sobrevivido sin ti después de que Alejandra muriera. Te debemos mucho.

Ante sus palabras, Inés lloró aún más. Ambos esperaron a que ella recuperara el control antes de continuar. Se secó la nariz con un pañuelo.

—Sí, pero no es por esto por lo que tu padre me dejó el dinero.

—Lo sé —susurró Javier.

—¿Qué sabes tú? —La sangre se le fue de la cara.

—Sé que mi padre os quería a ti y a Antonio.

Inés asintió—. Pero eso no es todo —les dijo ella—. No sé cómo explicarlo. Javier miró a Antonio, quien asintió.

—Mamá. Quizás Javier y yo podamos explicártelo —dijo, mirando a Javier para empezar, ya que él había descubierto la historia en Ventosa y en los cuadernos de la granja.

—Hace mucho tiempo, había una chica. Vivía en un pueblo pequeño —dijo Javier—. Un día, conoció a un médico que trabajaba en una clínica de su ciudad. Él era de la zona, pero vivía en Madrid. Era muy respetado.

—Y guapo y amable —terminó ella, con la mirada perdida en sus ojos.

—Por supuesto —dijo Javier—. Ella era la belleza del pueblo, y él estaba en un matrimonio miserable con una mujer egoísta. A veces, él traía a su hijo a la granja de su familia para escapar de la presión de su casa en Madrid. Así es como se conocieron.

Inés se quedó mirando la mesa como en trance. Antonio se acercó y agarró la mano de su madre, pero ella no reaccionó.

—Empezaron a verse, y acabó en un romance. El médico habría querido dejar a su esposa, pero tenía un hijo y una vida en Madrid. Significaba un escándalo para ambos y sus familias. Así que, tuvieron una aventura secreta —dijo su hijo.

Inés se sentó como una columna de piedra. Había guardado este secreto durante tanto tiempo, y la historia estaba siendo contada por alguien a quien ella había protegido durante toda su vida. Contuvo la respiración.

—Un día, descubrió que estaba embarazada. Le preocupaba decírselo al médico porque temía perderlo, pero él estaba feliz. Tendrían este hijo juntos, pero ella tendría que dejar el pueblo y mudarse a Madrid para que él pudiera cuidar de ella. Y tendrían que mantenerlo en secreto —dijo Javier con delicadeza. Se metió la mano en el bolsillo y sacó el pañuelo con monograma que su padre había guardado todos esos años, y lo dejó delante de ella.

Inés lo recogió y examinó la tela de hacía décadas. Se lo llevó a la nariz mientras los recuerdos y las lágrimas brotaban de sus ojos.

—El médico le preparó un apartamento, y ella tuvo al niño, un hijo. El médico la visitaba tan a menudo como podía y veía a su hijo lo más a menudo posible, pero los tiempos cambiaron. Después de un período, pasó mucho tiempo entre visitas —susurró—. Su labio inferior tembló.

—Se puso furioso cuando su mujer la contrató como ama de llaves para su casa. Pero, poco después, decidió que podría funcionar bien. Podría verla cada día, y a veces ella traía a su hijo a casa.

Inés se detuvo de repente. Los dos hombres intercambiaron una mirada de preocupación, así que Javier continuó la historia.

—El doctor presentó a su hijo mayor a su hijo menor, y se llevaron muy bien. Como si fueran hermanos, pero no lo sabían. El doctor comenzó a asistir a eventos para el hijo menor, sentándose en la parte de atrás y pagando sus estudios en los mejores colegios de Madrid. Se encargó de todo. Y entonces, un día, él murió, y ya no estaba para encargarse de nada. Pero le dejó dinero para su hijo y la hermosa chica a la que había amado tanto, para que ella no tuviera que preocuparse. Pero pasarían décadas antes de que lo supieran.

Inés miró a ambos. Se secó los ojos y se enderezó la espalda.

—¿Así que ambos sabéis todo esto desde el principio? —preguntó.

—No —susurró Javier—. Solo desde que pasé por Ventosa en este viaje, haciendo el Camino. Fui a ver tu casa, como me pediste. El vecino de tus padres me dijo algo sobre que me parecía a mi hermano y a mi padre. Y como pensé que no tenía un hermano, me sorprendí. Pero luego empecé a investigar. Isabela también había oído los rumores.

—Después vi a Antonio en León. Lo hablamos y nos hicimos una prueba de ADN. No queríamos molestarte con esto. Solo queríamos saber la verdad. Siempre has sido familia para mí, Inés. Y ahora, realmente eres familia. La prueba de ADN demostró que compartimos un padre.

Inés buscó la reacción en la cara de su hijo.

—Siento haberte mentido al crecer. No podría hacerlo de otra manera. Antonio le apretó la mano.

—No te disculpes. Te aseguraste de que creciera con mi padre. Lo veía casi todos los días después del colegio. Y venía a todos mis eventos escolares y deportivos. Hiciste lo mejor que pudiste dadas las circunstancias.

—Sí lo hice —susurró Inés.

—Esto es todo lo que podemos pedirle a una persona —le aseguró Javier. —Y ahora que el secreto ha salido a la luz, podremos vivir todos más felices. —Se puso de pie. —Por supuesto, no se lo diremos a la gran mártir, María, a menos que queramos que se nos caiga el techo encima.

Inés se rio y se secó los ojos.

—No, no le diré nada a tu madre. Además, ella es muy mayor, y la mataría. Y no es justo para ella, Javier. Esto es mí carga, no la de ella.

Javier sonrió a Inés.

—Y por eso te queremos tanto. Tienes un corazón bondadoso y que perdona todo. Creo que tenemos que decírselo a Mateo y a Pen. Y a tus nietos. Pero por ahora, iré a ver a los demás y os dejaré solos un rato.

Se giró y salió de la cocina.

Antonio se levantó y abrazó a su madre.

—Ay, hijo mío, cuánto te quiero —dijo ella, sonriendo a su rostro, como el de Eduardo.

# CINCUENTA Y UNO

## SIN SECRETOS

La conversación había sido agotadora. Javier se desplomó en el sofá.

—¿De qué se trataba todo eso? —preguntó Pen.

—Creo que esperaré a que Inés y Antonio salgan de la cocina para explicarlo —dijo Javier a los que estaban reunidos—. Ahora mismo, solo quiero cerrar los ojos y descansar.

John extendió la mano hacia la de Isabela, y ella lo recompensó con su mejor sonrisa. En unos pocos meses, todo había cambiado.

Inés y Antonio salieron por fin y se sentaron.

—¿Y bien? —preguntó Pen, frunciendo el ceño—. ¿Qué está pasando?

La madre y el hijo intercambiaron una mirada. Antonio animó a Inés a contar su historia.

—Pen, ¿recuerdas cuando estuviste aquí, antes, con tu madre?

—Claro —dijo ella, animando a Inés a continuar.

—Habías discutido con Tess y regresaste al apartamento muy molesta.

—Sí, lo recuerdo. Me ayudaste a calmarme.

—Lo intenté —dijo ella—. Y ¿recuerdas que te dije que no fueras tan dura con tu madre porque la gente buena hace cosas que no nos gustan o que no admiramos?

—Me contaste la historia de cómo llegaste a Madrid —recordó Pen.

—Sí, te lo conté. Pero se me olvidó una cosa: el hombre de la historia. El hombre del que te hablé viene del mismo pueblo de donde yo soy.

El hombre que me trajo a Madrid, que fue el padre de mi hijo y en cuya casa trabajé. Ese hombre era Eduardo Silva. El padre de Javier y el padre de Antonio.

Los ojos de Pen se abrieron mientras Mateo palidecía.

—¿Qué? —le preguntó a su padre, frunciendo el ceño—. ¿Cómo puede ser eso? Javier explicó:

—Mi padre tenía una clínica los fines de semana en Ventosa. No muy lejos del viñedo. No era feliz en su matrimonio con mi madre, y me llevaba allí con él. Fue entonces cuando se enamoró de Inés, y ella quedó embarazada de Antonio y se mudó a Madrid.

—¿Cuánto tiempo hace que lo sabes? —Mateo quería saber.

—Antonio y yo acabamos de enterarnos hace unas semanas. Decidimos hacernos una prueba de ADN y obtuvimos los resultados en Santiago. Como veníamos a Madrid, queríamos hablarlo con Inés antes de decírselo a nadie.

Mateo miró a Inés como nunca la había visto. Se levantó y salió de la habitación mientras Inés empezaba a llorar. Pen se acercó a Inés y la abrazó.

—No te preocupes. Hablaré con Mateo. Solo está tratando de asimilar todo.

—Gracias —le dijo a Pen, dándole una palmada en la mejilla antes de que Pen fuera a buscar a su marido.

—Todo el mundo aquí conoce la historia, así que no necesitamos repetirla —dijo Isabela, dirigiéndose a Antonio e Inés—. Todo lo que significa es que tengo una nueva prima y un nuevo tío.

Siempre estuviste en el viñedo de todos modos, así que esto no se siente diferente. ¿Ha cambiado algo, realmente?

Antonio sonrió a su madre.

—Creo que todo ha cambiado: no hay más secretos. Por fin, sé quién es mi padre, y lo conozco. Por eso, estoy muy agradecido.

Y tengo un hermano, de verdad, uno que es como un hermano. Eso es diferente. —dijo, sonriendo a Javier—. Creo que deberíamos celebrarlo.

Inés sonrió débilmente.

—Bueno, estoy de acuerdo —dijo Isabela, sonriendo para tranquilizar a Inés—. Solo falta el vino.

Lo conseguiré.

—Dame un momento —Javier le dijo a su prima—, quiero hablar con Mateo.

Javier encontró a su hijo y a su nuera en el comedor. Pen levantó la vista cuando lo oyó entrar y negó con la cabeza.

—¿Qué pasa, Mateo? —le preguntó a su hijo.

—Creí que Inés era la persona más honesta que conocía. Estaba allí para nosotros cuando mamá murió. Ahora descubro que nos ha estado mintiendo durante años. No lo entiendo.

Javier miró a Pen. Era una situación delicada; ella lo sabía desde hacía más tiempo que Mateo. Pen no dijo nada para no añadir más leña al fuego.

—¿Mateo? —preguntó Inés. Ella estaba en la puerta—. ¿Puedo hablar contigo?

El dolor en sus ojos lo decía todo. Mientras Inés caminaba hacia donde estaban sentados, parecía más pequeña. como si estuviera disminuida. Esta mujer las había ayudado a ambas. Estuvo allí para Pen cuando ella estaba sufriendo por la enfermedad y muerte de su madre. Incluso después de volver a Estados Unidos y al Camino, Inés siguió escribiendo, manteniendo la conexión entre las familias. Había sido el pegamento que las mantuvo unidas cuando se estaban desmoronando. Se merecía su lugar. Javier apartó una silla para que ella pudiera sentarse junto a Mateo.

Poco a poco, Inés comenzó a contar su historia mientras Mateo miraba el suelo como si fuera un niño de nuevo. Alguien que necesitaba consuelo cuando la vida lo había destrozado. En el pasado, Inés había ocupado ese papel. Hoy, ella era la causa de su dolor, y Javier sabía que era lo más difícil de soportar.

—Sé que estás decepcionado. No soy la persona que pensabas que era. Nadie pensó que yo era así. He mentido a todo el mundo durante casi cincuenta años y he pagado un precio por esa mentira. Tu abuelo también pagó el precio. Pero quiero que sepas que esta mentira te la contó tu abuelo. Por amor a Eduardo, tu abuelo, tu padre y el tío Antonio. Y hasta por tu abuela, María. Puedes creerme o no.

—¿Pero por qué? —preguntó él—. Entiendo por qué lo hiciste al principio, pero se lo dijiste a Pen hace mucho tiempo. ¿Por qué no nos lo dijiste antes? Ya somos adultos.

Inés asintió.

—Es cierto, ya eres un hombre. Pero cuando cuentas una mentira acabas creyéndola tú mismo. Los tiempos eran diferentes entonces. No había madres solteras. El divorcio era imposible. Al principio, hubo preguntas de quién era yo y quién era mi hijo. Preguntas de los vecinos y del colegio al que iba sobre de dónde veníamos y por qué no teníamos familiares.

Tuve que responder a esas preguntas, así que mentí sobre lo que había sucedido y, a menudo, más. Pero en las últimas décadas, nadie me ha preguntado nada al respecto, así que me resultó fácil fingir que olvidé lo que había hecho. Después de que tu abuelo muriera, quise olvidarlo.

—Pero no pudiste —dijo Mateo—. Tienes a Antonio, y él tiene derecho a saberlo. Todos lo teníamos.

Inés asintió.

—Sí, lo hizo. Tienes razón en no perdonarme. Cuando empecé a trabajar para tu abuela, llegué a conocer a tu padre. —Miró a Javier, quien le devolvió la sonrisa—. Era pequeño para su edad y solitario. Necesitaba amor. No le habría hecho daño por nada del mundo. Exponer a tu abuelo habría deshonrado a su familia. Les habría perjudicado a todos. Por mucho que no disfrutara de la compañía de María, ella me dio un trabajo y me permitió llevar a Antonio a la casa. No quería ver que esa casa se derrumbara.

—Me enamoré, no solo de Eduardo, sino de la familia. Y nos convertimos en parte de la familia, Antonio y yo. Luego viniste tú, y había más que amar y más que perder. Más gente a la que le importaba podía sufrir por lo que yo había hecho. No permitiría que eso sucediera. Quería protegerte a ti también.

Mateo respiró hondo.

—Pero soy un hombre. Tengo mi propia familia. Puedo gestionar la verdad.

—Ya lo veo. Debería haberlo dicho antes. Excepto que creo que María todavía necesita permanecer en la sombra. La mataría. —advirtió Inés—, pero tú estás en lo cierto y mereces mi honestidad y confianza. Debí habértelo dicho. Me disculpo. Es lo único sobre lo que te he mentido en toda tu vida, y ahora lo sabes.

Mateo miró a su mujer, quien asintió de acuerdo con todo lo que Inés había dicho. Luego se volvió hacia su padre, quien esperó su reacción. Inés contuvo la respiración, y cuando él la abrazó, ella comenzó a sollozar.

—Significa mucho para mí —sollozó ella—. Lo siento mucho si te decepcioné. Mateo se apartó para mirarla.

—Nunca podrías decepcionarme. Eres familia.

Pen se levantó y abrazó a Inés, y Javier la abrazó por el hombro.

—Vamos —dijo él—. Creo que esta noche vamos a brindar por la familia. Isabela ha ido a buscar el vino.

Javier encontró la mirada de John y este le devolvió la aceptación. Todo estaba bien. Mateo se secó las mejillas, y también Pen e Inés, pero todos sonreían. Como Inés le dijo a Pen hace años, las familias sanan.

Javier invitó a todos a levantar sus copas.

—Por la familia —asintió a Antonio, Inés y Marta—. Tanto por la vieja como por la nueva. Parece que este año nuestra familia sigue creciendo —sonrió a Pen y John—. Que sigamos así. ¡Salud! —Y los demás respondieron amablemente.

Había sido un día emotivo. Después de la cena, se retiraron temprano.

—¡Vaya! —dijo John mientras él e Isabela se acostaban—. Esta es una familia llena de sorpresas.

La nuestra es más tranquila.

—¿Aburrida, quieres decir? —preguntó Isabela con tono juguetón.

—Quizás. Pero me alegro de que todo haya salido a la luz. Creo que es un alivio para todos. Isabela estuvo de acuerdo.

—La nube se ha disipado. La verdad es una luz brillante. —Ella se giró y abrazó a John—. Y la verdad es que te quiero mucho.

Él la abrazó, pero una pequeña punzada de duda le carcomía. En medio de todo esto, ¿cuándo encontraría John el momento adecuado para discutir su mayor secreto con Isabela? El momento aún no había llegado, y él estaba cansado. Se quedaron dormidos hasta que oyeron una conmoción en el pasillo a las tres de la mañana. Javier se paró afuera de la puerta, estaba hablando con alguien. John se levantó para averiguar qué estaba pasando y descubrió a la multitud. Javier habló en voz baja con Mateo, Pen e Inés. Se sorprendieron al ver a John despierto.

—¿Qué está pasando? —preguntó cuando vio las miradas preocupadas en sus rostros.

—Mi madre está en un hospital. Ha tenido un ataque al corazón, y necesitamos ir a verla.

—¿Quieres que me vista y os acompañe? —ofreció él.

—No. —Javier negó con la cabeza—. Creo que nos iremos ya. Os llamaré luego cuando sepamos más.

Todos volvieron a sus habitaciones para vestirse.

—¿Qué está pasando? —preguntó medio dormida Isabela cuando él volvió a la cama.

—La madre de Javier ha tenido un ataque al corazón. Todos se van a verla. Isabela se sentó.

—Es irónico que, después de todo lo que pasó ayer, María haya tenido un ataque al corazón en medio de todo. Como si, de alguna manera, todo estuviera conectado.

Ella tenía razón. Era como si María lo hubiera sentido. Ayer, todos estuvieron de acuerdo. María moriría si descubría la traición de su marido e Inés.

# CINCUENTA Y DOS

## NO QUEDA NADA POR CONTAR

Javier, Inés, Mateo y Pen corrieron al hospital. Encontraron a María en la unidad de cuidados intensivos con tubos y máquinas a su alrededor. Estaba muy pálida. Javier cogió su mano izquierda, y Mateo la otra. Su tacto la despertó, y ella lentamente abrió los ojos para ver a su hijo y a su nieto mirándola.

—Sabía que vendrías —susurró ella.

—Claro, mamá. Vinimos en cuanto nos llamaron. María tosió.

—Los médicos de aquí no son tan buenos como tu padre o Sebastián. Pero supongo que ya soy mayor, así que no importa lo que hagan, mi tiempo se acaba.

—No digas eso —dijo Inés desde el otro lado de la habitación.

María entornó los ojos, reconociendo a Inés por primera vez. Tosió al ver a su vieja ama de llaves y le pidió ayuda a su nieto para beber un poco de agua. Mateo le acercó la taza a los labios antes de que ella la apartara con un gesto.

—Me gustaría hablar con Inés —dijo con repentina fuerza.

—A solas.

Se miraron unos a otros, sin saber qué hacer.

—Todos los demás, por favor, podéis salir —ordenó, señalando la puerta con un dedo huesudo y la lanza de una uña brillante.

Inés intercambió miradas con Javier y asintió mientras él los acompañaba fuera y cerraba la puerta. Pero él permaneció en la esquina, fuera de la vista de su madre. Después de anoche, no quería dejar a Inés sola en la habitación con María.

—Señora, los médicos harán lo mejor por usted, y estará de vuelta en casa muy pronto —dijo Inés. María había tosido, pero rebató el comentario como una mosca.

—Ambas sabemos que eso no es cierto, Inés. No saldré de este hospital. El médico fue sincero conmigo al respecto. Pero tengo algunos cabos sueltos que atar antes de irme.

Inés se preparó. Aquella mujer, que había dominado gran parte de su vida adulta, podía ser brutal en sus mejores días. La inminente muerte de María no suavizaría su personalidad.

—No se preocupe, señora. Javier y Mateo estarán bien. Usted lo sabe. María estudió a Inés antes de continuar.

—Siempre lo supe. Nunca dudé de eso. Pero esto no es de lo que quiero hablar contigo.

—Claro —dijo Inés, y mientras María cerraba los ojos, tomó una respiración profunda y la soltó.

—Siempre lo supe. ¿Sabías que lo sabía? Sabía lo que había entre Eduardo y tú, lo de Antonio.

Entendí lo que estaba pasando bajo mis narices en mi propia casa. Lo supe cuando te contraté.

Inés palideció, pero no dijo nada. Las últimas veinticuatro horas habían agotado sus fuerzas.

—Mi marido pasaba todos los fines de semana en ese estúpido pueblo. Un lugar que nunca acepté. Una vez, fui allí para ver qué era todo eso, donde llevaba a mi hijo casi todos los fines de semana de un lado a otro. ¿Qué tenía de especial ese pueblo de tan pocos habitantes? Te vi con él. Eras más joven y guapa entonces, pero te recuerdo como si fuera ayer.

—No fue tu juventud y belleza lo que me impactó. Fue la cara de Eduardo cuando le miré. Fue como un cuchillo en mi corazón. Nunca superé eso. Le dije al conductor que se diera la vuelta y regresé a Madrid. De vuelta a donde sabía cómo vivir en la civilización, donde no había ingenuas aldeanas para tentar a mi marido. Donde todo el mundo me miraba, y muchos hombres, incluso los maridos de mis amigos, que me tiraban piropos.

Inés apartó la mirada, avergonzada.

—Pero luego viniste a Madrid a vivir. Sabía que él te había puesto en un apartamento. Sabía lo del chico. Se parecía tanto a Eduardo que habría que estar ciego para no verlo, igual que Javier. Los Silva tienen unos genes fuertes. Al principio, fingí que no existías. Pero un día, decidí recuperar el control de la situación. Puse un anuncio en el periódico. Pero eso no fue todo. Le dije a mi criada que te hablara en la cafetería donde tomabas tu café por la mañana. ¿Lo recuerdas?

Inés entornó los ojos, pensativa. Sí, recordó a la chica que le había hablado de un puesto en una buena casa en el barrio de Salamanca.

—Querías un trabajo. Al principio, aunque ese era mi plan, me enfadé con tu osadía. Eras desvergonzada al venir a mi casa y preguntar por trabajo. Quería decirte lo poco cualificada que eras y lo poco que valías como persona para tenerte en mi casa. Quería aplastarte con el tacón de mis zapatos a medida.

María volvió a toser, e Inés la ayudó ofreciéndola agua hasta que pudo recomponerse. Parecían dos némesis encerradas en una batalla kármica.

—Dicen que es mejor tener a tus enemigos cerca, así que decidí contratarte; la justicia de ver la cara de Eduardo por primera vez en la cena valió la pena. Luego, te ayudé a traer al chico. Puede que te sorprenda que en realidad me cayera bien. Era tranquilo y bien educado. Estaba claro que no tenía idea de que Eduardo era su padre.

—Me sentí como la titiritera. Yo movía todos los hilos, y tú bailabas ante mí, pensando que yo era ciega. Pero, por supuesto, yo era la única que podía ver la imagen completa. Era como si le hubieran dado un trozo de carne cruda a un perro hambriento. Justo fuera del alcance de sus mandíbulas, los ves saltar y chasquear lo que más desean, sin llegar nunca a agarrarlo mientras salivan.

Inés observó a la mujer mientras hablaba. El odio que María sentía a lo largo de los años se derramaba de ella como una jarra con fugas.

—Pero ¿sabes por qué te odié a ti?

—Porque te traicionamos —susurró Inés, conteniendo la vergüenza—. Mentimos. María hizo desaparecer la explicación de Inés como si fuera humo.

—No. No era eso en absoluto. Los hombres engañan. Todos los maridos de mis amigas tenían una amante. Es normal.

No. Es en lo que me convertí por tu historia de amor y esta aventura amorosa. No eras solo su amante; él te amaba, y yo lo sabía. Te amó más de lo que él me amó a mí. Y me carcomió durante todos estos años. Me convertí en una persona peor de lo que ya era. Una mujer mala y una madre peor, y os culpo a los dos por esto.

—Ideé pequeñas torturas para Eduardo. Pequeñas cosas que sabía que le harían muchísimo daño. Se perdió los cumpleaños de Antonio porque programé que estuviera en otros eventos que no podían posponerse. Llamé a amigos que estaban en las juntas de los colegios a las que queríamos que asistiera Antonio para asegurarme de que el chico no fuera aceptado. Toda mi vida se convirtió en un juego de ajedrez, estaba obsesionada con hacer que la vida de Eduardo y la tuya fueran incómodas. Y tu dulce hijo sufrió por ello.

Cuando Inés miró a María, sus labios temblaron. Durante décadas, esta mujer se interpuso entre ella y el amor, y al final, Inés sintió lástima por ella. María, que pensó que los había torturado, había sido la torturada. Inés enterró su rostro entre sus manos y sollozó. Después, sintió como si un pequeño pájaro se le habría agarrado en su muñeca, y levantó la vista.

—No te estoy contando todo esto para vengarme, Inés. Lo he hecho mil veces, y me ha costado caro: el precio fue el amor de mi hijo, mi nieto y mi marido. Te lo cuento porque me estoy muriendo. Todo mi matrimonio y mucho más, estaba lleno de la mancha negra del odio, y me ha consumido. Es hora de parar. Solo me queda tiempo para perdonarte a ti y a Eduardo.

María apretó la mano de Inés, mirándola a los ojos.

—Has sido buena con mi hijo y con mi nieto. Debido a mi obsesión, has estado más cerca de ellos de lo que nunca estuve. Necesito que me prometas que nunca los abandonarás. Necesitan tu mano firme.

—Por supuesto. —Inés apretó la mano de María en respuesta—. Me ocuparé de ellos.

En ese momento, Javier dio un paso al frente y se acercó al otro lado de la cama, cogiendo la mano de su madre.

—Mamá. No te preocupes por nosotros. Mateo ya se ha casado, e íbamos a ir a decirte mañana que él y Pen esperan un hijo. Vas a ser bisabuela.

Las lágrimas brotaron en los ojos de María.

—No llores. Los médicos van a darte los mejores cuidados posibles. Me aseguraré de eso.

María sacudió la cabeza.

—No es eso —dijo, secándose los ojos—. No me has llamado «mamá» desde que eras un niño pequeño.

Javier se inclinó para besarla en la mejilla, y ella le rodeó el cuello con sus delgados brazos y lo abrazó. Cuando se separaron, él se secó las lágrimas que ella había dejado en su rostro.

—Siempre he estado orgullosa de ti, hijo mío —dijo ella con los ojos llorosos—. Ahora, me gustaría ver a mi nieto. Y hablar con su mujer. Tengo muchas cosas que decirles antes de que nazca este bebé. Cosas de familia. Quizás una sugerencia de un nombre o dos.

Javier se rio, e Inés se secó los ojos.

—Vale.

Él e Inés salieron de la habitación y enviaron a los demás. Javier e Inés se sentaron uno al lado del otro en el pasillo, aturdidos por lo que acababan de escuchar. Cómo María había estado al tanto todos estos años y había torturado a todos, incluyéndose a sí misma, era inimaginable. Poco después, los demás salieron.

—El médico ha dicho que necesita descansar —explicó Pen mientras se unían a ellos en el pasillo.

—Lleva a Inés y a Pen a casa para que desayunen. —Javier le dijo a Mateo—. Yo me quedo aquí. Él observó cómo caminaban por el pasillo del hospital hacia la salida.

Javier intentó asimilar las últimas 24 horas —las revelaciones de su nueva familia al completo y todo lo que su madre había dicho a Inés. Con gran dolor, María había pagado caro su ira y amargura.

Ella había sacrificado el amor por la compañía fría de la venganza. Pero ella lo dejó ir. Y Javier estaría con ella para consolarla hasta que llegara el momento.

Javier bebió un café en la cafetería del vestíbulo y regresó para ver a su madre. Las alarmas se activaron en la puerta de la habitación de su madre, y el personal entró y salió apresuradamente. Como médico, quiso entrar, pero sabía que estaban trabajando. Esperó hasta que las alarmas cesaron y el sonido del latido del corazón en el monitor volvió a la normalidad. Después de unos minutos, quedó claro que no iba a ocurrir nada ahora, así que entró en la habitación y les preguntó si podía sostenerle la mano mientras llegaban al final de sus protocolos de soporte vital. El médico asintió mientras las enfermeras comenzaban a apagar las máquinas, y el médico dejó de hacer la reanimación cardiopulmonar.

Javier se sentó a solas con María. Una mujer que apenas conocía pero que había revelado tanto en su última mañana antes de la salida del sol. Se inclinó y la abrazó.

—Te perdono, mamá, por todo —le besó la mejilla—. Ha terminado. Descansa en paz. Salió al pasillo y marcó a Isabela para que les avisara a los demás. Luego, llamó a la funeraria y dejó un mensaje. Javier había tratado a decenas de pacientes geriátricos a lo largo de su carrera médica. Sabía qué hacer.

# CINCUENTA Y TRES

## DIOS SALVE A LA REINA

El día adquirió una textura surrealista mientras hacían los preparativos.

Inés llamó a la iglesia y habló con el arzobispo, quien conocía personalmente a María desde hacía décadas. Quería que la realeza eclesiástica presidiera su funeral.

Antonio y Marta se arreglaron para quedarse en Madrid para el funeral, al que asistirían cientos de personas —un evento en sí mismo.

Javier regresó a casa desde el hospital a la hora del almuerzo, y John lo encontró en la puerta.

—Siento mucho lo de tu madre —dijo, abrazando a Javier, que parecía agotado.

—Era su momento —suspiró Javier—. Al final, tuvo la oportunidad de sanar heridas y pedir perdón, y la aprovechó. Así es mi madre; siempre llega en el momento oportuno. —Se rio al decirlo.

Javier abrazó a su hijo.

—Lo siento, papá —dijo, con lágrimas en los ojos. Javier los llevó a todos al gran salón.

—¿Qué dijo tu abuela cuando habló contigo? —preguntó a Mateo y Pen. Ellos dudaron antes de relatar la conversación.

—Dijo que deberíamos ponerle a nuestro hijo el nombre de mamá —susurró Mateo. Los ojos de Javier se abrieron.

—Dijo que mamá era una persona amable y buena y que merecía que su nieto llevara su nombre

—continuó Mateo.

—Que Alejandra era una persona paciente, algo que ella nunca había sido —añadió Pen—. María dijo que siempre la había admirado a pesar de no demostrarlo. También dijo que quizás este niño tenga los ojos azules, como tú y tu madre, —le dijo a Mateo.

Javier se recostó y cerró los ojos mientras las lágrimas corrían por sus mejillas.

—¿Por qué? ¿Por qué esperó hasta el final? ¿Por qué nunca me reveló quién era en realidad?

—¿Por mi culpa? —se escuchó una voz desde las puertas francesas que daban al patio. Todos se giraron.

—Tu madre estaba obsesionada con Antonio y conmigo, lo que me dolió. Por eso, lo siento mucho —Inés luchó por mantener la compostura.

—No —dijo Javier—. No es por tu culpa. María tuvo una elección, y la hizo. Lo dijo cuando hablamos en el hospital. Tus acciones no son culpables de las decisiones que ella tomó. Y ella lo sabía.

Inés se sentó junto a Javier, y él le cogió la mano.

—Estás siendo generoso en lo que dices. Pero yo sé la verdad. Javier negó con la cabeza.

—Amabas a mi padre. Esa es la única verdad que me importa. Le hiciste feliz. Y ahora tengo un hermano. Todo ha terminado ahora con todos los secretos. Se acabó todo. Podemos disfrutar de nuestra familia. María nos dio esa bendición al final, y tengo la intención de honrarla. —Le apretó la mano y sonrió a través de sus lágrimas.

Inés suspiró, pareciendo poco convencida. —El almuerzo está casi listo. Creo que todavía hace suficiente calor para comer en el jardín.

—Yo te ayudo, Inés —dijo Isabela, y John la siguió, preguntándose cuándo saldría a la luz su secreto.

# CINCUENTA Y CUATRO

## EL FUNERAL

Javier había asistido a muchos funerales de sus pacientes y de su familia, pero este era diferente. Como John, Javier era ahora un huérfano. Sus padres se habían ido, y él estaba contento de tener a la familia completa a su lado.

La casa rebosaba de la familia de María y los hijos de sus muchos amigos, que la habían precedido en la muerte. Javier y Mateo se dieron tantos apretones de manos que perdieron la cuenta. Incluso la familia extendida de Eduardo, de La Rioja, hizo el viaje para presentar sus respetos. Nunca la habían querido, pero había sido la mujer de Eduardo y la madre de Javier. Debían seguirse ciertas tradiciones.

Con la ayuda de Isabela, John se compró un traje en El Corte Inglés.

—No sé cómo voy a llevarme esto a casa —le dijo John, de pie frente al espejo—. No cabe nada más en mi mochila.

Isabela le enderezó la corbata y sonrió. —Puedo guardártelo en mi armario. Puedes llevártelo a Estados Unidos en tu próxima visita.

Inés se encargó de todo con la ayuda de Pen, Isabela y Marta. Se dio de comer a los dolientes, se sirvieron bebidas y se dieron ánimos. El último invitado se marchó tras la recepción fúnebre, y ellos se sentaron desplomados en los sofás, estaban exhaustos.

—Se acabó —dijo Javier, cerrando los ojos—. Por fin ha terminado. —Se estiró y se aflojó la corbata.

Isabela se giró hacia John. —¿Cuál es tu plan ahora? ¿Vuelves a los Estados Unidos de inmediato o te tomas un pequeño descanso?

John negó con la cabeza. —Necesito irme a casa. Tengo lugares que visitar para terminar de revisar la lista de Tess.

Muy pronto estaré de vuelta en España para asistir al nacimiento de mi nuevo nieto. Pero seguiremos en contacto, Isabela. Me aseguraré de ello. —Le apretó la mano y la besó.

Isabela permaneció en silencio.

# CINCUENTA Y CINCO

## LA DESPEDIDA

John se detuvo fuera del área de seguridad en el aeropuerto de Madrid y abrazó a su hija. Sabía que ella estaba en buenas manos, pero no le gustaba dejarla ahora que estaba embarazada. Sin Tess, sentía que debía quedarse y cuidarla. Pero eso ya no era tarea suya, y Mateo era capaz de hacerlo. Aun así, se rio para sí mismo. Desde que había regresado a Madrid, Pen parecía mejor que cuando él estaba haciendo el Camino, pero vivía en una cultura que le era desconocida. Los consejos que pudiese darle no tenían sentido para la vida de su hija en estos momentos.

Durante los próximos seis meses, John tenía un plan trazado en su mente, e iba a cumplir su promesa a Tess antes del nacimiento de su primer nieto. Javier extendió su mano. John la cogió y le dio un abrazo poco habitual en él.

—Cambiaste mi vida en este viaje, Javier. No puedo agradecerte lo suficiente.

Javier sonrió. —Me alegro de que podamos ayudarnos mutuamente. No sé qué habría hecho si no hubieras estado aquí durante los últimos meses. No creo que haya ganado solo un hermano. Ahora tengo dos.

John se giró hacia Isabela, quien luchaba por mantener una expresión valiente.

—¿Y qué puedo decir de ti? —abrazó a Isabela con fiereza y la besó en la parte superior de la cabeza mientras Pen la sujetaba, agarrando la mano de Mateo.

Isabela hundió su rostro en su pecho y se aferró como si no quisiera que el momento terminara.

Finalmente, se apartó y le miró a la cara.

—Volverás pronto —no era una pregunta.

—*I will be back* —dijo, con su peor imitación de Arnold Schwarzenegger.

—Tengo algunas cosas de las que encargarme primero. Javier sonrió.

Finalmente, se giró hacia Mateo. —Sé que la cuidarás —le dijo.

—Como siempre has hecho. —Se abrazaron mientras John luchaba por contener las lágrimas, extendiendo el brazo y abrazando a su hija.

—Me llamarás de día o de noche, ¿verdad? Prométemelo, Pen. Si necesitas algo, me llamas.

—Lo haré —asintió ella.

John recogió su mochila y entró en el control de seguridad. Lo último que veía desde el otro lado era Isabela de pie con Pen. Ambas llorando y despidiéndose con la mano.

# EPÍLOGO

Fue un viaje gélido a través de los campos de La Rioja con el caballero blanco de su Camino posado en el salpicadero para la buena suerte. John llegó a Madrid en un vuelo de las seis de la mañana. No se había molestado en dormir antes de alquilar un coche y conducir hacia el norte. No sabía exactamente cómo llegar, pero tenía algunos puntos de referencia de su época en el Camino.

John se despertó la mañana anterior sin planes de estar en España. Cuanto más se acercaba a su destino, se preguntaba si estaba loco por subirse a un avión por un capricho.

Después de regresar a Arizona de su Camino, John se centró en la lista de Tess. Fue al noroeste del Pacífico para visitar los lugares que Tess había pedido, incluyendo dejar tierra en la tumba de su hijo, Charlie. Envió fotos a Pen en cada lugar, y cada vez le resultaba más fácil realizar el ritual, dejando más de ella atrás.

Estar en casa le distraía. Su tiempo emocional en el Camino se desvaneció lentamente de su vida cotidiana. Sentía una libertad que no había tenido antes. Pero finalmente, lo familiar venció a sus peregrinaciones místicas y encuentros serendípicos. La curación y las lecciones que había aprendido se quedaron, pero el drama que experimentó mientras estaba en España lo había abrumado. John necesitaba distancia y tiempo para pensar. Hablaba con Pen regularmente, escuchaba cómo describía su embarazo. Se maravillaba con las fotos de ecografías que enviaba. Así mismo, habló con Javier. Inicialmente, John e Isabela habían intercambiado mensajes y se habían enviado fotos de lo que estaban haciendo. Pero ambos estaban ocupados, y el tiempo redujo su comunicación. En algunos momentos, le entristecía. Pero él sabía que era su cobardía lo que los mantenía separados.

En una oscura mañana de finales de febrero, mientras el sol comenzaba a asomarse por las montañas rosadas en la distancia, John se paró solo en su casa en Arizona. Bebió su café de siempre y se vistió para jugar al golf. Su tiempo de descanso del martes por la mañana le esperaba. Sobre su taza de café, John miró una foto de él y Tess el día de su boda, que estaba colgada encima de la chimenea. Pero no fue la imagen de sus versiones más jóvenes lo que le impresionó. La luz de la mañana era la adecuada, y pudo verse reflejado en el cristal. Pero el hombre que veía no era él. Él tenía el uniforme, pero ya no era el mismo de antes. No importa cuánto lo intentara, ya no era el tipo de la foto de la boda. O el que jugaba al golf con sus amigos en el desierto de Arizona. Ya no.

Últimamente, John había estado soñando con Isabela, despertándose en medio de la noche, recordando su tiempo en la bodega. Había sentido la urgencia de llamarla, pero nunca marcó el teléfono. La noche no era el único momento en que ella se colaba en sus pensamientos. John había estado pensando en ella también durante el día. La furia de Isabela cuando la hizo bajar después de que pisaran uvas en Logroño. Y el hecho de sujetarle la mano y acariciarle el pelo en el hospital. La diosa misteriosa en la cueva de la fiesta de la vendimia, su alegría al verla inesperadamente en Burgos, y la noche que pasaron en su habitación.

Su falta de comunicación era culpa suya. Si John hubiera seguido sus sentimientos por Isabela, tendría que haberle dicho a Javier lo que le había dicho. Lo esquivó en Madrid y no le gustaba la idea de revelar su secreto más grande. Si tuvieran una oportunidad, tendrían que aprovecharla. Pero Isabela le asustaba. No era su fuerza o su belleza. Era cómo se sentía cuando estaba con ella. Inseguro de lo que sucedería después. Después del funeral de María, necesitaba escapar de España y la excusa perfecta era la lista de Tess. Y él la aprovechó. Todavía no la había completado, pero John ya no tenía barreras para viajar a España. Su nieto nacería en un par de meses, y él quería estar allí para apoyar a Pen.

Mientras miraba su reflejo en la antigua foto de boda, el tictac del reloj en la repisa de la chimenea sonó más fuerte. John cogió su teléfono y envió un mensaje a sus amigos, pidiendo salir a jugar al golf.

—Vamos, hombre —escribió su amigo en el chat grupal—. ¿Qué más se puede hacer que jugar mejor que un 18 perfecto?

—Me voy a un viñedo en el norte de España.

John se lo envió a su amigo antes de pensarlo.

—¡¿Qué?! —le respondieron todos por mensaje.

No respondió. Como todo el mundo que conocía en Estados Unidos, no había hablado con ellos durante su estancia en el Camino, y no iba a empezar ahora. No lo entenderían.

Sentado frente a su portátil, John buscó vuelos a Europa en Google. En el último momento, el precio era desorbitado. Podía haber comprado un billete de avión o un coche pequeño, pero ahora que imaginaba el viaje, no le importaba. Había seleccionado un itinerario y lo compró antes de cambiar de opinión.

John se quitó la ropa de golf. Sacó unos vaqueros y unas botas, agarró unas camisas de vestir y unas camisetas, y los tiró en una bolsa con su pasaporte. John no necesitaba coger un traje, recordó la última vez que tuvo que comprar uno en Madrid. Isabela le tenía uno esperando en su armario en el viñedo. Luego, se puso la gorra vieja de los Cubs de su padre, solo para que le diera suerte, y cerró la casa con llave.

Eso fue ayer. John, con los ojos legañosos, condujo lo que esperaba que fuera el camino correcto. La acidez en su estómago aumentó notablemente a medida que los puntos de referencia empezaban a parecer familiares. No había llamado ni enviado un mensaje a Isabela para avisarle de que venía. Si no estaba allí o si habría alguien más en su vida, tranquilamente encontraría un hotel en Logroño y volvería a Madrid para ver a Pen. Había planeado sorprender a su hija de otra manera.

Después de varias vueltas equivocadas, condujo por la entrada del viñedo y aparcó en la zona de enfrente de la casa. No había nadie. No vio al gran gato naranja que solía descansar en su terraza. Cuando golpeó la pesada verja de hierro que daba al patio, estaba cerrada. John negó con la cabeza. De repente se le ocurrió que era ridículo venir así sin previo aviso. Febrero en un viñedo en España no es exactamente la temporada alta. Ella podría estar en Canarias.

John sacó su chaqueta amarilla de plumas del coche, se abrigó contra el frío y luego caminó hasta los graneros detrás de la casa. Un grupo de personas estaban trabajando juntas en la maquinaria. Uno de ellos, con una gorra de béisbol verde, levantó la vista. Era Isabela.

Se quedó donde estaba con una llave inglesa en su mano grasienta, ladeando la cabeza como un cachorro curioso. John no estaba seguro de si se le tiraría para abrazar o si le ahogaría. Caminando la mitad de la distancia hacia él, Isabela se detuvo.

—Mira lo que arrastró el gato —dijo ella. Parecía más curiosa que feliz de verlo.

—Me levanté ayer por la mañana y me subí a un avión —dijo él honestamente.

—Supongo que sí —ella levantó una ceja—. ¿Por qué?

—Bueno —suspiró John—. Iba a jugar dieciocho hoyos de golf con mis amigos —sacó nerviosamente la pulsera que el monje budista le había dado en el Camino la temporada anterior—. Lo hacemos mucho en Arizona. Los viejos juegan al golf. Eso es lo que se supone que debes hacer cuando te jubilas. Quedar con otros viejos y hablar de tu gloria mientras le pegas a una pequeña bola blanca. Así que iba a hacerlo.

John dio dos pasos hacia ella mientras Isabela apretaba su agarre.

—Ah —dijo ella, como si estuviera aburrida de sus tonterías—. Así que, ¿estabas jugando al golf?

—Bueno, iba a jugar al golf —dijo él, acercándose un poco más a ella—. Pero luego me cansé.

Muy cansado porque no puedo dormir nada.

—¿Y por qué no duermes nada? —preguntó ella, adoptando un tono tentativo de preocupación—.

¿Tienes pastillas para eso? Deberías ver a un médico.

John pareció serio.

—He estado soñando con una hermosa bodeguera en España. Afortunadamente, no tienen pastillas para eso. Así que pensé que me subiría a un avión y vería si era real.

Isabela miró al suelo, cubriéndose la cara. Le dolió que él se hubiera ido, y él sabía que sí. Pero ella dijo que entendía por qué él se había ido. Su orgullo se desvaneció por completo de perseguirlo después de que su comunicación con él se redujera a nada. Él estaba seguro de que pagaría un precio por ello.

—Ella era real, y ahora es real. Pero ¿eres real, John? ¿Estás listo para ser real? —ella le preguntó, levantando la barbilla en desafío mientras el viento invernal apartaba su cabello de su cara.

John miró detenidamente a la mujer que llevaba unos vaqueros sucios y botas embarradas. Su cabello se había soltado de su trenza y la grasa negra manchaba sus manos. Él estaba listo para ser sincero con ella.

—Nunca he estado más listo para algo en mi vida.

Isabela le miró fijamente por un largo momento, luego se volvió hacia los hombres que aún trabajaban en la maquinaria y dijo algo que él no entendió. Se volvió hacia el hombre de pie frente a ella. El que había viajado medio mundo para verla. Ella se acercó.

—Pero hay algunas cosas que necesito decirte —dijo John nerviosamente—. Antes, bueno, de cualquier otra cosa.

Isabela asintió.

—¿Cuánto tiempo te quedas? —preguntó ella.

—Después de que hablemos, veremos cuánto tiempo querrás tenerme. Isabela sonrió.

—Está bien, entonces.

Ella cogió su mano entre las suyas, cubiertas de grasa, aún aferrando la llave inglesa, y llevó a John hacia la casa.

# AGRADECIMIENTOS

Dicen que todo el mundo lleva un libro dentro, así que comprometerse con una trilogía podría parecer una tontería. ¡Qué presión! Estoy increíblemente orgullosa del segundo libro de esta Trilogía del Camino. Pero ningún escritor lo hace solo, y yo no soy diferente. Este libro surgió con la ayuda de muchas personas que fueron generosas con su tiempo y experiencia. ¡Y los comentarios! ¡Había tantos comentarios! Los leí todos, y los redactores de los comentarios quizás encuentren algunas de sus sugerencias esparcidas por toda la historia. Estoy segura de que John y Javier están agradecidos. Pero otras pocas personas sin las que no estarías leyendo esta historia.

A mi amiga, Leigh Brennen, no solo eres un ícono del Camino sino también una de mis más fervientes seguidoras. Tu entusiasmo y excelentes sugerencias están entretejidos en todo el texto. Desde la primera lectura hasta tu empatía por estos personajes y la historia que quería contar, todo ha sido fundamental para que esto se publicara.

A mi amiga, Matilde Rodríguez Vásquez, tu consejo sobre todo lo relativo al español es invaluable, como siempre.

A todos los fantásticos lectores alfa y beta que se esforzaron con los errores tipográficos y la confusa estructura de las oraciones, vosotros son mis héroes. Estaré eternamente en deuda con vosotros: David, Jordan, Lisa, Robert, Ginger, Jose Marie, María, Grace, Lauren, Joe, Marta y Dora.

A mis amigos en Santiago y Valencia, que siempre me han animado a seguir escribiendo. Sin vosotros, este libro nunca habría sido escrito. Estaré eternamente en deuda con vosotros.

A las señoritas de Melide: Mari Carmen, Mónica, Chus, Chusa, Carmela, Raquel y Cristina, vuestra fe en mí y en mi escritura durante los fríos inviernos gallegos lo ha sido todo. Estaría perdida sin todas vosotras.

A Jeff por tu apoyo inquebrantable. Sigues siendo todo hombre que escribo.

Finalmente, a todos los peregrinos a lo largo del Camino. Escribí esta historia para vosotros.

# PARA DISCUSIÓN DEL CLUB DE LECTURA

1. ¿La historia de *Lo que dejamos atrás* se desarrolló como pensabas que lo haría después del final de *El duelo del adiós*?

2. En cuanto a John Sullivan, ¿cuáles fueron los aspectos más sorprendentes de su historia de origen? ¿Te hicieron simpatizar más con él con el paso del tiempo o menos?

3. Mientras Javier y John hacen el Camino, desarrollan una relación ajena a la de Tess. ¿Cuáles crees que fueron los momentos clave en ese cambio?

4. ¿Cómo ves a John como marido y padre en comparación con cómo viste a Tess después de leer el primer libro?

5. Isabela adquiere un papel clave en la historia. ¿Qué opinas de la intensa enóloga?

6. En este libro, la historia de Inés ocupa un lugar central.

¿Cómo influyó ese desarrollo en tu forma de verla?

7. La falta de fe religiosa de John aparece varias veces en el libro. ¿Por qué crees que es así y cómo evoluciona al final de su Camino?

8. Sanar y dejar ir son los temas clave de la historia. ¿Cuáles son algunos de los momentos que destacan cuando John empieza a hacer esa transición?

9. El Camino es una transformación y conlleva dolor para todos los peregrinos, ya sea físico o emocional. ¿Qué papel desempeña el dolor en el Camino de John y Javier?

10. Pen está pasando por un momento difícil. No está haciendo el Camino, pero sigue sufriendo y recuperándose mientras se adapta a una nueva vida en Madrid. ¿En qué se parece su experiencia a la del Camino?

11. ¿Qué papel desempeñan el perdón y la gracia en la historia? ¿Cómo nos relacionamos con ello en nuestras propias vidas?

# SOBRE LA AUTORA

K.D. Field es una escritora y bloguera estadounidense que vive en el Camino de Santiago en Galicia, España. *Lo que dejamos atrás* es su segunda novela de la Trilogía de Familia del Camino. Lleva un blog vivaespanamovingtospain.com, que narra las aventuras de ella y su marido, Jeff, desde la decisión de mudarse a España después de hacer el Camino desde Saint-Jean-Pied-de-Port en 2017 hasta el día de hoy. Ponerse en contacto con la autora es fácil desde kdfielda uthor.com, donde escribe sobre su proceso y proporciona avances de sus próximos libros. Los lectores pueden seguirla en todas sus redes sociales:

[linktr.ee/authokellifield](linktr.ee/authokellifield)